HERMES

在古希腊神话中,赫耳墨斯是宙斯和迈亚的儿子,奥林波斯神们的信使,道路与边界之神,睡眠与梦想之神,亡灵的引导者,演说者、商人、小偷、旅者和牧人的保护神……

西方传统 经典与解释 HERMES
Classici et Commentarii
德意志古典传统丛编
Library of the German Classical Tradition
刘小枫◎主编

卢琴德
—— 一部小说
Lucinde: Ein Roman

［德］弗里德里希·施勒格尔　Friedrich Schlegel ｜ 著
张红军　罗晓军 ｜ 译

华夏出版社

古典教育基金·蒲衣子资助项目

"德意志古典传统丛编"出版说明

德意志人与现代中国的命运有着特殊的关系：十年内战时期，国共交战时双方的军事顾问都一度是德国人。百年来，我国成就的第一部汉译名著全集是德国人的……德国启蒙时期的古典哲学亦曾一度是我国西学研究中的翘楚。

尽管如此，我国学界对德意志思想传统的认识不仅相当片面，而且缺乏历史纵深。长期以来，我们以为德语的文学大家除了歌德、席勒、海涅、荷尔德林外没别人，不知道还有莱辛、维兰德、诺瓦利斯、克莱斯特……事实上，相对从事法语、英语、俄语古典文学翻译的前辈来说，我国从事德语古典文学翻译的前辈要少得多——前辈的翻译对我们年青一代学习取向的影响实在不可小视，理解德意志古典思想的复杂性是我们必须重补的一课。

古典文明研究工作坊
西方经典编译部乙组
2003 年 7 月

目　录

中译本前言 …………………………………………… 1

1907 年德文版前言 …………………………………… 1

卢琴德——一部小说 ………………………………… 1

　序 ……………………………………………………… 3

　一个笨拙男性的自白 ………………………………… 5

　　朱利叶斯致卢琴德 ………………………………… 6

　　对世界上最可爱情境的狂热幻想 ………………… 10

　　小威廉敏娜性格素描 ……………………………… 15

　　无耻的寓言 ………………………………………… 18

　　关于闲散的田园诗 ………………………………… 31

　　忠诚与玩笑 ………………………………………… 38

　　成年学徒期 ………………………………………… 48

　　变形 ………………………………………………… 78

两封信 ……………………………………… 81
反思 ……………………………………… 95
朱利叶斯致安东尼奥 ……………………… 99
渴望与安宁 ……………………………… 104
想象力的嬉戏 …………………………… 107

《卢琴德》续篇断片 ……………………… 111

一个笑话的故事：卢琴德致朱利叶斯 …… 113
关于友谊的本性 ………………………… 115
致玛利亚 ………………………………… 117
吉多之死 ………………………………… 118
朱莉安娜 ………………………………… 120

附录 ……………………………………… 126

施勒格尔和他的《卢琴德》 ………… 彼得·弗乔／126
《卢琴德》中的田园诗 ……………… 约翰·希伯德／166
《卢琴德》中的时间 ……………… 洛伊萨·奈加德／208

中译本前言

如恩斯特·贝勒尔(Ernst Behler)所言,德国早期浪漫主义文学理论的诞生是西方文学批评史上一个革命性的转折点,它意味着强调有限的完美、永恒不变的价值、严格的体裁分类、对外在规则的遵循和对现实世界的模仿的古典主义艺术观开始式微,而强调无限的可完美性、永远的变化、体裁的随意交融、想象力的自由表达、天才的自我创造与自我毁灭的现代主义艺术观开始占据主流。① 德国早期浪漫主义文学理论不仅表现为数量众多的论文和论著,还具体表现在为数不多的小说文本里,而弗里德里希·施勒格尔的《卢琴德》就是其中一个典型。

1797年夏天,施勒格尔认识并热恋上了已婚女子多萝西娅·维特(Dorothea Veit)。正是这场不为世俗所容的爱情,激发了施勒格尔写作《卢琴德》的灵感和动力。也正是通过这篇小说,施勒格尔具体地表现了自己的浪漫主义文学观和创作理念。自从1799年问世以来,这篇小说经历了太多的毁与誉。现在,它已经成为西方文学史上具有里程碑意义的经典作品。

---

① 贝勒尔,《德国浪漫主义文学理论》,李棠佳、穆雷译,南京:南京大学出版社,2017,页1–8。

如果我们还认同弗雷德里克·拜泽尔(Frederick Beiser)的观点,即德国早期浪漫主义不仅是一场文学和文化批评运动,更是一场文化与哲学运动,它的核心理想不是创造一种反对新古典主义文学和文艺批评观的浪漫主义文学和文艺批评观,而是面对现代公民社会的分裂倾向,创造一种强调统一性、整体性的伦理观和政治观,①那么我们同样可以发现,《卢琴德》就是在表达对统一性和整体性的渴望。

目前的这个中译本依据德文版单行本(Lucinde, Jena, 1907)迻译,同时参考了 Peter Firchow 的英译本(*Friedrich Schlegel's Lucinde and the Fragments*, Minneapolis, 1971)。为了有助于读者进一步理解作品,我们还选译了三篇研究文章,收作附录。

译者

2022 年 12 月

---

① 拜泽尔,《浪漫的律令——早期德国浪漫主义观念》,黄江译,北京:华夏出版社,2019,页 41—43。

1907年德文版前言

　　[Ⅰ]百年之后,一本被忽视的书在这里重见天日;尽管存在不足,它还是一个伟大时代和伟大精神的意义深远的纪念碑。

　　我们不把它看成一个文学方面的文献,而是看成关于人性的文献。因为《卢琴德》不是艺术品,而是一个自白,进行这个自白的人,是反对他那个时代及其偏见的战士;直到今天,他的那个时代依然没有成为过去,因为那个时代的偏见同样存在于我们这个时代。

　　有些人似乎是带着真理降生的,据说这些真理由他们所宣示。[Ⅱ]他们没有被强迫:他们静静弃绝根植于自己内心的种子,而期盼那个成熟的时刻,因为有一个上帝将为他们指明通往邻人的道路。

　　《卢琴德》的作者不属于这些人。他的自白同时是一个战斗宣言。我们意识到:他的出发点是在战斗中进行自我定位。他的装备崭新且熠熠发光,而让他的装备在自相矛盾的所有光线中自傲地闪烁和发光,这让他高兴。并且,在年轻的傲慢中,他也许偶尔会从骏马上跳下来,以便在市侩震惊的目光中同那位放肆女神共舞。

　　这本书确实很放肆,[Ⅲ]但又很虔诚。在书中,那种深刻的世界虔诚(Weltfrömmigkeit)存在着、活动着,从中诞生了浪漫主义的理想。那种虔诚希望以爱提升人类,以爱发现通往理解世界及其秘密的道路。

爱作为应用宗教(angewandte Religion)——这是《卢琴德》的伟大主题——像微光一样透过层层掩饰笨拙形式的面纱,回归于所有的变形:一会儿是纵情的狂热,一会儿是轻浮的面孔,一会儿又是炽热的崇拜。

弗里德里希·施勒格尔的梦想是成为一种新宗教的先知。《卢琴德》也归属于这个事业,这个事业必然会为我们充实还在计划中的圣经:一种新伦理的拥护者、[IV]一种新人类的公民也从这部被忽视的书中显现出来。

现在,这本书出版了:对精神上正直的人来说,它是一种振奋之物,而对伪君子和阉人来说,则是一种烦恼。

尤纳斯·弗朗克(Jonas Fränkel)

卢琴德
——一部小说

序

[1]彼特拉克(1304—1374)在概述和介绍他那不朽的浪漫故事时,满怀深情地微笑着。敏锐的薄伽丘(1313—1375)在其内容丰富的著作开头和结尾处对女士们说话礼貌而谦恭。即使是崇高的塞万提斯(1547—1616)——尽管年事已高、饱受痛苦折磨,仍然和蔼可亲、充满精妙的智慧——也给自己充满活力、蔚为壮观的作品披上了一件价值不菲的"序言"织锦,后者本身就已经是一幅美丽的浪漫主义画作。

从肥沃的母性土壤中长出的一株壮丽植物,①[2]会让许多人充满爱意地亲近它,而只有吝啬鬼才会认为这种亲近没有必要。

但是,我的精神应该给它的孩子一些什么,而他的精神和我

---

① [译注]德文版这一页的左下角有 Lucinde I("《卢琴德·第一部》")的小字样(之后每隔十几页就会出现一次)。参贝勒尔的评论:"小说唯一不可饶恕的瑕疵是小说名字中的'第一部'这三个字,因为施勒格尔竭力要为作品写续集。小说续篇仅存的一些片段,包括为此而作的六十几首诗,事实上证实了细心读者的感觉,那就是:小说无须画蛇添足,而且它的诗性和主题潜力已经被现有的部分发挥殆尽。不过,有人可能认为小说的续篇应该完全反转视角,让卢琴德这位女性人物来叙述同样的事件和情绪,借此让尤里乌斯(朱利叶斯)和卢琴德像椭圆的两个焦点一样互相反映。"(《德国浪漫主义文学理论》,页 266)1907 年德文版《卢琴德》并未收录这些断片和诗。

的一样,也贫于诗而富于爱情?

只是一句话,一个告别的形象:不只是皇家的雄鹰可以鄙视乌鸦的叫声;天鹅也很骄傲,也会对这叫声置之不理。他对一切都漠不关心,除了保持他白色羽毛的光洁。他唯一的想法就是依偎在丽达(Leda)的腿上,而不会去伤害她;然后,他会在歌声中呼唤出死亡的每一个影子。①

---

① [译注]这段话可能与一则希腊神话相关:流离四方的斯巴达国王廷达瑞俄斯娶了埃托利亚国王忒斯提俄斯的女儿丽达,但忘了向阿佛洛狄忒祭祀,从而遭到报复。廷达瑞俄斯将丽达安排在一个十分幽静的小岛上,只有一些女伴相陪,外人很难接近。一天,丽达正在欧洛塔斯河中沐浴,阿佛洛狄忒自己变成鹰,苦苦追逐化为天鹅的宙斯。天鹅盘旋于湖上,看到美丽的丽达,顿生爱慕之情,翩然落到她的身旁。丽达把天鹅揽入怀中爱抚,从而受孕,生下两个天鹅蛋,孵出海伦和狄俄斯库里兄弟。

一个笨拙男性的自白*

---

* [译注]关于小说这句开场白的翻译,参陈恕林,《论德国浪漫派》,上海:上海社会科学院出版社,2016,页121。

朱利叶斯致卢琴德

[5]当我回想起来时,人类及其行动和欲望,对我来说似乎就如一些没有活力的苍白形象。然而,在我周围神圣的孤独中,一切却都充满了光芒和色彩,一股新鲜、温暖的生命和爱之气息既触动着我,又在密林所有的枝桠中搅动和低语。[6]我看着这一切,这生机勃勃的绿叶、洁白的花朵和金色果实,同时又为这一切而喜悦。同样,我的灵魂之眼还看到了我此生唯一的爱人的各种形象:有时是一个天真单纯的少女,有时是一个风姿绰约、浑身散发着爱的能量和浓浓女人味的成熟少妇,有时又是一个端庄可敬的母亲,怀抱着一个神情严肃的小男孩。我呼吸着春天的空气,清楚地看见身边永驻的青春,然后笑着说:"这个世界或许不是最好的,也不是最有益的,但我知道它是最美的。"在这种感觉和信念中,无论是普遍的怀疑还是自己的恐惧,都不可能动摇我。[7]因为我相信我正在深入研究大自然的秘密;我觉得一切都是永恒的,甚至死亡也是一个和蔼可亲的骗局。

然而,实际上我对此并没有想得太多——至少我不是特别倾向于分门别类和分析抽象概念。相反,我快乐而深刻地迷失在欢乐与痛苦的混合与交织中,正是那里产生了生命的芬芳和情感的绽放,产生了精神的快感和感官的至福。我的血管里流淌着微妙的火焰;我梦想的不仅仅是一个吻或你的怀抱;[8]不只是希望折断渴望的痛苦之刺,让这甜蜜的火焰在沉湎中冷却;我渴望的不仅仅是你的嘴唇、你的眼睛或你的身体。毋宁说,我渴望的是所有这些东西的浪漫结合,是最多样的记忆和渴望的奇妙混合。所有男人和女人的轻佻秘事似乎都在我身边盘旋,但你的真实存在和你脸上绽放的幸福光芒,突然间就点燃了我孤独的自我。[9]机智和狂喜在我们之间交替出现,成为我们连在一起的生命的共同脉搏,我们带着宗教一样的迷狂拥抱彼此。我恳求你,这一次你完全可以让自己陷入疯狂,可以变得不知餍足。尽管如此,对于每一个微弱的幸福迹象,我都能沉着冷静地听到,以至于任何一点痕迹都难逃我的把握,都不可能在我们的琴瑟和谐中留下罅隙。我不只是在享受,而是在感受和享受这享受本身。

你是如此的聪明,我最亲爱的卢琴德,以至于你肯定已经怀疑这一切不过是一场美丽的梦。[10]唉,事实就是如此,如果无从希望我们很快将至少能够实现其中的一部分,我会感到非常难过。

事情的真相是,我现在就站在窗边——时间已经过去多久,我并不特别清楚,因为加上理性和道德的额外摆布,我早已经失去了所有的时间感。于是,我站在敞开的窗户旁,望着外面。早晨当然可以称得上是美丽的:空气静谧且温暖,面前的草坪绿意莹莹,银色的溪流宽阔而平静,[11]蜿蜒前行,就像广袤平原上徐徐展开的起起伏伏,在巨大纵伸的弧线中漫入远方,并缓缓消失在无限之中,那是恋人的形象,就像天鹅一样在水面上起舞。梦幻中的小树林和它的南国情调,可能是由我旁边的大量花丛和柑橘引起的。其余的一切都很容易用心理学来解释。那是幻觉,我亲爱的朋友。一切都是幻觉,除了刚才站在窗边,我什么也没有做,而我现在坐在这里做着的什么事情,可能只是比什么都不做多那么一点,[12]说不定还会少那么一点。

　　我已经给你写了这么多我与自己交流的内容,而就在我对我们的拥抱———一种奇妙而极其复杂的戏剧性互动———有着深刻感受和温柔的想法时,我被一个粗鲁而不友好的意外打断了。因为我刚刚正准备在清醒、真实的时间内向你展示我们的轻率和我的笨拙那准确而可靠的历史,并且一步步按照自然法则去澄清我们的那些误解,[13]它们曾侵袭过我们最微妙存在的隐秘核心。可当我正要描述我的笨手笨脚所导致的各种后果以及我的成年学徒期时,我被打断了,而我在给出或完整或部分的评价时,不能不带着许多微笑、些许忧伤还有相当程度的自我满足。但是,作为一个有教养的情人和作家,我想尝试塑造这天然的机运,并将其做成符合目的的东西。然而,对我自己、对这部作品、对我对它和它本身的结构的爱来说,没有什么目的,[14]比我从一开始就摧毁并清除我们所谓"秩序"的各个部分,进而明确主张和实际肯定一种迷人的混乱的权利,更具目的性了。这是非常有必要的,因为如果按照我们经历过的同样系统和渐进的方式来写我们的生活和爱情,那将会使我这封独特的信变得令人难以忍受地划一和单调,以至于不再能够实现它希望实现也应该实现的目标:再造、融合崇高的和谐与迷人的乐趣那最美丽的混乱。

　　因此,我正在利用我无可争议的搞乱一切的权利,[15]并且在这里———一个完全错误的地方———插入许多凌乱书页中的一张,我曾在焦急地渴望你,却在我认为你一定存在的地方如你的房间、我们的沙发那里找不到你时,写下了或匆匆记下了这些纸页——它们由你刚用过的笔写就,充满了脑海中最初涌现的话语,你曾在我不知道的情况下好意而小心地保存了它们。

我不难作出选择。因为在这里向你吐露的所有梦想和不朽的文字中,对这个最美世界的记忆仍然是最具实质性的,它还承载了更多与人们所谓思想相同的东西。[16]这就是我首先选择对世界上最可爱情境进行狂热幻想的原因。因为一旦我们确定自己居于最美的世界,那么我们的下一任务,无疑就是从他人或我们自身那里详细了解这个最美世界中的最可爱情境。

对世界上最可爱情境的狂热幻想

一大滴泪落在这张神圣的页面上,我发现后者在这里替代了你的位置。你是多么诚实又简单地表达了那古老而大胆的想法,[17]我曾经最珍视和最隐秘的企图。在你那里它结出了果实,我也不会羞于在这样一面镜子里欣赏和热爱自己。只有在这里,我才能看到自己是完整而和谐的,或者进一步说,只有在这里,才能看到你我身上的所有人性。因为,你的精神也在我面前得到了明确和完善,它不再包含那些出现又消失的特征。不,就像那些永恒的存在者一样,你的精神用高贵的眼睛快乐地注视着我,并且张开双臂拥抱着我。灵魂中那些脆弱的特征和表现中最为精微和神圣的东西,对那些并不知道极乐的人来说似乎是至福的东西,[18]只不过是我们精神呼吸和生活的共有氛围。

这些话是沉闷而忧郁的。尽管如此,在这纷纭的印象中,我能永远重复的,只是对我们原始的和谐的不竭感受。美好的未来召唤着我冲向更深的无限:每一个想法都会打开它的子宫,带来无数的新生。那至深至远处的无羁欲望和无声征兆同时存在于我身上。我记得一切,甚至是我的痛苦,我之前和未来的所有思想都会自我激发并违背我的意愿而升起。[19]狂暴的血液在我膨胀的动脉中肆虐,我的嘴巴渴望结合,我的想象力交替选择和拒绝着众多形式的快乐,却找不到任何一种快乐能够让欲望获得满足并最终平静。于是,我又突然再次动情地想起那段黑暗的时光,那时我总是没有希望地等待,那时我在不知不觉中深爱着,那时我的内心完全充满了一种不确定的渴望,这种渴望只是偶尔用半压抑的叹息表达过。

是的,我会认为这是一个童话故事,会有我现在感受到的这样的幸福和爱——[20]还有这样的女人,她既是最优雅的情人,也是最奇妙的伴侣,还是最完美的朋友。我曾经专门在友谊中寻找自己所缺乏的一切,而且从没有想过会在任何女人身上找到它们。可是在你身上,我找到了这一切,甚至找到的比我所希望的还要多;不过,你还有与众不同之处。你不会犯习惯和意见中所谓女性的错误。除了你的那些小小怪癖之外,你的灵魂的女性气质仅仅表现为你让生活和爱成为同义词。你完整而无限地感受着一切,你不知道什么叫割裂,[21]你的存在是一体的和不可分的。这就是为什么你如此认真又如此快乐。这就是为什么你对每件事都如此大度又如此疏忽,也是为什么你完完全全地爱着我,不把我的任何一部分让给国家、后代或我的男性朋友。一切都属于你,我们在各个方面都最亲近,彼此最了解。你和我一起经历着人类曾经历过的每一个阶段,从最富激情的肉欲到最具精神的灵性;只有在你身上,我才看到真正的骄傲和真正女性的谦逊。

在我看来,如果最极端的悲伤只会笼罩我们而不是使我们分离,那它什么都不是,[22]只是用来与我们婚姻中崇高的快乐形成新奇对比。为什么我们不能把最难以接受的突发奇想解释为可爱的俏皮话和热情洋溢的任性,因为我们就像爱一样是不朽的?我不能再说我的爱或你的爱:两者是相同的,并且完美地结合在一起,一方的爱和另一方的一样多。这就是婚姻,是我们精神永恒的结合和联袂,它不仅仅是为了我们这个世界或超越死亡的那个世界,而是为了那个一体的、真实的、不可分割的、无名的、永无止境的世界,为了我们整个永恒的生命和存在。

因此,如果我认为时机成熟了,我会和你一起喝下一杯毒药,[23]就像我们一起喝下最后一杯香槟时那样高兴和轻松,并且说道:"这就是我们穷尽余生的办法。"讲完这句话,趁着葡萄酒最高贵的精神还没有消失,我赶忙喝了下去;所以——我再重复一遍——所以让我们活着并爱着吧。我知道你也不想活得比我长,你也会跟着你鲁莽的丈夫走进坟墓,心甘情愿地、深情地坠入燃烧的深渊,疯狂的法律曾经将印度妇女逼入其中,并以粗鲁的意图和命令亵渎且摧毁自由这块最柔弱的圣地。①

[24]或许渴望会在那里得到更充分的满足。我经常惊叹的是:我们内心形成的每一个想法和任何其他东西似乎本身都是完美的,就像一个人一样独特且不可分割。一个想法取代另一个想法,刚才看起来近在咫尺的东西很快又消失得无影无踪。但话又说回来,在一些突然出现的、普遍清晰的时刻,通过某种奇迹般的联姻,内心世界的几个精神完全合而为一,我们自我的许多被遗忘的片段闪耀着新的光芒,甚至能够用这些耀眼的光芒照亮未来的夜晚。我想,[25]无论规模大小,情况都是如此。

---

① [译注]古代印度教律书《摩奴法典》主张寡妇殉夫:丈夫死后,妻子在为丈夫举行的火葬仪式上被投入火中,与丈夫一起化为灰烬,从而一起在天堂共享欢乐三千万年。古印度两大史诗《罗摩衍那》和《摩诃婆罗多》都记述过相关故事。直到19世纪初,这种野蛮风俗在印度依然盛行,仅在孟加拉,每年就有一千多名寡妇因此丧生。英国殖民政府曾于1829年明令予以禁止,印度于1947年独立后,政府也终于在1956年出台法律禁止这一风俗,但之后几十年,仍不时曝出这样的新闻。

我们所谓生命,对于一个完整、永恒、内向的人来说只是一个独特的想法,一种不可分割的感觉。对他来说,还存在这样最为深刻和完整的意识时刻,那时所有的生命都在他身上出现,先以各种方式结合,然后再次分离开来。总有一天,我们两个人会以单单一种精神感知到,我们是单单一株植物的花朵,或单单一朵花上的花瓣,然后我们会笑着知道我们现在唯一希望的就是回忆。

你还记得这个想法的第一颗种子是如何在我灵魂中生长,[26]又如何也立即在你灵魂中扎根的吗?因此,正是爱的宗教将我们的爱更加紧密、牢固地编织在一起,就像孩子将温柔父母的幸福加倍,就像回音使原声放大。

没有什么可以将我们分开,当然你的每次缺席也只会更强烈地吸引我到你身边。我想象着,在我们最后的拥抱中我如何被相互冲突的情绪撕裂,如何会突然一边哭又一边笑。然后,我会变得平静,在一阵恍惚中决不相信自己已经离开了你,直到新的环境违背意愿让我相信你已经离去。但是随后,[27]我的渴望又会不可抗拒地增长,直到插上翅膀来到你面前,重新沉入你的怀抱。就让人们或言语试图在我们之间造成误解吧!那种深深的痛苦很快就会消退,很快就会变成更完美的和谐。我会像恋爱中的女人那样,对自己在快乐中遭受的轻微伤害少有关心。

距离怎么可能让我们疏远,因为对我们来说,当下此刻某种程度上仍然历历在目。我们必须用俏皮的幽默来减弱和冷却燃烧的火焰,因此所有幸福的形式和情境中最机智的,对我们来说也是最可爱的。[28]最重要的是最机智和最美丽之物:我们交换角色,在孩子气的高涨精神中竞争,看谁能更令人信服地模仿另一个,是你更擅长模仿男人的保护欲,还是我更擅长模仿女人迷人的奉献精神。但是你难道没有意识到,这个甜蜜的游戏对我来说还有很多并非来自它本身的吸引力——而不仅仅是极致的快感或对报复的期待？我在这里看到了一个关于男人和女人发展为充分而完整的人性的美妙而深刻的寓言。那里面有很多东西——[29]这些东西肯定不会像我在被你征服时的快速反应那样迅速显现出来。

这就是我对最美丽世界中最可爱情境的狂热幻想！我清楚地记得你当时是如何发现它又怎样接纳它的。不过，我想我也很清楚，当你在这里，在这本小书中看到它时，你对它的看法会是怎样的。你原本期待从中看到更真诚的历史、更清楚的真理、更冷静的理性，当然还有道德，关于爱的迷人道德。"你怎么会想要去写你很难说出来的东西、你只能感受到的东西？"[30]我的答案是：如果你感受到了什么，那么你也应该想要把它说出来，而你想要说出来的东西，你也应该能够写出来。

首先，我想向你展示和证明，男性的天性中本质上、先天地具有一种愚蠢的热情，它能很容易就脱口说出各种微妙而神圣的东西。它经常因自己天真烂漫的热忱而跌跌撞撞，总之，就像神灵一般粗鲁。

诚然，我虽然通过这种辩解而获救了，但这或许是以牺牲我男子气概的名声为代价换来的，因为尽管你们女性在个别情况下对男性的看法如此之高，但作为一个整体，[31]你们仍然对这个物种怀有很大的怨恨。所以，我绝对不想与这一物种有任何关系，宁愿仅仅引用天真无邪的小威廉敏娜（Wilhelmine）的例子来为我的自由和鲁莽辩护，而我这样做，主要是因为她也是我最心爱的一位女士。出于这个原因，我想在此对她作一些简单的描述。

小威廉敏娜性格素描

人们如果不是从任何片面的理论角度,而是按照其所应当那样,从所有可能的角度来看这个不寻常的孩子,[32]那么就可以大胆得出这样的结论(这也许是对她最好的评价了),即她是她那个年龄或她那个时代的人中最聪明的一个。这已经说明了很多,因为我们多久才能发现一个两岁的孩子受过全面教育?关于她内在的完美的众多令人信服的证据中,最有力的就是她对自己非常满意。吃完饭后,她的双臂通常张开放在桌子上,并且带着一副顽皮的严肃态度把小脑袋靠在上面。然后,她睁大眼睛,狡黠地望着全家人,直起身来,脸上露出最生动的讽刺表情,[33]对自己的机灵和我们的自卑发出微笑。她的身上确实有很多小丑的特质,很有滑稽感。如果我模仿她的手势,她会立即复制我对她的模仿,这样我们就为自己发明了一种戏剧性的语言,在表演艺术的象形文字中理解彼此。

我认为她更喜欢诗而不是哲学,因此更喜欢被推着走,而只在必要时才走路。我们的北欧母语那刺耳的不和谐声音,在她的嘴唇上融入了意大利语和印度语的温柔甜美的和谐。她特别喜欢押韵,[34]就像她喜欢一切美丽的事物,并且不知厌倦地重复哼唱着所有她最喜欢的诗句——这是她的小快乐的经典选集。诗将所有事物的花朵编织成一个轻盈的花环,威廉敏娜也给所有的地点、时间、事件、人物、玩具和食物命名与赋韵,把它们混合在一起,变成一种浪漫主义的混乱——这是适用于每个单词的形象。没有任何离题和人为的过渡,别忘了它们只会为了理性的目的而阻碍想象力更为大胆的翱翔。

在她的想象中,[35]整个大自然都被赋予了生命和灵魂。我经常愉快地回忆起她在不到一岁时是如何看着并触摸她的第一个娃娃的。天国般的笑容照亮了她的小脸,她立刻在那着了色的木质嘴唇上印下了一个深情的吻。毫无疑问,人类的本性根深蒂固地渴望吃掉他所爱的一切,渴望将他遇到的每一个新事物立即放入口中,以便在可能的情况下将其分解成最初的成分。对知识正常合理的渴望,让他想要完全理解对象,想要穿透并咬入其最深的核心。[36]而另一方面,对对象的触摸只是停留于表面,而且每一次触摸都只提供一种间接和不完美的知识。尽管如此,看到一个聪明的孩子看着她自己的形象,试图用双手去理解它,并用理性最初和最后的触须来定位自己,这是很有趣的。小小的陌生人害羞地躲了起来,而小哲学家则勤奋地跟在他身后,追寻着她最初的研究对象。

不过,自然而然的是,悟性、机智和独创性在儿童中和在成人中一样罕见。[37]但所有这些以及更多的情况都不属于这里,继续这样下去会超越我的意图的限度!因为这幅人物素描只是描绘了一个一直摆在我面前的理想,这样就绝不会在这幅小小的艺术作品中,在这幅美好而优雅的世俗智慧之作中逾越得体的温柔界限;这样就可以让你提前原谅我打算采取和犯下的所有自由和放肆的行为;或者说,这样至少可以让你从更高的角度来判断和欣赏它们。

当我首要地在孩子身上寻找道德,主要在女性的文字和思想中寻找温柔和优雅时,[38]我有错吗?

现在，请看！这位可爱的小威廉敏娜常常带着一种难以言喻的快乐仰面躺着，在空中踢着她的小腿，对她的裙子和世人的看法不屑一顾。如果威廉敏娜可以那样做，我又有什么不能做的，因为我毕竟是一个由上帝创造的男人，不需要比最温柔的女人还要更温柔！

哦，令人羡慕的免于偏见的自由！还有你，我最亲爱的朋友，你也应该摆脱所有虚假的羞耻，就像我经常撕下你可恨的衣服，[39]把它们可爱地乱扔一气那样。如果我生命中的这个简短的故事显得过于粗糙，请记住它只是一个孩子，你要用母性的克制容忍它天真的嬉戏，并且让它爱抚你。

如果你对寓言的可信度和连贯性不太挑剔，并准备好接受"一个笨拙男性的自白"——如果你不想泄露伪装的话——中如预料的那样多的笨拙叙事，那么我想在这里为你详细描述一下我最近做的一个白日梦，[40]因为它与对小威廉敏娜的人物素描所起的效果大致相同。

无耻的寓言

世事无忧,我站在一个华丽的花园里,靠近一个圆形花坛,那里开满了异国和本土最可爱的花卉。我呼吸着馥郁的芳香,看着繁多的颜色,感到非常快乐。突然,一只丑陋的怪物从花丛中跃出。它的身体似乎被毒药入侵而肿胀,透明的皮肤像是五彩斑斓的彩虹,透过皮肤还可以看到内脏像一群蛆虫那样缠绕在一起。它大到让人感到害怕,身体四面都有螃蟹般的爪子。[41] 有时它会像青蛙一样跳跃,然后又会用无数的小脚爬行——其迅捷令人作呕。我惊恐地转过身去,但既然它想追我,我就鼓起勇气,用强力一击将它仰面掀翻。顿时,它看起来不过就是一只普通的青蛙。

我对此颇为惊讶,更让我惊讶的是,一个声音立刻从我身后传来:"那就是舆论,而我是机智。你那些虚假的朋友,那些花儿,已经完全枯萎。"我转过身去,看到一个中等身材的男人。他高贵的脸庞,[42] 像罗马半身塑像那样被夸大和精心修饰过了。他坦诚、透彻的眼睛里闪烁着友好的火焰,两绺长发垂落,奇怪地聚集在他突出的前额上。"我要为你更新旧的景象,"他说,"你们这些处于十字路口的年轻人。我自己认为,在我的空闲时间里与神圣的幻想一起来孕育、生产他们是值得的。他们是真正的小说兄弟,总共有四位,并且和我们一样不朽。"

我顺着他点头示意的方向看去,只见一个几乎赤身裸体的美少年在绿色的平原上奔跑。[43]他已经跑得太远,我只能勉强看到他跃马疾驰,仿佛要赶上温和的晚风,嘲笑它的迟缓。那边山丘上出现了一个全副武装的骑士,伟岸而高贵,几乎就是个巨人。但是那身体和形状的精确比例,以及富有表现力的眼睛流露出来的坦诚、友好,还有讲究礼节的举止,都赋予他一种古典的优雅。他把身体向夕阳倾斜,单膝慢慢跪地,右手放在胸口,左手放在额头,似乎在热切祈祷。[44]之前那个跑得飞快的男孩,现在静静躺在斜坡上,沐浴着最后的阳光。然后,他跳了起来,脱光衣服,扎进河里戏水,时而潜入,时而浮起。在幽暗的小树林深处,徘徊着一个穿着希腊长袍的身影。不过,我想如果那衣服下确实有人的话,那么它很难属于这个地球。身影的颜色是如此暗淡,整个人都笼罩在圣洁的雾气中。但是,在长久而仔细地看了又看后,我发现那果然还是个青年,虽然完全与众不同。这个高大的身影正把头和手臂靠在一个骨灰盒上。[45]严肃的目光似乎有时在地面上寻找已经失去的财物,有时在询问已经开始闪烁的苍白星辰。他微微叹了一口气,唇角勾起一抹温柔的笑意。

与此同时,第一个给人以美感的那位青年已经厌倦了独自一人的体育运动,正迈着轻松的步伐径直向我们走来。现在他已经穿好了衣服,几乎像一个牧羊人,但色彩斑驳,显得很奇怪。他本可以去参加化装舞会,实际上他的左手手指正在玩弄一副面具的系带。这个神奇的男孩也可能会被误认为一个因心血来潮而伪装自己的活泼女孩。[46]到目前为止,他一直在朝我们走来,但脚步突然变得不确定了。他先是跑到一边,然后又冲到另一边,并且一直在独自发笑。

"这个年轻人不知道他该效忠于无耻还是谨慎,"我的同伴说。左边是一群漂亮的女人和女孩,右边是一个孤零零的令人印象深刻的女人,但当我们试图看那个强大的身影时,她的目光锐利而无畏地与我的相遇,以至于我移开了视线。在这些女士中间有一个年轻男子,[47]我立刻认出了他是其他小说的兄弟。他是你现在看到的那种人,但更有教养。他的相貌和脸庞并不英俊,但很精致,非常聪明,非常有魅力。他本可以被视为法国人,就像被视为德国人那样。他的衣着和整个举止都很简单,但一丝不苟,完全现代。他正在与这个群体交谈,似乎对所有成员都表现出浓厚兴趣。

女孩们围在这个群体中最尊贵的女士周围,表现得非常活跃,彼此之间喋喋不休。"我确实比你有更多的感受,我亲爱的道德!"一个女孩这样说。"但我的名字恰好是灵魂[48]——事实上,是美丽的灵魂。"道德因此显得相当苍白,似乎就要哭出声来。"但我昨天还是那么有德性,"她说,"而且我一直在努力变得更加有德性。我对自己的责备已经够多了。我为什么还要听你的话?"

另一个名叫谦逊的女孩,嫉妒那个自称美丽灵魂的女孩并且说道:"我生你的气,你只是想利用我。"名叫体面的女孩,当她听到可怜的舆论,如此无助地仰面躺着时,流下两滴半眼泪,然后打算以一种有趣的方式弄干眼睛。[49]但此时她的眼睛早已经不再湿润。

"不要对这种坦率感到惊讶,"机智说,"这既不是普通的,也不是偶然的。全能的幻想用她的魔杖触动了这些空洞的阴影,以便它们可以揭示自己内心深处的本性。你很快就会听到更多。然而,正如她所表现的那样,无耻谈论的是她自己的自由意志。"

无耻的寓言 21

"那个年轻的梦想家,"谨慎说道,"将会成为我真正的娱乐源泉,他总是会为我谱写优美的诗句。我会让他像骑士一样保持距离。当然,这位骑士相貌英俊,要不是他看起来那么严肃和正式。但最聪明的人可能是那个正在和谦逊交谈的花花公子。[50]我想他是在揶揄她。无论如何,他说了很多关于道德和她平淡无奇的脸庞的好话。不过,他大部分时间都在跟我说话,如果我不改变主意,或者如果没有其他更时髦的人出现,也许他甚至会在某个时候勾引我。"

现在,骑士也已经接近这群人。他左手搭在巨剑柄上,右手向在场的人礼貌地打着招呼。"真的,你们都太平庸了,我很无聊。"那个现代人说着,打了个哈欠离开了。[51]现在我注意到,这些起初看起来很漂亮的女人实际上只是年轻而乖巧,但在其他方面并不起眼。仔细一看,甚至可以看出一些庸俗的特征和堕落的迹象。

现在,无耻对我似乎不那么苛刻了。我可以大胆地看她,惊讶地承认她的身材高大而高贵。她飞快地朝着美丽的灵魂走去,一把抓住了她的脸。

"那只是一个面具,"她说,"你不是美丽的灵魂,充其量只是娇小,有时也是风骚。"

然后,她转向机智说[52]:"如果你是那些现在被称为小说的人的创造者,那么你本应该更好地利用自己的时间。在他们中最好的人那里,我几乎找不到任何有关转瞬即逝的生命的动人诗歌的痕迹。但是,和爱一起疯狂的心灵那豪迈的音乐已飘往何方?——她与她一起能打动身边的一切,以至于最残暴的野蛮人也会流下温柔的眼泪,而永恒的岩石也会翩翩起舞。没有人会愚蠢和乏味到不谈论爱这个人,但真正认识她的人,都没有足够的勇气和信心说出她的名字。"

机智笑了笑,那个神圣的男孩也远远地表示他的赞同,而她又继续说道[53]:"如果那些精神上无能的人还想要和精神生孩子的话,如果那些不明白活着意味着什么的人还敢于活着的话,那么我将称之为极端的下流,因为那是最大程度的变态和猥亵。然而,像葡萄酒起泡、雷光闪烁这样的事情,却绝对是天经地义。"

那位行事草率的小说现在已经作出了决定。当无耻正在说话的时候,他来到她的身边,似乎完全献身于她。她挽着他的手匆匆离开,只是顺便对骑士说:"我们会再见面的。"

"那些只是外在的表现,"我的保护者说,"你很快就会看到内在的自己。[54]而且,顺便说一句,我是一个真正的人,是真正的机智。我以我自己的存在向你发誓,而不需要把胳膊高高举起。"

然后,一切很快都消失了,机智也成长壮大,直到他不再是以前的样子。不过,虽然他不再出现在我面前和我外面,但我想我又在我里面找到了他,他既是我的一部分,又与我不同,他独立自主地活着。

一种新的感觉似乎在我身上出现了:我在我自己内心发现了一束柔和的光。我返回自身,回到我所凝视的奇迹般的新感觉。这种新感觉是如此清晰而准确,就像一只向内看着的精神之眼,[55]但是同时,它的感知就像听觉一样深沉又无声,又像触觉一样直接。很快,我再次认识到外在世界的景象,只不过它们已经发生变化,并且显得更加纯洁、美丽:我上方是蓝色天空的穹顶,下方是富饶大地的绿毯,很快就充满了各种快乐的形状。我能做的,只有在内心深处许愿,但不管我许什么样的愿望,甚至在我还没有想清楚这些愿望究竟是什么之前,它们都会立即实现,并且簇拥到我面前。

所以，我很快就看到了我认识和不认识的人们的可爱形状，他们都被奇怪的面具所遮掩，就像在一场充满快乐和爱的大型狂欢节里那样：内在的农神节，就狂欢者们的怪异多样和放荡而言，[56]并非配不上高贵的古代。但是不久，这场精神的狂欢变得一片狼藉，因为我的整个内心世界好像被一道闪电撕裂，我听到了——我不知道那声音如何而来或从何而来——那熟悉的话语："毁灭与创造；一和一切；因此还有永恒的精神永远盘旋在永恒的时间和生命之流上，并在每一波大胆的浪潮退去之前去观察它。"

幻想的声音听上去非常美妙，非常遥远，但她接下来的话却更温和，更像是在对我说："时候到了，上帝内在的存在可以被揭示和描述了，所有的奥秘都可以被发现，[57]所有的恐惧都将终止。去奉献你自己吧，①去向世界宣告，唯有自然值得荣耀，唯有健康值得热爱。"

就在这玄妙的话语结束时，时候到了，②一团天火落入我的灵魂。它燃烧并吞噬了我最为内在的存在；它努力而狂暴地表达自己。我伸手去拿武器，以便跳入以偏见为武器的激情吵闹的喧嚣中。我想为爱和真理而战，但是，我没有武器。我张开嘴想用歌声宣告爱和真理，[58]我想所有的造物都一定会听到我的歌声，而整个世界都会以和声来响应。但我记得，我的嘴唇还

---

① ［译注］这里的德文是 Weihe dich selbst ein，英文直译为 Consecrate thyself，即"宣布自己为祭司吧"。这样译并没有错，因为做祭司就是要把自己的一生奉献给神灵。

② ［译注］这里显然是在模仿《圣经》的话语，参见新译本《圣经·约翰福音》第 17 章："耶稣讲完了这些话，就举目望天，说：'父啊，时候到了，求你荣耀你的儿子，让儿子也荣耀你，正如你把管理全人类的权柄给了他，使他赐永生给你所赐给他的人。'"

没有学会如何再创作精神之歌。

"你不能试图以其纯粹而原始的形式传达不朽的火焰,"我的友好伴侣那熟悉的声音说道,"在新的分离与结合的永恒变化中创造、发现、改造和保留这个世界及其永恒形式吧。在文字中遮蔽和束缚精神吧。真正的文字是万能的,它是真正的魔杖。正是和文字一道,那位伟大的魔术师——幻想——不可抗拒的意志,[59]触动了包罗万象的大自然崇高的混沌,并召唤无限的语词来把它点亮,这个无限的语词是神圣精神的形象和镜子,是凡人对宇宙的命名。"

女性精神比男性精神更有优势,正如女装比男装更有优势一样,因为只要通过勇敢的结合,一个人就可以超越一切文化偏见和市侩传统,瞬间发现自己位于天真无辜的中心,位于大自然的子宫里。

[60]那么,如果不是指向所有女性,爱的修辞应该把它对自然和天真无辜的辩护指向谁呢?在她们温柔的心中,藏着被严密包裹的神性快感的圣火——无论怎么被忽视和亵渎,这圣火都永远不会完全熄灭。当然,在女性之后,这种辩护应该指向青年男人,以及那些仍然保持青春活力的男性。但是对于这些人,必须作出重要的区分。人们可以将所有青年男人分为具有狄德罗(Diderot)[①]所谓肉体敏感性的人和没有这种敏感性的人。

---

① [译注]德尼·狄德罗(1713—1784),法国启蒙思想家、哲学家、戏剧家、作家,百科全书派代表人物。狄德罗认为人由两种东西组成,一是灵魂,一是身体,而离开了身体,灵魂什么都不是。于是,狄德罗进一步强调,人不是靠灵魂说话,而是靠身体自我表达。可以说,狄德罗是身体哲学的开创性人物之一。

多么难得的天赋！许多才华横溢、富有洞察力的画家终其一生都在徒劳无功地为之奋斗,[61]而许多具有男子气概的艺术大师在对这种敏感性还没有丝毫概念的情况下就结束了他们的职业生涯。一个人不可能以普通的方式获得这种敏感性。一个浪荡子可能知道如何脱下一位有品味的女孩的衣服。但是,只有爱才能教会年轻男人更高级的快感艺术,只有通过这种艺术,男性的强力才会转变成美。它是一种强烈的情感,但同时又是对内部世界的一种寂静而秘密的倾听,是对外部世界的某种清晰的透视,就像绘画里那些明亮的地方,敏锐的眼睛能够确切地感受到。它是所有感觉的奇妙混合与协调:[62]因此,音乐中也存在完全天然、纯粹和深刻的音调,当情感渴望爱时,耳朵似乎不仅能够听到这些音调,实际上还能沉醉于其中。

不过,除此之外,肉体的敏感性无法被定义。无论如何,这样做都是不必要的。完全可以说,青年男人在爱的艺术的第一个层次中获得的东西,却是女性的天赋之才,男人只有靠女性的厚爱和仁慈才能发现和获得这种东西。一个人不可能和那些不知道这种天赋为何物的不幸者谈论爱,因为男人天生就感受到对爱的需要,但又不知道爱是什么样的。[63]爱的艺术的第二个层次对此已经有了一些神秘的启示,并且和每一种理想一样,很容易显现为非理性的样子。一个不能完全实现和满足对其钟爱之人的内在渴望的男人,不可能真正清楚如何成为他真正应该成为的人。他实际上患有阳痿病,无法缔结一段健全的婚姻。确实,面对无限,即使是最高程度而有限的伟大也会消失不见,与此相应,即使带着最好的意图,问题也不可能由纯粹兽性的力量来解决。但是,任何有想象力的人都能交流想象,凡是想象力存在的地方,情人们都乐意为了奢侈一把而暂时挨饿。他们的道路向内延伸,[64]他们的目标是极致的无限性,是没有数字和尺度的不可分性。他们实际上并不需要挨饿,因为他们的魔法可以取代一切。

但是,不再有这些秘密了！第三个也是最高的层次,是持久的和谐温暖感。任何拥有这种感觉的青年男人都不再只像一个男人那样去爱,而是同时也像一个女人那样去爱。在他那里,人性已经达到完美,他已经达到生命的顶峰。因为,事实上男人天生就要么只是炽热的,要么只是冰冷的：他们必须首先学会温暖。但是女人天生就具有感官和精神方面的温暖,并且能够感受各种温暖。

[65]如果这本疯狂的小书能被发现,也许还会被印刷甚至被阅读的话,那么它肯定会给所有快乐的青年男人留下或多或少相同的印象：这些印象只会根据他们发展的不同层次而有所不同。在其中第一个层次,它会引起肉欲的感觉；在第二个层次,它会引起完全的满足感；而在第三个层次,它只会引起温暖的感觉。

女人的情况则完全不同。她们当中没有一个是外行,因为每个女人自身中都已经完全包含了爱,这种爱的不可穷尽的本质,我们青年男人永远在学习,却永远只能理解一点点。[66]一种爱要么已经发展起来,要么仍处于萌芽状态,但这并没有任何区别。一个天真无知的女孩,甚至在爱的闪电击中她温柔的子宫之前,在闭合的花蕾绽放成充满肉欲的花朵之前,就已经知道了一切。如果一个花蕾能感觉,那么花朵的预感难道不比它自己的意识更明显吗？

因此,在女性的爱情中,没有发展的层次和阶段,根本没有什么普遍性,只有如此多的个体之人,如此多特殊的类型。

[67]没有一个林奈(Linnaeus)①可以为我们分类和破坏生命大花园中所有这些美丽的生长物和植物。只有神明最初的宠儿才能了解她们奇妙的植物学。只有他了解那发现和认识她们隐秘的力量和美丽的神圣艺术,知道她们在什么季节开花以及需要什么样的土壤。在世界开始的地方,或至少在人类开始的地方,也有真正的原创性中心,没有一个聪明的男人曾经探查过女性气质的深度。

然而,有一种东西似乎将女性分为两大类。也就是说,她们是否重视和尊重感觉、自然、自身和男子气概;或者说,她们是否已经失去了这种真正内在的天真,[68]并因此带着悔恨追求每一种快乐,直到对内心的反对都变得极度麻木不仁。当然,很多女人身上都会发生这种情况。

首先,她们羞怯地躲避男人,然后把自己献给不配的男人,而她们很快就会讨厌或欺骗他们,直到她们开始鄙视自己和女性特有的命运。她们认为自己有限的经验就是所有女性的经验,并且认为其他一切都是荒谬的。她们总是活动于其中的那个庸俗而卑贱的小圈子变成了她们的整个世界,她们没有想到可能还有另外的世界。对这样的女人来说,男人不属于人类,而只是男人,是对自己来说一个危险的物种,但不幸的是,[69]他们对于自己逃避无聊来说又是必不可少的。然后,她们就变成了她们自己那种类型:一个个彼此相似,没有创意,也没有爱。

但是,难道她们因为没有被治愈就永远无法治愈了吗?在我看来非常明显的是,对一个女人来说,没有什么比拘谨(每想

---

① [译注]卡尔·林奈(1707—1778),瑞典博物学家,杰出的植物分类学家,建立了"属+种"的植物双命名法。

到这种恶习,我就无法遏制内心的愤怒)更不自然的了,而没有什么比不自然更令人厌烦的了。所以我不会在任何地方划出界限,也不认为任何女人都是无法治愈的。我认为她们的不自然永远不会在她们身上牢牢扎根,无论她们在这方面多么专业和冷静,甚至到了给这个角色带来一致性和个性的假象的地步。[70]它仍然只是假象。爱情之火是绝对不会熄灭的,即使在最深的灰烬之下,仍然有一些火花在发光。

唤醒这些神圣火花,清除那些偏见的灰烬,并在火焰已经明亮燃烧的地方,用适量的牺牲品来喂养它们——这将是我的男性理想的最高目标。我承认:我爱的不只是你,我爱的是女性气质本身。我不仅爱它,我还崇拜它,因为我崇拜人性,因为花是植物的顶点,是植物的自然美和形式的顶点。

[71]我所回归的宗教是最古老、最童真和最单纯的宗教。我崇拜火作为神性的最佳象征。哪里还有比自然深深地锁在女人柔软胸膛里的火焰更可爱的呢?任命我为祭司,不是为了让我闲散地注视着火,而是为了解放它,唤醒它,并净化它:无论何处它都是纯洁的,它都维持着自己,不需要守卫,不需要维斯太贞女。①

如你所见,我写作并充满热情,也绝对津津有味,但是,如果没有被召唤——事实上就是被众神召唤——这种情况是不会发生的。有什么他不敢冒险的呢?机智本人曾用一个来自天国的

---

① [译注]维斯太贞女,指的是古罗马庙宇中侍奉神灵的年轻未婚女子。她们执掌灶火,掌管万民的家事,是家庭的象征,又是磨坊工和面包师傅的保护神。她们为了守护圣火而拒绝追求者,将其一生奉献给了神殿。

声音对他说[72]:"你是我的爱子,我为你感到满意。"

为什么我就不应该出于自己的绝对权力和选择对自己说"我是机智的爱子",正如许多在生活中徘徊以寻求冒险的那些高贵的灵魂对自己说"我是好运的爱子"?

无论如何,我真的很想谈谈这本奇异的小说会给女性留下的印象,如果机会或命运能够发现它并将其公之于众的话。事实上,如果我不能给你一些关于预言和占卜的——非常简短的——小证据,[73]以便证明我的神职权力,那将是非常不合适的。

每个女人都会理解我,没有人会比没有经验的青年男人更容易误解和滥用我。许多人会比我自己更了解我,但只有一个人能完全了解我:那就是你。我希望交替地吸引和排斥所有其他人,经常伤害他们,就像经常安慰他们那样。对于每一个有教养的女人,她们给我的印象会完全不同,完全独特,就像她们自己特有的存在和爱的方式一样独特和不同。

克莱蒙蒂娜(Clementine)会觉得整部作品只有作为一件怪异之物时才是有趣的,[74]因为毕竟其中可能存在某种意义,但对她而言,这本书还是有一部分看上去像是真实的。人们认为她非常严厉且喜怒无常,但我仍然相信她内心的温暖。她的脾气让我接受了她的严厉,即使从外表看这两者似乎都在变得更糟。如果她的身上只有严厉,那就显得冷酷和无情了,但她的脾气表明,圣火还在她身上,并且试图爆发。

你可以很容易地想象她和一个她真心爱的人在一起会是什么样子。温柔而脆弱的罗莎蒙德(Rosamunde)总是会对爱情若即若离,直到"害羞的温柔变得更大胆,在爱的真挚行动中只看到纯真"。[75]朱莉安娜(Juliane)的诗意与她的爱一样多,热情与机智一样多,但她的每一种品质都太孤立了,所以她有时会对这部作品的大胆混乱表现出女性特有的恐惧反应,并希望这本书总体上再多一点诗意,少一点爱。

我可以以这种方式继续更长时间,因为我正在尽已所能理解人性,而且我总是清楚,利用我的孤独的最好方法,就是思考这个或那个有趣的女人会如何在这种或那种有趣的情况下行动。但是现在已经足够了,否则的话,这对你来说可能会显得太多,而且这么多变化可能会让你的先知陷入困境。

[76]不要把我想得那么糟糕,相信我不仅是在为你而写作,也是在为我的同代人写作。相信我:我只关心我的爱的客观性。因为这种客观性以及与之相关的一切确实证实并创造了写作的魔力。既然没有让我在歌声中呼出我的火焰,我不能不相信这些无声的笔触中的美丽奥秘。但在这样做的过程中,我很少关注我的任何同代人,就像很少关注后代人一样。不过,如果一定要关注一个时代,那最好是过去的那个时代。爱本身永远是新的,永远年轻,但它的语言应该像古典作品那样自由和大胆,[77]而不要像罗马哀歌和那个最伟大国家的最伟大人物那样庄重,不要像伟大的柏拉图和神圣的萨福(Sappho)那样理性。①

---

① [译注]萨福(约前630—约前560),古希腊著名女抒情诗人。

关于闲散的田园诗

"看哪,我乃自教自会,且神明给我灵感,说唱各种诗段。"①我现在可以厚着脸皮说,我不是在谈论关于诗的快乐科学,而是在谈论关于闲散的神性艺术。但是,除了我自己,我还能和谁一起思考和谈论闲散?所以,这就是我在不朽的时刻对自己说的话,[78]那时我的守护精灵启发我去宣告那关于真正喜悦和爱情的崇高福音:"哦,闲散,闲散!你是天真和热忱的生命气息。那有福之人,那拥有并珍惜你的人就在散发着你的气息,你这神圣的宝石,你这从天堂降临到我们身上的只有神灵才有的碎片!"

这样自言自语时,我就像一个沉浸在漫不经心的浪漫故事中的少女,坐在溪边,注视着流淌而过的水波。但那水波的流淌是如此平静、安宁和多愁善感,仿佛那喀索斯(Narcissus)②就要在清澈的水面上映出自己的形象,让自己陶醉于美丽的自我主义。[79]这种情况或许也会引诱我越来越深地陷入对我的精神的内在观察,如果我的个性不是那么无私和务实,以至于我的

---

① [译注]出自荷马《奥德赛》。译文参荷马《奥德赛》,王焕生译,上海:上海译文出版社,2022,页937,有改动。

② [译注]那喀索斯,希腊神话中的美少年,河神菲索斯和水泽神女利里俄珀的儿子。他因迷恋自己在水中的倒影,相思而死。众神把他化成了水仙花(narcissus)。

思考总是只关注普遍利益的话。所以尽管我的心灵在舒适中如此乏力,就像我的身体因酷热而疲惫,但我还是开始严肃地思考关于一次持久拥抱的可能性。

我想着如何延长我们在一起的时间,以及将来如何扔掉那些关于突然离别的所有天真动人的哀歌,[80]而不是像我们以前那样对命运这种机缘的喜剧性一面感到高兴,这只是因为它已经发生了,而且无法改变。我全神贯注的理性的力量被这个理想的不可实现性打碎从而松懈下来,于是我让自己沉浸在思绪的洪流中,热切地聆听着那些多彩童话,而我自己胸膛中的欲望和幻想,那无法抗拒的塞壬(Siren)①之声,开始迷惑了我的感官。

我没有想到要卑鄙地去批评这种诱人的错觉,尽管我很清楚这大部分只是一个美丽的谎言。那想象中温柔的音乐似乎填补了我的渴望的所有空白。[81]谢天谢地,我注意到了这一点,并决定将来用我自己的创造能力为我们俩重现这次幸运给予我的东西。我决定开始为你谱写这首真理之诗。这就是爱和任性这棵奇妙植物的第一个萌芽孕育的过程。我想,就像它自由地发芽一样,它也应该繁茂生长和肆意泛滥。我决不会出于对秩序和节俭的卑贱爱好,去修剪它那充满生机的多余枝叶。

就像东方的智者一样,我完全沉没在对永恒实体——尤其

---

① [译注]塞壬,希腊神话中人首鸟身的怪物,福耳库斯和刻托(或阿刻罗俄斯和斯忒洛珀)的女儿们,居住在位于喀耳刻的海岛和斯库拉的住地之间的海岛上,常用自己天籁般的歌喉使得过往的水手倾听失神,从而使航船触礁沉没。在《奥德赛》中,主人公俄底修斯听从喀耳刻的建议,用蜡封住同伴耳朵,吩咐他们把他绑在桅杆上,从而成为第一个听了塞壬们的歌声而活下来的人。

是你和我的实体[82]——的神圣沉思和无声审视中。大师们说,"静穆的伟大"是美术作品最高贵的主题。① 在没有明确的意愿或卑贱的努力的情况下,我以这种高贵的风格塑造和构成了我们永恒的实体。我回首过去,看到在温柔的睡眠降临那一刻,我们沉浸在彼此的怀抱里。我们中的一个不时睁开眼睛,对着另一个人甜美的睡眠微笑,然后我们醒来,正好可以开始一段俏皮话或爱抚。甚至在嬉戏结束之前,我们俩就紧紧抱在一起,又坠入半清醒的自我遗忘的神圣子宫中。

[83]然后,我怀着极大的愤慨想起那些要从生命中减去睡眠的恶人。可能他们从来没有睡过,也没有活过。为什么众神是众神?难道不是因为他们有意识地和故意地什么都不做,他们了解这门艺术并且是这方面的大师?诗人、智者和圣人也多么努力地在这方面模仿众神!他们是如何相互争夺孤独和悠闲的名声,逍遥自在和无所事事的名声!

这是完全正确的:一切善好和美妙的事物都已经存在,[84]并且能自给自足。那么,一种没有休息和目标的不懈追求与进步又有什么意义呢?一场"狂飙突进"运动能否为人类这株无限的植物——它能在不知不觉中自我成长和自我培育——提供有营养的汁液或美丽的形态呢?这种空虚、不安的活动,只不过是北欧人的野蛮行径,因此只会导致无聊——我们自己和其他人的无聊!那种现在如此普遍的对世界的反感,究竟开始

---

① [译注]温克尔曼曾在自己的《古希腊雕塑绘画沉思录》中指出,希腊雕塑艺术普遍存在的典型特征,是它们"高贵的单纯和静穆的伟大",参拜泽尔,《狄奥提玛的孩子们——从莱布尼茨到莱辛的德国审美理性主义》,张红军译,北京:人民出版社,2022,页196。

于什么,又结束于什么?没有经验的自负甚至不会猜到这种反感只是由于缺乏感受和理解,从而明白这种反感是对世界和生活的普遍丑陋的高度不满。[85]与之相反,这种自负连世界和生活到底是什么都没有半点概念。它无法想象它们,因为勤奋和收获是死亡天使,它们用炽热的剑阻止人类返回天堂。只有平静和温和,只有在真正被动性的神圣宁静中,一个人才能回想起自己的整个自我,才能直观世界和生活。如果不是通过完全地献身和服从于某个守护精灵,所有关于诗的思考和写作活动如何能够发生?然而,言说和构型只是所有艺术和科学中的次要问题:本质性的东西是思考和想象,[86]而它们只有在被动性中才有可能实现。确实,这虽然是一种有意的、任性的、单方面的被动,但仍然是被动。气候越美丽,人就越被动。只有意大利人懂得如何散步,只有东方人懂得如何休憩。哪里的精神会比印度的更温柔、更甜美?在世界各地,贵族与平民的区别在于是否有闲散的权利。这是区分贵族与否的真正原则。

最后,哪里存在更大程度的快乐,更持久、更有力的享受精神?在女人那里吗,我们把她们扮演的角色称为被动的?[87]或者是在男人那里,他们从不耐烦的愤怒到无聊的转变,比从善到恶的转变还要快?

真的,我们不应该如此不可饶恕地忽视对闲散的研究,而应该把它变成一门艺术和一门科学,甚至变成一种宗教!一言以蔽之:一个人或一个人的作品越是神圣,就越像一棵植物。在自然界的所有形式中,这种形式是最道德的,也是最美丽的。因此,最高级、最完美的生活方式实际上只不过是纯粹按照植物那样生长。

我很满意对自己的存在的享受,[88]决心使自己超越一切有限的因而可鄙的目的和意图。大自然本身似乎支持我的这项事业,仿佛还用复调赞美诗鼓励我更加闲散,而就在这时,一些新的东西突然向我显现。我想象自己是一个坐在剧院里的隐形人:一边是熟悉的舞台、灯和彩绘纸板;另一边是大量的观众,其好奇的面孔和感兴趣的眼睛有如浩瀚海洋。前景的右侧不是装饰,而是正在创造人类的普罗米修斯(Prometheus)形象。①[89]他被一条长长的链条拴住,极度匆忙又紧张地劳作着。在普罗米修斯旁边的,是几个丑陋的怪物,他们不断驱赶并鞭打他。到处都是多余的胶水和其他材料,而他正在从一个很大的烧煤锅里取火。

另一边和普罗米修斯对面的,是同样沉默的神化了的赫拉克勒斯(Hercules)形象,而赫柏(Hebe)正坐在他的大腿上。②台前跑来跑去说着话的,是一大群年轻的身影,他们很开心,不仅仅像看上去那样有活力。年轻的都像丘比特(Cupido),[90]

---

① [译注]普罗米修斯(希腊语意思是"先觉者"),提坦神之一,伊阿珀托斯和大洋神女亚细亚的儿子,曾用泥捏成人形,并赋予其生命。宙斯打算毁灭不懂任何技艺的人类,普罗米修斯则教会人们建筑、航海、医术、读书、写字等生存技能。宙斯曾从人间取走了火,普罗米修斯则从奥林匹斯山上盗取火种,藏在芦苇管里带到人间,并教会人类用火。为了惩治普罗米修斯,宙斯下令把他锁在高加索山的悬崖上,用矛刺穿他的胸部,另派一只大鹰每天早晨飞来啄食他的肝脏。可是,一到夜里,他的肝脏就会重新长好。直到几千年后赫拉克勒斯射死大鹰,这种折磨才告结束。

② [译注]赫拉克勒斯,希腊最负盛名的民间英雄,父亲是宙斯,母亲是提任斯国王安菲特律翁之妻阿尔克墨涅。曾经完成过十二件丰功伟绩,后在宙斯的帮助下成为奥林匹斯山上的不死之神。

赫柏,青春女神,宙斯和赫拉的女儿,负责在奥林匹斯山为众神斟酒献食。

年长的都是萨提尔（Satyrus）的形象，但每个人都有自己独特的举止，面部表情也具有惊人的独创性。① 他们都与基督教画家或诗人描写过的恶魔有一些相似之处——人们可以称他们为小恶魔。

一个最小的恶魔说："一个不会鄙视的人，就不会赞赏。你只能无限地做到这两点中的任何一点，而正确的做法是与人一起游戏。那么，某种审美的恶意难道不正是一种全面教育的重要组成部分吗？"

另一个小恶魔说道："没有什么比道德家责备一个人太自我主义更愚蠢的了。他们完全错了：[91]如果人不是他自己的神灵，那还有什么样的神灵可能值得人尊敬？你们所有人当然都是错的，因为你们认为你们有一个自我。但如果与此同时你们把自我等同于你们的身体、你们的名字和你们的财产，那么你们至少会为它腾出空间，如果自我碰巧存在的话。"

"而且你们应该正确地尊重普罗米修斯，"最大的那个恶魔说道，"他造就了你们所有人，而且总是在创造更多像你们那样的人。"

事实上，每个新人一经造就，普罗米修斯的同伴们就会把他扔到观众席上，在那里他立刻变得和其他人没有区别，[92]他们都非常相似。"他只是错在他做事的方式！"

小恶魔继续说道，"怎么会有人想完全凭自己创造人类？

---

① ［译注］丘比特，罗马神话中的神灵，希腊神话中叫厄洛斯，是最古老的神祇之一，爱情的化身。他射向凡人的金箭，能够唤起他们心中的爱情。

萨提尔，酒神狄奥尼索斯的随从，最低级的森林之神，司丰收的精灵，懒惰、淫荡、嗜酒，常在林中与神女们一起跳舞。

那些工具根本不合适。"

而且,他一边说着,一边对着在舞台背景不远处站立的形象——粗犷的花园之神——点了点头,后者就站在一个丘比特和一个非常美丽、赤裸的维纳斯(Venus)之间。①

"在这方面,我们的朋友赫拉克勒斯要明智得多——为了人类的福祉,他可以让五十个女孩忙碌一个晚上,而且充满无畏的精神。他也很辛苦,杀死了许多凶猛的怪物,但他的人生目标确实一直是一种高贵的闲散,[93]他也因此成为奥林匹斯众神的一员。"

"普罗米修斯这位教育和启蒙的发明者却并非如此。正是从他那里,你们继承了永远无法安定的躁动,以及不断努力追求的需要。也正因如此,当你们完全无事可做时,你们不得不愚蠢地追求个性,或者渴望观察和探查彼此的内心深处。这是一个糟糕的开端。但是普罗米修斯,因为引诱人类劳作,现在必须自己劳作,不管他想不想。他会有很多感觉无聊的时刻,而且永远摆脱不了他的枷锁。"观众们听到这些话,[94]泪流满面,跳上舞台,向他们的父亲表示由衷的同情。于是,这部寓言喜剧消失不见了。

---

① [译注]花园之神应该指的是牧神潘,阿卡迪亚森林之神,赫尔墨斯和德律俄普斯之女所生之子,出生时浑身毛发,头上长角,有山羊的蹄子、弯鼻子、胡须和尾巴,被牧人、猎人、渔夫奉为守护神。总是徜徉于林间,与神女们一块跳舞,因而又被视为快乐之神。曾追求神女绪任克斯,神女躲进河里,变成一棵芦苇,潘用这颗芦苇制作成一只芦笛。

维纳斯,罗马神话中的神灵,希腊神话中叫阿佛洛狄忒,宙斯和大洋神女之一狄俄涅的女儿,司肉欲、美和爱情。

忠诚与玩笑

"你一个人吗,卢琴德?"

"我不知道……也许……我想是的。"

"拜托,拜托,我亲爱的卢琴德。你知道,当小威廉敏娜说'拜托,拜托',而没有人立即服从她的时候,她会越来越大声地尖叫,直到她的意愿得到满足。"

"你想告诉我,正因为如此,你才气喘吁吁地闯进房间里把我吓坏?"

"不要生气,你这个可爱的女人![95]哦,我的孩子,我的美人!不要责备我,我亲爱的女孩!"

"好吧,你不打算立即告诉我把门关上吗?"

"所以?……我马上给你答复。先是一个美美的长吻,然后再接一个,然后是更多更多的吻。"

"哦,如果我要保持理智,你就不应该那样吻我。那会让人产生不好的想法。"

"你活该。你真的会笑吗,我的脾气暴躁的女士?有谁会想过!但我很清楚,你笑只是因为你在嘲笑我。你这样做不是出于快乐。刚才谁看起来就像罗马参议员一样严肃?亲爱的孩子,你本来可以看起来非常迷人的,[96]因为你那双深邃而神圣的眼睛和黑色的长发正反射着落日的光辉——如果你没有坐在那里,就好像坐在审判席中一样的话。上帝啊,你看我的眼神真的让我大吃一惊。我几乎忘记了最重要的事情,而且很困惑。但是你为什么不说些什么呢?我让你讨厌了吗?"

"哼,真有趣!你这个疯狂的朱利叶斯!你有没有给人插一句话的机会?今天你的温柔真的像骤雨般倾泻。"

"就像你晚上的谈话一样。"

"哦,别动我的围巾,先生。"

"别动它?[97]决不。这条可怜的愚蠢围巾有什么意义?一种偏见而已。让它消失吧。"

"要是现在有人进来!"

"她又来了,一副想哭的样子!你感觉很好,不是吗?你的心怎么跳得这么厉害?来吧,让我亲亲它。对,你刚才说关门的事。好吧,但不是这样,不是在这里。快,穿过花园,到花丛中的亭子去。来呀!哦,不要让我苦等!"

"先生,听从你的吩咐!"

"我不明白,你今天好奇怪。"

"如果你要开始说教,亲爱的朋友,那我们还不如回去。[98]最好我再给你一个吻,然后继续前进。"

"哦,别跑那么快,卢琴德,道德不会超越你。你会摔倒的,我的爱人!"

"我不想让你再等了。但现在我们到了,而且你也很着急。"

"而且你很听话,不过现在不是吵架的时候。"

"冷静点,冷静点。"

"你看,在这里你可以舒舒服服地休息一下。现在,如果这次你不……那你就没有任何借口了。"

"你不先把窗帘放下吗?"

"你说得对。那样的话,光线会更诱人。这白色的髋部在红光下闪烁着,多么美丽! ……为什么这么冷淡,卢琴德?"

[99]"亲爱的,把风信子放远点,那香气让我窒息。"

"多么坚决和独立,多么直截了当和美妙! 这是一次全面的教育。"

"哦,不,朱利叶斯! 不要,我求求你,我不想。"

"如果你和我一样充满激情,难道我会感觉不到吗? 哦,至少让我听听你的心跳,让我的嘴唇在你雪白的胸脯上降温! ……别把我推开……我会报仇的! 抱紧我,一个接一个地吻我。不,不需要很多:一个永恒的吻就够了。把我的灵魂完全拿走,把你的给我! ……哦,美丽,壮观——同时! 我们不是小孩子吗? 说点什么呀! 你以前怎么那样冷漠,[100]而后来你又终于把我拉近,此刻你看起来很失望,好像有什么东西在伤害你一样,好像你对自己回应我的激情感到后悔。你怎么了? 你在哭吗? 不要掩面! 看着我,我的爱人!"

"哦,让我躺在你身边吧。我不能直视你的眼睛。我真不好,朱利叶斯! 亲爱的,你能原谅我吗? 你会离开我吗? 你还爱我吗?"

"到我这里来,我心爱的女士! 到我的心上来。你还记得不久前,你在我怀里哭的时候是多么美丽吗? 哭能让你得到安慰吗? [101]现在告诉我你怎么了,我的爱人。你生我的气了吗?"

"我生自己的气。我可以打自己……你当然是对的。而且,如果将来您再次行使丈夫的特权,那么我会更加小心,您也会因此发现我是一个真正的妻子。你可以相信这一点。我不得不笑,正如这让我感到惊奇。但别胡思乱想,我心爱的先生,你是如此可爱。这一次,是我中断了我自己的自由意志的决心。"

"意志的第一个和最后一个冲动总是最好的。女人在交流时通常说的比她们想的要少,[102]而有时做的比她们打算做的要多。这一点也不公平;善良意志会把你引入歧途。善良意志是一种非常好的东西,但坏处是它总是在那里,即使在你不想要它的时候。"

"这是一个美丽的错误。但是你们男人充满了邪恶意志,而且冥顽不化。"

"哦不!如果说我们似乎如此固执,那只是因为我们不能以其他方式意愿,也即我们不能邪恶地意愿。我们不能,只是因为我们不想。这并不是邪恶意志,而是意志的缺乏。如果这不是你们的错,那又是谁的错,因为你们不想分享你们多余的善良意志,[103]而试图把它全部据为己有?此外,我加入这个关于意志的讨论,这本身就违背了我的意愿,因此我自己也不知道我们该怎么做。无论如何,我最好还是用语言来宣泄自己的脾气,而不是去摔碎那些美丽的瓷器。这让我有机会从我对您出人意料的激昂、您精彩的演讲和值得称赞的决心的惊讶中稍微恢复过来。的确,这是您让我荣幸地知悉的那些诡计中最奇怪的一种。据我所知,[104]您已经好几个星期没有像今天布道似的那样庄严而完整地发言了。您是否乐意我把您的意思翻译成直白的散文?"

"你真的已经忘记了昨晚和所有那些有趣的人吗?当然,我不知道这一点。"

"所以——这就是你生气的原因,因为我和阿玛莉(Amalie)谈得太多了?"

"先生,您想谈多少就谈多少,您喜欢跟谁谈就跟谁谈。但是您必须对我有礼貌——我坚持这一点。"

"你说话声音很大。那个陌生人就站在我们旁边,我很害怕,不知道还能做什么。"

"你的不礼貌是因为你的笨拙吗?"

[105]"原谅我!我向你坦白我的愧疚,你知道我和你交往时多么不知所措。在别人面前和你说话会让我很伤心。"

"他好懂得如何说服自己摆脱困境!"

"永远不要再忽视我身上的这种东西。从现在开始,对我要真正专心和严格。但是看看你现在都做了些什么!这难道不是亵渎吗?哦不!这不可能,不仅如此。承认吧,那是嫉妒。"

"你一整晚都不礼貌地忘记了我。今天早上我想写信给你,但又撕毁了我写的东西。"

"然后在我进来时就给我脸色?"

"你这么着急让我很生气。"

[106]"如果我不是那么容易被唤醒和那么热烈,你会爱我吗?你自己不也是这样吗?你忘记我们的第一个拥抱了吗?爱在某一刻会完全而永恒地到来,或者根本就不来。一切神圣而美好的事物都是突然间轻松降临的。你认为可以像积累金钱或其他物质财富一样积累喜悦吗?至福就像空气中飘来的旋律一样让我们惊讶。它突然出现,然后又突然消失。"

"亲爱的,你就是这样出现在我面前的!但你不会突然消失,对吗?你不会的,我不会让你消失的。"

"我不想消失。我想和你在一起,现在,永远……听着,[107]我很想和你聊一聊嫉妒这个话题,不过我们还是先安抚一下被冒犯的众神。"

"我更喜欢先交谈,然后才是众神。"

"你说得对。我们还不配,你一旦被打扰,就需要很长时间才能平复。你这么敏感,真是太好了!"

"我并不比你更敏感,只是敏感的方式不同。"

"好吧,那么,告诉我这是怎么回事,虽然我并不嫉妒,但你为什么会嫉妒?"

"我会无缘无故地嫉妒吗?回答我,先生!"

"我不知道你的意思。"

"好吧,其实,我并不是真的嫉妒。但是告诉我,你们两个整晚都在谈论什么?"

[108]"那么嫉妒阿玛莉?这可能吗?太幼稚了吧!我和她什么也没说,而这正是那么有趣的原因。而且,我和安东尼奥(Antonio)不是也谈了那么久吗?就在不久前,我几乎每天都见到他。"

"那么,你是在让我相信,你和那个风骚的阿玛莉说话的方式,类似于和安静而严肃的安东尼奥说话的方式吗?这不过是一种清白而纯粹的友谊,对吧?"

"哦,不,你不应该也不能这样想,事实根本不是那样的。你怎么能把我想得这么蠢?因为如果两个异性试图建立关系,[109]并且想象这种关系是纯粹的友谊,这确实是愚蠢的。和阿玛莉在一起,我不过是在玩爱上她的游戏。要不是她有点风骚,我根本就不会喜欢她。要是我们圈子里有更多这样的人就好了!实际上,一个人应该玩弄爱上所有女人的游戏。"

"朱利叶斯!我相信你快疯了。"

"现在,仔细听我在说什么:实际上并不是所有的女人,而是那些可爱的、碰巧遇到的女人。"

"这只不过是法国人所说的献殷勤(galanterie)和调情(coquetterie)。"

"仅此而已,只是我认为它是一种美妙而有趣的东西。然后,人们必须意识到自己在做什么和想要什么,[110]但这种情况很少发生。在他们手中,微妙的有趣立即会转化为粗俗的严肃。"

"只是这场爱的游戏一点都不好玩。"

"这不是游戏的错,那只不过是令人困惑的嫉妒。请原谅,我的爱人!我不想生气,但就是不明白怎么可能会嫉妒,因为在恋人之间不可能只是冒犯,就像不可能只是慷慨一样。所以它一定来自不安全感、缺乏爱和对自己不忠诚。对我来说,幸福是一种确定性,而爱与忠诚是一回事儿。可以肯定,通常人们爱的方式完全是另一回事儿。[111]对他们来说,男人只爱女人这个物种,女人只爱男人的天赋和社会地位,而他们爱自己的孩子,只是因为他们是自己拙劣的创造物和财产。对他们来说,忠诚是一种价值和美德,嫉妒也有它应有的位置。因为如下事实相当正确,即他们默契地假设很多人和他们一样,作为人类,他们中一个人的价值与另一个差不多,而且所有这些人放在一起也并不特别有价值。"

"所以你认为嫉妒只不过是空洞的粗俗和缺乏教养。"

"是的。或者说是不正常的教养和乖僻,[112]这同样糟糕甚至更糟。按照通常的制度,实际上一个人要做的最好事情就是出于单纯的乐于助人和礼貌而有目的地结婚。而且,事实上,对于这些类型而言,在相互鄙视的状态下一起过日子,一定很方便也很有趣。尤其是女人,她们会对婚姻产生相当大的激情。当这样一个人真正喜欢上婚姻的时候,她会一个接一个地嫁给半打男人,无论是在精神上还是在身体上,这种情况并不少见。然后,在这样的多样性中,永远不会缺少变得'微妙'的机会,详细谈论友谊的机会。"

"你刚才说的话,[113]好像认为我们没有能力做朋友一样。你真的这么认为吗?"

"是的,但我相信,这种无能更多地体现在友谊本身的本性里而不是女性身上。对你们所爱的一切,你们会全心全意地爱,就像你的爱人或孩子一样。对你们来说,即使是对姐妹的爱也会如此。"

"你说得对。"

"对你们来说,友谊太多面又太片面。友谊必须是完全精神性的,而且必须有绝对固定的界限。你们的女人本性会被这种划界以更加微妙的方式完全摧毁,就像没有爱的肉欲一样。但对社交来说,友谊太严肃、太深刻、太神圣了。"

[114]"人们甚至不能在不首先考虑自己是男人还是女人的情况下互相交谈吗?"

"这会变得相当严肃。充其量你只能拥有一个有趣的俱乐部。你知道我的意思。如果人们能够轻松机智地说话,既不太狂野又不太僵硬,那已经是相当大的成就了。但是,最妙和最好的部分——那总是一个好社群的精神和灵魂——即爱的游戏和嬉戏的爱总是缺乏,如果没有爱的感觉,它们就会堕落为单纯的粗鲁。基于同样的理由,我也会为双关语的使用辩护。"

[115]"你是在逗我还是在开玩笑?"

"不,不!我是认真的。"

"但不像波琳(Pauline)和她的情人那样严肃和认真?"

"上帝保佑!我认为,那两位每次互相拥抱时,教堂的钟声都会敲响,好像只有这样做他们的行为才是正确的。哦,这是真的,我的朋友——人类天生就是一只严肃的野兽。但人们应该全力以赴用各种方式与这种可耻而可憎的倾向作斗争。为此，双关语也能起到很好的作用，只是它们太难以做到模棱两可。当它们并不含混并且只允许一种解释时，它们就不是不道德的，而只是平淡和无意义的。[116]轻浮的交谈必须有尽可能多的精神、微妙和简朴。此外，还要足够心直口快。"

"这都很好，但这种交谈在社交中究竟有什么地位？"

"能够保持新鲜感，就像给食物加盐一样。这根本不是一个人为什么要进行这样的交谈的问题，而只是一个人应该如何进行交谈的问题。因为一个人不能也不应该没有交谈。如果和一个迷人的女孩说话，就像和某种无性的两栖动物说话，这确实很粗鲁。去暗示她是什么，她将成为什么，这是任何一个人的责任和义务。而且在社交如此不雅、呆板和有罪的情况下，[117]做一个天真的女孩，真是一种奇怪的情况。"

"这让我想起那个著名的小丑，他在逗笑大家的同时，自己常常很伤心。"

"社交是一片混乱状态，只有机智才能组织和协调它。如果一个人不拿自己和激情的元素开心娱乐，那么激情就会聚集成厚厚的云层，让一切变得黑暗。"

"那么这里的空气中一定有激情，因为它几乎是黑暗的。"

"当然，我心中的女士，您一定已经闭上了眼睛！否则，一片遍及一切的光明肯定会照亮整个房间。"

"我想知道我们谁更富激情，[118]朱利叶斯？你还是我？"

"我们俩都够富有激情的。如果不是这样，我就不想活了。而且，看，这就是为什么我可以与嫉妒和解。爱情里有一切：友谊、愉快的社交、肉欲还有激情。所有这些都必须存在于爱中，而且人们必须强化和柔化对方，使之变得充满活力和高贵。"

"让我拥抱你,我忠实的人!"

"但只有在一种情况下我可以允许你嫉妒。我经常觉得,一点点有教养的、精致的愤怒对男人来说完全不是坏事。也许你嫉妒的时候也是这样。"

"说得好!所以我不需要完全放弃它。"

[119]"要是嫉妒总是能像今天在你身上那样美丽而有趣地表现出来就好了!"

"你是这样认为的吗?好吧,下次你美丽而有趣地生气时,我会告诉你同样的事情并赞美你。"

"我们现在还不配安抚被冒犯的众神吗?"

"好吧,如果你已经完成了你的演讲的话。否则,接着往下说。"

成年学徒期

打牌，表面上激情投入，实际上心不在焉。某个狂热的瞬间，把一切都押在赌桌上，输掉后，又转身冷漠地离开：[120]这只是朱利叶斯用以度过他狂野而热烈的青春期的坏习惯之一。仅仅这一个例子，就足以描述一种生活的品质，这种生活在充满反叛力量的情况下本身就包含着早期毁灭的不可避免的萌芽。心中燃烧着一种没有对象的爱，它粉碎了他的内心。稍有引诱，激情之火就会爆发，但是很快，由于骄傲或任性，这种激情似乎会蔑视它的对象，并且会以双重愤怒的方式转向它自己和他本人，以便以他的心脏为食。他的精神一直处于动荡不安的状态。

[121]每时每刻，朱利叶斯都期待着一些不寻常的事情会发生在自己身上。没有什么会令他感到惊讶，连自己的毁灭也是如此。没有目标，没有职业，他在事物和人群之间穿梭，就像一个焦虑地寻找某种能够托起自己全部幸福的东西的人。一切都可以让他着迷，但没有什么东西能让他满足。正是由于这个原因，任何新的放荡形式，只有在尝试过并且熟悉它之前，朱利叶斯才会感兴趣。然而，没有哪一种放荡会成为他真正的习惯，因为他对自己的鄙视和他所做轻浮之事一样多。他可以全神贯注地寻欢作乐，[122]同时又拒绝这种享乐。但是，无论是在这里，还是在带着年轻的热情和对知识的渴求态度所进行的各种娱乐和研究中，他都没有找到内心强烈要求的那种至福。这种

挫败感的痕迹在他身上随处可见，让他暴躁的性情感到困惑和怨恨。他被各种社交生活所吸引，即使常常因这些生活感到疲惫，但最终还是会回到这些社交娱乐中去。

朱利叶斯其实一点都不懂女人，虽然从小就习惯于和她们在一起。在他看来，她们非常奇怪，[123]常常完全无法理解，几乎不像和他同一物种的生物。但是，带着炽烈的爱和对友谊的真正狂热，朱利叶斯开始去拥抱那些或多或少和他一样的青年男人。不过，仅仅这些还不足以让他满意。他觉得自己仿佛想要拥抱一个世界，却又什么都抓不住。就这样，由于无法满足的渴望，他越来越堕落。他从精神上的绝望走向肉欲的淫荡，出于对命运的怨恨而做出轻率的行为，并且以一种几乎天真无辜的方式选择了真诚的不道德生活。他可以看到眼前的深渊，但又觉得不值得放慢脚步。[124]就像一些野蛮的猎人那样，他宁愿在生活的陡峭斜坡上疯狂奔跑，也不愿带着谨慎忍受生活的缓慢折磨。

有这样的性格，即使是在最友好、最热闹的社交里，朱利叶斯也难免常常感到孤独。事实上，当没有同伴在一起时，他反而最不孤独。这种时候，他会沉醉于希望和记忆的形象中，并故意让自己被想象力所引诱。每一个愿望几乎都是从最初的轻微冲动瞬间就变成无限的激情。所有的思想都采取了可见的形式和运动，[125]并以感性的清晰和力量在他那里和彼此之间作出反应。心灵并没有试图收紧自制的缰绳，而是漫不经心地甩开它们，以便贪婪、肆意地投入到这种内心生活的混乱中。朱利叶斯经历得不多，却仍然充满了各种各样的记忆，包括对少年时代的记忆。每一次来自内心深处奇特的激情感受和每一次交谈、闲聊，对他来说都永远清晰而确切，所以即使经过多年依然历历在目。但是,他所爱和带着爱所想的一切都是孤立和脱节的。[126]在其想象中,他的整个存在就是一堆毫无关联的碎片。每一个碎片都是单一而完整的,现实中与其相邻并与之相连的任何东西对他来说都无关紧要,还不如根本不存在。

朱利叶斯还没有完全堕落,因为就在此刻,他怅惘的孤独被一道神圣的纯真画面打破,就像一道闪电击中灵魂。一丝渴望和记忆照亮并点燃了他的心,而这个危险的梦对其整个生活来说是决定性的。他想起一个可爱的女孩,[127]自己曾经在宁静幸福的少年时光里和她快乐而天真地调情。由于朱利叶斯是第一个因为对她有兴趣而吸引她的人,所以这个可爱的孩子将灵魂转向他,就像一朵花朝向了阳光。她还没有长大,还只是个孩子,这一事实只会激发他更无法抗拒地占有她的欲望。在朱利叶斯看来,拥有她似乎是最大的幸福。他决心冒一切风险,认为没有她就活不下去。与此同时,他又极其厌恶市侩道德中最微弱的污点,就像厌恶一切强迫行为一样。

朱利叶斯赶紧回到她身边,[128]发现她比以前更加优雅,但仍然像以前一样高贵和独特,像以前一样体贴和骄傲。比她的甜美更让他着迷的是她内心深处的情感迹象。她似乎在生活中快乐而漫不经心地飘荡,仿佛要飞过一片开满鲜花的草地,但在朱利叶斯敏锐的眼光看来,她流露出一种非常明确的对无限激情的向往。她对他的喜欢,她的天真,她谨慎和矜持的天性,给了他很多机会单独见她,而这项任务的危险性也使它变得更加刺激。但是,朱利叶斯不得不懊恼地承认,自己并没有更接近目标,[129]他责备自己太笨拙,连引诱一个孩子都不敢。她心甘情愿地接受了一些爱抚,并以害羞的性感回应了它们。但当朱利叶斯试图超越这些界限时,她却以不屈不挠的倔强抵抗他,尽管她似乎并没有被冒犯;她这样做可能更多是出于对某种陌生法则的信仰,而不是出于自己对什么是可以允许的、什么是绝对禁止的感觉。

尽管如此,朱利叶斯并没有放弃希望和观察。有一天,在她最想不到的时候,他让她大吃了一惊。她已经一个人待了很久,因此也许比平时更多地把自己交给了想象,以及一种无法形容的渴望。[130]当朱利叶斯意识到这一点时,他不想愚蠢地放弃这个可能是独一无二的机会,并因为这突如其来的希望而陷入了狂喜。一连串的恳求、奉承和诡辩从嘴里飘出,他用爱抚覆盖她,而当可爱的小脑袋终于像一朵过分盛开的花沉在茎上一样落在他胸前时,他欣喜若狂。她纤细的身姿毫无保留地依偎着朱利叶斯,金色的秀发如丝般顺滑地垂在他手上,美丽的嘴唇含着娇嫩的欲念含苞待放,[131]虔诚的、深蓝色的眼眸中闪烁着不寻常的火焰。现在她只能无力地抵抗朱利叶斯最大胆的爱抚。很快,就连这种反抗也都停止了。她突然松开了手臂,把一切,把柔嫩的处女身和年轻乳房的果实,都交给了他。可就在这时,她的眼角流出泪水,最苦涩的绝望摧毁了她的容颜。朱利叶斯大吃一惊,与其说是因为那眼泪,倒不如说是因为自己猛地一震,完全恢复了意识。[132]他想到了所有已经过去和将要发生的事情,想到眼前的受害者和人类悲惨的命运。紧接着,一股冰冷的颤栗顺着脊椎滑下,一声轻柔的叹息从胸膛深处升起,从唇间溢出。他站在自己情感的高度鄙视着自己,在普遍同情的思想中忘记了当下和原本的意图。

时机已经过去。朱利叶斯试图安慰和平抚这个好孩子,然后带着厌恶的心情匆匆离开了自己贸然打碎纯真花环的地方。他很清楚,许多比他更不相信女性美德的朋友,[133]会认为自己的行为笨拙又可笑。当他再次开始清醒地反思自己的行为时,他几乎相信了自己。尽管如此,朱利叶斯还是得出结论,认为他的愚蠢以它自己的方式来看还是值得赞扬和有趣的。他认为高尚的心灵必然会在大众眼中显得愚蠢或疯狂。正如朱利叶斯敏锐地察觉和认为的那样,再一次遇到那个女孩时,她似乎对没有完全被诱惑感到不满,这让他变得更加不信任自己并非常痛苦。[134]一种几乎是蔑视的感觉涌上心头,而他实际上没有权利这样做。他逃离这个地方,再次退回到过去的孤独中,再次以渴望啃噬自己的心。

于是,朱利叶斯又回到从前的生活方式,在抑郁和欢欣之间摇摆不定。唯一有足够力量和严肃来安慰和充实他、能够阻止他堕落的朋友还在很远的地方,所以渴望也在这里落空了。朱利叶斯热情地向那位朋友伸出双臂,感觉他终于要来了,但在无奈地等了许久后,又让它们垂了下来。[135]朱利叶斯没有流泪,精神却陷入了绝望的悲伤中。他从这痛苦中振作起来,但又犯了更多愚蠢的错误。

当朱利叶斯在壮丽的早晨阳光下回首从小就深爱着的城市时,他放声大笑,几分钟前自己整个的生命还都聚集在这里,现在却希望永远离开。他已经吸入了那在异国他乡等待着自己的新家园的新鲜空气,已经深深地爱上那个家园的形象。

很快,朱利叶斯找到了另一个可爱的住处,这地方虽然没有让他完全着迷,但也有很多吸引人的方面。[136]他所有的力量和兴趣都被周围的新事物所激发,心中没有任何目标或标准,到处走动,卷入每一个表面上无论怎么看都引人注目的事件。

朱利叶斯很快就对这种忙碌感到空虚和厌倦,从而经常返回孤独的睡梦中,仔细研究那未满足的欲望的结构。有一次,当对着镜子看到自己是多么苍白,看到被压抑的爱之火焰在漆黑的眼睛里显得多么阴郁又强烈,看到狂野的黑发下细细的皱纹正嵌入额头,[137]朱利叶斯流下了悲伤的泪水。他哀叹着自己虚度的青春,精神开始叛逆,从而在自己熟悉的美女中选择了一个生活最自由、在上流社会中最出众的。他下决心要争取到这个女人的爱,让这个对象完全填满自己的心。但凡开始如此狂野和任性的事情,最终都不会有好的结局,而这位美丽自负的女士只会觉得奇怪,朱利叶斯怎么会与她结交,并用真诚的态度包围她,向她展开攻势,[138]还在这样做的过程中,时而像主人一样放肆和自信,时而又像陌生人一样害羞和拘谨。既然行为如此奇怪,他就必须表现得比实际上更富有,从而才能行使这些自命不凡的权利。

对朱利叶斯来说,她性格随和、开朗,和她的交谈似乎很是令人着迷。但他又认为这女人绝妙的无忧无虑只不过是没有任何真正快乐、愉悦或精神的轻率的热情,除此之外,她只有足够的聪明和机智,能够故意且无意义地将所有事情混为一谈,以此吸引和操纵男人,[139]从而陶醉于奉承之中。不幸的是,他收到了一些她爱意的暗示,但这种爱意并没有让其给予者负有义务,因为她不承认自己已经给予了它们,但由于秘密赋予的魔力,这种爱意反而使陷入困境的无经验者更加难以逃脱。狡黠的一瞥或一次握手就足以让他着迷,又或者,她当着所有人的面说出一个词,但只有他自己在其真实语境和暗示中才能理解——他所需要的,只是让这个廉价又简单的礼物因具有某种独特和特殊意义的幻觉而变得有趣。如果她给了朱利叶斯(正如他所想的那样)一个更加明白无误的信号,他会非常生气,[140]她竟然通过这种方式先他一步,这证明她太不理解自己了。

朱利叶斯为她冒犯了自己而颇为得意,但当他认为自己只要快点,抓住有利的机会,就可以毫无阻碍地达到目的时,还是忍不住激动起来。在朱利叶斯突然开始怀疑她的主动只是一个骗局,她对他并不诚实时,他已经在痛苦地责备自己磨磨蹭蹭了,而当一个朋友向朱利叶斯解释整件事情时,他再也不会怀疑了。他意识到人们都觉得自己很可笑,又不得不承认他们这种感觉是对的。意识到这一点,朱利叶斯很生气,[141]如果不是已经很仔细地观察并彻底鄙视这些空虚的人,鄙视他们的琐事和吵闹,鄙视他们所有秘密的动机和关切,他很可能会做出一些令人遗憾的事情。

朱利叶斯又一次变得不确定了,而且由于自己的不信任现在已经没有了界限,他甚至变得对这种不信任也不信任了。有那么一刻,他只会在自己的任性和过分的敏感中看到所遇麻烦的原因,然后抓住新的希望和新的信念。可再过一会儿,他又会在所有这些似乎真的有意纠缠自己的不幸中只看到它们出于报复的邪恶阴谋。一切都失去了固定性,[142]唯一变得越来越清晰和确定的事实是,伟大而完美的愚蠢是男性真正的特权,而肆意的恶毒、天真的冷漠和可笑的麻木不仁,是女人天生的艺术。这就是朱利叶斯在痛苦地尝试了解人性时学到的一切。在任何给定的特殊情况下,他总是无法敏锐地把握事情的真相,因为他总是预先设定不自然的动机和深刻的关联,因为他总是对微不足道之物毫无感觉。与此同时,他对赌博产生了激情,对它的随机复杂性、奇异性和好运的突降性很感兴趣,[143]就好像他在更高的关系中带着激情和目标纯粹任意地参与了一场更高层次的冒险。

于是，朱利叶斯越来越深地卷入一个糟糕的社交阴谋中，把在这种挥霍之后剩下的时间和精力都花在一个女孩身上。朱利叶斯虽然是在一群妓女中遇到了她，但还是想尽可能地独自拥有她。她如此吸引朱利叶斯的东西，不仅仅是那些让她很受欢迎的品质，还有一些可以说让她非常有名的品质，即她罕见的技巧和在肉欲引诱艺术方面的无穷多样性。[144]她天真的机智，以及未经训练但有能力的智慧的明亮火花，更让他感到惊讶，且最吸引他。不过，朱利叶斯最感兴趣的是她果断的神态和一贯的举止。在最堕落的环境中，她表现出一种性格：她充满了特质，而她的自我主义也并不常见。除了独立之外，她最爱的东西莫过于金钱，但她知道如何使用它。尽管如此，她对任何不是很有钱的人都很公正，即使是对有钱人，她也坦率地贪婪，从不耍花招。

她看似只是漫不经心地活在当下，[145]实际上却始终着眼于未来。她在小东西上省钱，以便用自己的方式把钱花在大事上——拥有最高级的奢侈品。她的闺房陈设很简单，没有常见的家具，只是在房间的四面都布置了大而昂贵的镜子，还剩下的一些空间里，放着一些科雷乔(Correggio)和提香(Titian)最性感的画作的精美复制品，以及一些生机勃勃的花卉、水果静物画原作。① 代替镶板的，是用巴黎石膏以古典风格制作的浅浮雕，上面有一些非常生动和令人愉快的人物。没有椅子，[146]只

---

① ［译注］安东尼奥·科雷乔(1489—1534)，意大利著名画家，擅长表现柔和、甜蜜的女性美，代表作有《丽达》《伊娥》《丘比特与艾奥》等。

提香·韦切利奥(1490—1576)，意大利著名画家，其画作《神圣与世俗之爱》中代表神圣之爱的裸体女郎，被誉为文艺复兴时期的艺术中女性美的理想典范。

有真品波斯地毯和几组缩到真人一半大小的大理石雕像:一个好色的萨提尔,他即将战胜一个已经坠落的仙女;一个维纳斯,她掀起长袍,越过她性感的背部微笑地看着自己的美臀,以及更多类似的雕像。

在这个房间里,她经常一个人待上好几天,以土耳其人的方式坐着,双手懒散地放在腿上,因为她讨厌任何女红。她只是不时地吸一口香水来提神,同时让仆人——一个十四岁时被她引诱的可爱男孩——给她读故事、游记和童话。[147]她很少留意它们,除非听到一些荒谬的事情,或者一些她认为是真实普遍的意见。因为对任何事物都不尊重,而只对真实的事物有感觉,所以她觉得所有的诗都是荒谬的。她曾经是一个女演员,但只做了很短的时间,她会真心嘲笑自己笨拙的演技和演戏时所忍受的无聊。她会在这种情况下以第三人称谈论自己,而这是她的众多特点之一。说起自己的生活,她也简单地称自己为莉塞特(Lisette),并且经常说,她如果能写作,就很想写有关自己生活的故事,但写出来后最好又像是别人的。[148]她对音乐没有一点感觉,但对造型艺术却又有如此丰富的感受,以至于朱利叶斯经常和她谈论自己的作品和想法,并且会认为与她一起交谈时产生的那些素描是最好的东西。尽管如此,她仍然只看重雕塑和绘画中的生命力,在油画中只看重色彩的魔力、肉体的真实性,也许还有光的幻觉。如果有人跟她谈起规则、理想和所谓的绘画技巧,她要么付之一笑,要么不予理会。她太懒散、太受宠、[149]太满足于自己的生活方式,以至于无法亲自尝试任何事情,无论有多少热心的老师向她提供服务。

她也不相信任何阿谀奉承,而非常确信这样的一点,即她纵使竭尽所能也不会在艺术上取得任何重大成就。如果有人称赞她的品味和房间——她只会把自己精挑细选的、最喜欢的人带进去——那么她的回答，就是以奇怪的方式首先赞美善良的老普罗维登斯(Providence)，然后是聪明的莉塞特，最后是英国人和荷兰人，而这两个国家是她所知所有国家中最好的两个。因为正是这种类型的无经验者的鼓鼓钱包，为房间的豪华装饰提供了第一个坚实的基础。总而言之，当她设法诓骗愚蠢之人时，[150]她很高兴，但她是以一种滑稽、机智、几乎是孩子气的方式做到这一点的，而且更多的是出于兴致而非厌恶。

她将所有的聪明才智都用于保护自己免受男人的强求和粗野。她在这方面非常成功，以至于这些粗鲁和放荡的人会以真诚的尊重谈论她，而这对于一个不了解她本人而只了解她的职业的人来说似乎很奇怪。正是这一事实，首先诱使好奇的朱利叶斯结识了这个如此陌生的女人。不过，他很快就找到了更多让自己惊讶的理由。与普通男人相处时，她所做的和忍受的都是她认为自己欠他们的[151]：她严谨、娴熟、精致，但完全冷漠。但如果一个男人让她喜欢，那么她就会将他带入自己神圣的闺房，在那里她似乎变成了一个全新的人。然后，她就会陷入一种美丽的、奔放的热情之中：她狂野、放荡、贪得无厌，几乎忘记了所有的艺术，陷入了对男性的狂热崇拜。正因如此，也因为她似乎对他如此依恋（虽然她并没有公开这样说过），朱利叶斯爱上了她。如果有人非常聪明，她能很快察觉到，而当她认为自己找到了这样一个人时，她会表现得开放而热情，并且很乐意听她的朋友讲述他对这个世界的了解。

[152]很多男人都这样教过她，但没有人像朱利叶斯那样了解她的内在自我，那样体贴她，那样尊重她的真正价值。于是，她对他的忠诚超出了可以言说的程度。这或许是因为她第

一次回想起自己年轻的纯真岁月时感到激动,并对其他时候让她如此满足的环境感到不悦。朱利叶斯感受到了这一点,并为此感到高兴,但他永远无法控制她的地位和她的堕落令他产生的那种鄙视感,他认为在这种情况下他产生无法消除的不信任感是完全有道理的。因此,当她出乎意料地向他宣布他将成为父亲时,他是如此愤怒。[153]他难道不清楚,尽管她作出过承诺,但她就在最近还接受了另一个男人的来访吗?她无法拒绝向朱利叶斯作出承诺。或许她会很乐意坚守承诺,但她需要的钱比他能给她的要多。她只知道一种赚钱方法,而且出于对他一个人的温柔感,她只拿走了朱利叶斯想要给她的最小的一部分。他暴怒无比,完全没有考虑到这当中的一切,他以为自己被骗了。他严厉地对她说话,而且如他所想的那样,让她永远停留在这种情绪激烈的心境中。

没过多久,[154]她的小仆人就来找朱利叶斯,一边哭泣一边倾诉,直到朱利叶斯跟他一起出发。在已经昏暗的房间里,朱利叶斯发现她几乎完全没有穿衣服。他陷进那心爱的怀抱,而她一如既往地回以热情的拥抱,但随后她的手臂立即从他身边滑下。朱利叶斯听到一声深沉、哀怨的呻吟,这是她发出的最后一个声音。当他看向自己时,发现自己浑身是血。他惊恐地跳了起来,想要逃走。他又停下脚步,捡起落在一把血淋淋的刀旁的一绺长发。在一次又一次致命地刺伤自己之前不久,[155]她于一次疯狂的绝望攻击中切断了这绺头发。她这样做可能是想将自己作为祭品献给死亡和毁灭。因为,据那个男孩说,在这样做时,她大声说出了下面的话:"莉塞特必须毁灭,现在就毁灭,这是铁定的命运的意志。"

这出乎意料的悲剧给这位敏感的年轻人留下的印象是难以

磨灭的,而且,由于自己的一再刺激,这种烙印变得越来越深。莉塞特毁灭的第一个后果,是朱利叶斯带着狂热的崇拜对她的回忆。他将她高贵的活力和陷害他的那位女士的卑鄙阴谋对比,[156]他的感情迫使自己清楚地确定,莉塞特更有女性气质,更有道德;因为这位风尘女子虽然从来没有有意施予恩惠,却得到了全世界的尊重和敬佩,包括很多像她一样的人。正因为如此,朱利叶斯的心灵强烈反对人们关于女性美德的那些虚假或真实的意见。他虽然以前只是无视社会的偏见,现在却坚决把公开蔑视它们作为一项原则。他想起温柔的露易丝(Louise)——她差点就成为他欲望的牺牲品——不禁吓了一跳。[157]因为莉塞特也出身名门,早早堕落,被引诱并被抛弃在离家很远的地方,也因太过自尊而无法回头,她从第一次经历中学到的东西比大多数女人从最后一次经历中学到的还要多。他带着悲痛的愉悦收集了许多关于她年轻时的有趣细节。作为一个小女孩,她更多的是忧郁而不是轻浮,尽管她在深层次的存在中一直充满激情。人们可能会看到她还是一个小女孩时在油画中的裸体形象,或者在其他场合看到她表现出来的最非凡的热烈性感。

与朱利叶斯对女性的一贯性观念相比,[158]莉塞特太独特了,而他也因为遇到她的环境太不干净,无法通过这次经历来真正了解女性。相反,他的感情驱使他几乎完全断绝了与女性的联系,以及与那些以女性为基调的社群的联系。他害怕自己的激情天性,因此专心致志地与其他像他一样有热情的青年男子交朋友。他把心献给了这些人。对他来说,只有他们才是真正的现实。至于其他人——那群幻影般的可怜虫——他很乐意鄙视他们。他会在自己内心深处热情且吹毛求疵地就他的朋友、[159]他们的各种优秀品质以及他们与他的关系方面的问题展开沉思与争辩。他会因自己的想法和内心的对话而变得极其兴奋,陶醉于骄傲和男性气概。的确,朱利叶斯的一群朋友都散发着崇高的爱意,许多伟大的天赋都在他们身上沉睡着。他们经常——粗鲁但切中肯綮地——赞美一些崇高的事物,如艺术的奇迹、生命的价值、美德和独立的本质,尤其是关于男性友谊的神圣性,而朱利叶斯打算将后者作为他生命中的真正的事业。他有很多朋友,但在结交新朋友方面仍然贪得无厌。[160]他寻找每一个他觉得有趣的人,而且直到赢得了对方,并以年轻的鲁莽和自信征服了对方的矜持,他才停下来。很明显,朱利叶斯认为自己几乎可以做任何事情,能够无视任何嘲笑,并且在心中拥有独属于自己的规范,它们不同于任何被普遍接受的行为规范。

在与一位朋友的相伴和交谈中,他会发现一种超越女性的体贴和细腻的感觉,后者还结合了崇高的智慧和有教养的性格。另一位朋友和他一样,对这个邪恶的时代有着高贵而强烈的厌恶,[161]想要成就一番伟业。第三个性格和蔼的朋友虽然精神错乱,但对一切都有一种温柔的感觉,能够直觉地感知这个世界。还有一位朋友,被朱利叶斯尊为有价值地生活的艺术大师。另一个朋友被他视为弟子,他之所以打算让他一时沉沦到过分的地步,就是为了彻底认识和赢得他,然后再拯救他的天赋,这些天赋一直盘旋在深渊边上,就像朱利叶斯自己的那样。

他们有远大的目标,并为实现这些目标而努力奋斗。尽管如此,他们仍局限于冠冕堂皇的词句和灿烂的希望。[162]朱利叶斯没有进步,也没有达到更清晰的理解;他没有行动,也没有创造。事实上,当他把自己和朋友们淹没在想要完成的大量艺术作品创作计划中，而且在最初的热情时刻似乎已经完成这些计划时，他几乎已经完全忘掉了他的艺术。他会在音乐中扼杀他仍然存留的少数清醒冲动。对他来说，音乐变成了渴望和忧郁那危险且无底的深渊，而他很乐意并心甘情愿地沉浸其中。

这种内心的骚乱可能有助于朱利叶斯的健康。通过绝望，[163]他可能最终获得了和平、稳定和对自己更清晰的认识。但挫败感的怒火撕裂了他的记忆：他对自己的整个自我的概念从未如此匮乏过。他只活在当下，如饥似渴地持续沉浸在漫长岁月中每一个无比渺小却又深不可测的部分，仿佛终于可以在这一特殊时刻找到寻觅已久的东西。不可避免地，这种挫败感使他大发脾气，并与朋友发生争吵，这些朋友中的大多数虽然才华横溢，但都和他一样缺少行动且自相矛盾。[164]一个朋友似乎不理解他，另一个朋友只钦佩他的心灵，却对他的感受表示不信任，而且对他很不公平。这让朱利叶斯觉得自己的荣誉受到了深深的伤害，觉得自己要被秘密的仇恨撕碎。他完全屈服于这种情绪，因为他相信只有值得尊重的人才能恨，只有朋友才能将彼此最温柔的感情伤害得如此之深。其中一个青年因自己的过错而走向毁灭，而另一个实际上开始变得平庸。在第三个那里，友谊开始变得紧张甚至讨厌。友谊起初完全是精神性的，[165]而且应该一直如此。但正因为它如此娇嫩，当第一朵花开败的时候，一切都已经结束了。他们在慷慨和恩情上相互竞争，最终在他们的灵魂深处开始相互提出世俗的要求，并进行比较。

很快，机缘无情地松开了只有意志才能热情地使之结合的所有束缚。朱利叶斯越来越陷入一种与疯癫接近但还不完全相同的状态,这只是因为,他或多或少还可以控制何时以及何种程度上将自己交给疯狂的力量。[166]他的表面行为符合世俗的一切社会规范,也正是在痛苦的混乱将内心撕裂,精神的疾病越来越深地偷偷侵蚀着他的心时,人们才开始称他为理智的。这与其说是精神错乱,不如说是一种情绪上的困扰,但这种病更加危险,因为他表面上看起来很幸福,很快乐。这已经成为他的习惯性倾向,而人们居然觉得他很友善。只有在喝了比平时更多的酒时,他才变得极度沮丧,陷入泪水和悲叹之中。[167]即便如此,当其他人在场时,他还会滔滔不绝地说些苦涩的俏皮话,并会嘲笑一切;要么,他就拿古怪和愚蠢的人开玩笑。他现在最喜欢的是这些人的陪伴,他知道如何让他们处于最好的心情,以便他们发自内心地与他交谈,并向他展示他们的真实本性。他被这种庸俗行为吸引和逗乐,不是因为自己有任何屈尊俯就的好心肠,而是因为他认为这些人太过愚蠢和疯狂。

朱利叶斯没有为自己考虑过,只是时不时地,会被那种突然预感自己要毁灭的强烈感觉侵袭。他以骄傲压抑着自己的悔恨:自从年轻时就有了抑郁情绪以来,[168]自杀的念头和幻想对他来说就是如此熟悉,以至于它们已经失去了所有新奇的魅力。如果他有能力作出任何决定,他将完全有能力执行这种决定。在他看来,这样的麻烦几乎不值得,因为他真的不希望以这种方式摆脱生存的无聊和对命运的厌恶。他鄙视这个世界和其中的一切——他为此感到自豪。

这种病,和之前所有的病一样,在朱利叶斯看到一个女人的那一刻就被治愈了。这个独特的女人,[169]第一次完全走进了他的内心深处。他以前的激情都很肤浅,或者是与余生没有任何关联的转瞬即逝之物。现在,一种新的、陌生的感觉攫住了他,那就是,这个女人是他唯一中意的人,而且,这种印象将是永恒的。第一眼注定了一切,第二眼也就知道了结局,他告诉自己,不知不觉在黑暗中等待了这么久的东西如今真的就在眼前。他又惊又怕,因为他虽然相信被她爱着、永远拥有她会是最大的幸福,但同时又觉得自己永远无法实现这个愿望,这个最大的也是唯一的愿望。[170]她作出选择并献出了自己:她的选择也是他的朋友,而且也值得她的爱。朱利叶斯是他们的知己,所以深知自己不快乐的根源,对自己不配这样的爱作出了严厉的判决,并用全部激情来对抗这种不配感。他放弃了对幸福的所有期望,但决心配得上幸福,并成为自己的主人。他最厌恶的不过是因为一句粗心的话或偷偷的叹息而透露自己的真实感受。当然,任何形式的表达都是荒谬的。既然他那么冲动,她又那么文雅,[171]而他们的关系那么微妙,那种看似不由自主却很想要被注视的独特暗示,会不可避免地使事情进一步复杂化,并使一切变得混乱。

　　出于这个原因,朱利叶斯强迫自己所有的爱返回内心,让激情变成怒火,从内部燃烧并吞噬自己。但他的外表却完全变了样。他戴着孩子般的坦率和天真的面具,以及某种兄弟般的严厉,好让自己不会从奉承变成求爱。他在这种伪装下取得了如此大的成功,以至于她丝毫没有怀疑过他。她在幸福中快乐而从容,没有顾虑,[172]也因此没有退缩,但每当发现他心情不好时,她都会尽情发挥自己的机智和气质。的确,她具有女性的每一种崇高和细腻的品质特征,以及她们所有的神圣和顽皮,但每样东西都是精致、有教养和具有女性气质的。每一个特征都自由而强烈地发展和表达出来,仿佛就是为自己而存在的。然而,这种不同元素的丰富、大胆的混合形成了一个并不混乱的整体,因为它被一种精神、一种和谐与爱的活生生的气息赋予生命。

在同一段时间内,她既可以用训练有素的女演员的所有俏皮和微妙来模仿一些滑稽的废话,[173]又可以带着一种淳朴曲调令人心醉的高贵读一首崇高的诗歌。她一会儿想在社交场合卖弄风情、招摇过市,一会儿又会变得无比热情,而再过一会儿又会尽一切努力帮助别人,就像一个温柔母亲那样严肃、谦逊、友善。她可以通过迷人的讲述方式将一些琐碎的事件变成像美丽的童话那样吸引人的故事。她用温柔和机智包裹一切,她对一切都有感觉,一切从她精巧的手或甜言蜜语的嘴唇中出来后都会变得高贵。没有什么好的或伟大的东西对她来说会太过神圣抑或太普通,[174]以至于无法热情地参与其中。她理解每一个暗示,也回答了那些没有被问到的问题。对她发表演讲是不可能的,这些演讲本身会变成对话,并且随着它们变得越来越有趣,她微妙的脸上不断播放着充满活力的目光和可爱表情的音乐。人们在阅读她的来信时——她认为这就像在进行一场对话——几乎可以看到那些表情的变化,因为她写得如此清晰和深情。只知道她这一面的人,可能会认为她只是一个讨人喜欢的人,会认为她是一个出色的演员,[175]她口中飞出的话语只是缺乏韵律,否则就可以变成温柔的诗。然而,这个女人在每一个重要场合都表现出惊人的勇气和力量,这也是她对男人的价值作出判断的崇高视角。

这种伟大的灵魂是她天性的一面,让朱利叶斯在激情开始时便如此着迷,因为它最适合他那严肃的一面。可以说,他的整个存在仿佛已经从表面退回到内在的自我。他变得相当沉默,避免与人们交往。[176]他最喜欢的伙伴是崎岖的岩石峭壁;

他会在孤寂的海边冥想,在那里思考自己的决定;当风声在高耸的松树间咆哮时,他会认为是远处的巨浪出于怜悯和同情而想向他靠近;他会悲伤地注视着远处的船只和西沉的太阳。这是他最喜欢的地方,记忆中,这里成了所有悲伤和决心的神圣家园。

对朱利叶斯的精神来说,对这位品质超群的女朋友的崇拜成为一个新世界的基础和稳固中心。[177]在这里,他所有的疑虑都消失了;在这种真正的拥有中,他感受到了生命的价值,并直觉到了意志的全能。的确,他站立在强大的地球母亲鲜绿色的土地上,在他的上方,新的天空在蓝色的以太中形成无限的穹顶。他认识到自己内部响起对神圣艺术的崇高呼唤,斥责自己的懒惰让自己在发展中远远落后,让自己太过虚弱而无法应对任何重大挑战。他没有让自己陷入无所事事的绝望,而是顺应了这份神圣使命的召唤。现在,他开始竭尽所能地运用之前的挥霍依然留给他的所有力量。[178]他断掉了之前所有的联系,让自己变得完全独立起来。朱利叶斯将自己的力量和青春奉献给了崇高的艺术灵感和成就。他忘记了自己的时代,完全以那些昔日英雄为榜样,非常崇拜地爱着他们埋葬于其中的那些废墟。对他自己来说,当下也不存在,因为他只活在未来,希望有一天能完成一件不朽的作品,以之作为自己美德和荣誉的纪念碑。

朱利叶斯就这样生活和受苦了很多年,看到他的人都以为他比实际年龄要大。他所创作的一切,都是规模宏大的古典风格,[179]但他的作品中的严肃令人生畏,形式也几乎都是怪异的,他的古典主义变成了一种僵硬的风格,尽管不乏精确性和洞察力,但他的画作僵硬、死板。这些作品有很多值得称赞的地方,但没有魅力,而在这一点上,他本人与其造物很相似。他的性格在神一般的爱的炽热悲伤中得到了锻炼,散发出耀眼的力量,但很不灵活,就像真正的钢一样不屈且坚硬。他在冷酷中平静,只有在被荒野高处孤寂的景观迷住时,或者在向远方朋友忠实汇报自己的自我教育和所有工作的目标时,[180]或者在别人面前时对艺术的热情突然战胜了自己,以至于长时间沉默后内心深处会爆发出几句话时,才会变得兴奋。但这种情况很少发生,因为他对别人的兴趣和对自己的兴趣一样少。对于他们的幸福和努力,他只能报以友好的微笑,而在注意到他们发现他是如此没有爱心和不可爱时,他相信了他们的话。

还有一位贵妇似乎对朱利叶斯有点关注,偏爱他胜过别的人。她微妙的精神和细腻的感情深深地吸引了朱利叶斯,[181]她的眼睛里也充满了无声的忧郁,还有那迷人的身材既可爱又不凡。但是,当朱利叶斯试图与她变得更亲密时,过去的不信任感和习惯性的冷漠又攫住了他。他经常见到她,却永远无法向她表达自己的感情,以至于最终这股感情又流回全部热情的内在海洋。就连心里的那位情人也退缩到了神圣的朦胧中,即使再次见到,也显得遥不可及。

唯一让朱利叶斯心情柔和与温暖的事情,是与另一个女人的交往,他像对待自己的姐妹一样尊重和热爱她,而且认为也只能如此对待她。他在社交场合认识这位女性已经有一段时间了。[182]她身患贵恙,比他年长一些,但同时又拥有清晰成熟的头脑,为人直率,通情达理,即使在陌生人面前也非常和蔼可亲。她所做的一切都散发着一种友好秩序的精神,她当前的活动就像由之前的活动自发地发展而来,正如它们与未来的活动和平相融。朱利叶斯观察着她并清楚地意识到,前后一致是唯

—真正的美德。但她的一致性不是对充满算计的原则或偏见冷酷而僵硬的认同,而是对一颗母性心灵的坚定忠诚,[183]这颗心灵谦卑地扩大着其活动和爱的范围,在自身中寻找完美,并把周围世界的原材料变成友好的财产和社交生活的工具。

同时,她没有普通家庭主妇的局限。她以周到的考虑和真正的温柔谈论关于人类的流行观点,以及那些与主流事物背道而驰的人的过度和反常。她的思想诚实而正直,就像她的心灵纯洁而无瑕。她谈笑风生,通常关注道德话题,会把论辩带入一般性领域,[184]如果其中似乎有什么东西,或者听起来很有意义,她就会表现出对微妙之处的喜爱。她从不吝啬自己的话语,她的谈话也不会受任何小心翼翼的规则的影响。这是个人想法与普遍参与、持续关注与突然分心的奇妙混合。

大自然终于奖赏了这位了不起的女人的母性美德,就在几乎放弃希望时,她忠诚的心底又孕育出了新的生机。这让朱利叶斯这个年轻人充满了幸福,因为他非常依恋她,对她的家庭幸福抱有最热情的兴趣和欢乐。[185]但是,它也唤醒了他身上沉睡已久的东西。

这时,他的一些艺术尝试激发了他新的信心,而来自大师们的首次赞誉也让他深受鼓舞。他的艺术将自己带到了新的非凡境地,并将他与新的快乐的人们结合在一起。正因如此,他的感觉开始变得柔和而有力,就像一条大河,当坚冰融化并破裂时,波涛开始以新的力量冲刷着旧的河道。

朱利叶斯很惊讶地发现,自己在人们的陪伴下再次变得意气风发和兴高采烈。[186]不过,虽然朱利叶斯的思维方式开始变得阳刚和粗暴,但在孤独中他的内心又会变得幼稚和羞怯。他渴望一个家,想过一段不会干扰他艺术需求的幸福婚姻。当与年轻的妙龄女孩在一起时,他可以毫不费力地发现其中一个或几个令他感到愉快。他认为自己应该立即结婚,即使还无法爱上他的结婚对象。因为爱这个概念甚至爱这个名称对他来说都至高无上地神圣,而且仍然遥不可及。在这种时候,他会因自己一时的愿望明显受限而微笑,并清楚地意识到,如果它们因为某种魔法的一击而变成现实,[187]他会错失很多东西。还有一次,他因为长时间的自制所带来的激动而大笑起来,这次偶然的机会带来了新的乐趣,此后他把一本读了几分钟的小说放在了一边,以便减轻情绪的某些波动。

朱利叶斯被一个很有教养的女孩所吸引,对其深情的交谈和美丽的精神表现出热烈而明显的钦佩。这种忠诚不是通过任何公开的奉承,而是通过与她交往的方式表达出来的,这让她非常高兴,最终把所有的欢心都给了他,除了最后那一步。[188]即使这个限制,也不是出于任何冷淡、谨慎或原则而设立的,因为她当然也是充满激情的,对一切轻佻之事都真心喜欢,生活在最无拘无束的环境中。她之所以不情愿,是因为女人的骄傲和对她所认为粗鲁和兽性的东西的厌恶。这种没有结局的风流韵事不很符合朱利叶斯的口味,他尽管不得不对女孩的小傲慢报以微笑,但在脑海里仍然把这个变态的、过于自命不凡的女人与神圣自然的创造和运行、她永恒的法则还有母性的高贵和庄严相提并论,[189]他还想到在健康和爱情的黄金期被生命的热情抓住的男性的美丽,想到屈服于这种美丽的女性,即便如此,他仍然很高兴看到自己并没有失去对微妙和精致性感的品味。

但是很快,朱利叶斯就忘记了这些以及其他类似的琐事,因为他遇到了一个女孩,后者和他一样是艺术家,也热情地崇拜美,似乎也和他一样热爱孤独和自然。人们可以在她的风景画中看到并感受到真实氛围的鲜活气息,它们总是呈现出完整的视野。虽然轮廓某种程度上过于模糊,这表明其作者缺乏基础训练,[190]但是其比例在一个统一的整体中让人感觉很协调,这一整体是如此清晰和鲜明,以至于似乎不可能对其有任何其他的反应。绘画对她来说不是一种职业或艺术,而只是一种乐趣和爱好。当在漫游中发现一些令人愉悦或引人注目的景色时,她会根据心情和时间来创作钢笔画或水彩画,会把自己的每个想法记录在纸上。她没有足够的耐心或勤奋来画油画;她也很少画肖像,只在认为这张脸足够精致、值得一画时才会画。但随后,她会以最认真的忠实和小心翼翼开始工作,并且知道如何以令人赞叹的柔软笔触处理柔和的色彩。[191]尽管这些尝试作为艺术作品的价值有限,但朱利叶斯仍然对她的风景画的可爱野性以及她对人类面孔深不可测的多样性及美妙和谐的把握感到高兴。尽管她自己的五官很简单,但它们并非不引人注目,朱利叶斯在它们那里发现了永远保持新鲜的伟大表现力。

卢琴德对浪漫的事物情有独钟,这让朱利叶斯对她这种新的与自己相似之处感到震惊,而且总能发现更多相似之处。[192]她也属于这一类人,他们不是居住在普通世界里,而是居住在一个由自己构想和创造的世界里。只有心中所爱和尊重的东西,对她来说才是真正的现实;其他一切都是假的:她知道什么有价值。她也勇敢而果断地打破了所有的顾虑和束缚,过着完全自由和独立的生活。

这种奇妙的相似之处很快就将朱利叶斯这个年轻人吸引到了她身边。他注意到卢琴德也感受到了他们之间的亲切感,而且两人都意识到他们对彼此并不冷漠。他们认识的时间不长,朱利叶斯只敢对她说些简短的话,[193]一些充满意义却又不是很清楚的话。他渴望知道更多关于她的命运和从前生活的信息,而这些她一直以来都对外人守口如瓶。她向他坦白——但并非没有极度的情感痛苦——她曾是一个可爱男孩的母亲,但这个男孩出生不久就被死神夺走了。朱利叶斯也回忆起自己的过去,并通过向她倾诉,第一次看清自己的生活是一段有结构的历史。① 当朱利叶斯和她谈起音乐,从其口中听到自己内心深处对这种浪漫艺术的神圣魅力的想法时,他是多么高兴啊![194]当听到她的歌声,听着那纯净而有力的声音从其灵魂深处轻轻升起时,他是多么的高兴!当陪着她歌唱,他们的声音合而为一时,当他们用最温柔的语言交换着不言而喻的问题和答案时,他又是多么的幸福!他无法抗拒诱惑,羞怯地在她鲜嫩的嘴唇和火热的眼眸上印下一个吻。带着永恒的狂喜,他感觉到这个高贵造物的神圣头颅沉在他的肩膀上,看到黑色的头发在她雪白而丰满的乳房上飘动。他轻声说道:"可爱的女人!"——就在这时,一些该死的客人走进了房间。

[195]根据朱利叶斯的理解,她现在实际上已经答应了他一切。他不可能在一段如此纯粹而高贵的关系中含糊其词,而且每一次拖延都是不能容忍的。在他看来,一个人不应该要求一位女神给予其一些人们认为只是达到目的的手段,抑或只是实现其他目的的过渡,而应该公开且自信地对她承认自己想要什么。于是朱利叶斯直率天真地向她要求情人所能给予的一切,并用滔滔不绝的口才向她解释,如果她太有女人味,他的激情将会摧毁他。[196]她很惊讶,但又预见到,如果她比之前让

---

① [译注]这里之所以把 einer gebildeten Geschichte 译作"一段有结构的历史",是因为参考了本书附录第三篇论文。

步更多,他会比以前更加爱她、更加忠诚。她无法作出决定,只好让事情顺其自然。当她将自己永远献给他,并向他敞开灵魂深处以及所有的力量、天性和圣洁时,他们不过才单独相独处了几天。很长时间以来,她也是被迫离群索居,而现在他们内心深处压抑的信仰和同情,在拥抱中一下子爆发为滔滔不绝的倾诉。整个晚上,[197]他们都在激动的泪水和大声的欢笑间不止一次地转换。他们完全献身给对方,彼此紧密相连,同时比以往任何时候都更完全地是自己,每一次表白都充满了最深沉的感情和最独特的个性。有那么一刻,一种永恒的狂喜抓住了他们,而在另一个时刻,他们又会互相调情和嬉戏,丘比特在这里真正变成了一个难得的快乐的孩子。

朱利叶斯从女朋友向他显示的东西中明白,只有女人才会有真正的不快和真正的快乐,而且作为遗留在人类社会中的自然造物,只有女性才拥有那种孩童般的意识,[198]也只有通过这种意识,人们才能接受众神的恩惠和礼物。他学会了珍惜自己已经发现的美好幸福,而当把它与之前被顽固的机缘不自然地逼迫出来的丑陋、虚假的幸福相比较时,他现在的幸福看来就像一朵开在活生生枝桠上的天然的玫瑰,而过去的幸福只不过是一朵人造的玫瑰。然而,他想称为爱的东西,既不是夜晚的狂喜,也不是白天的极乐。他如此深刻地确信的是,爱并非为他而存在,而他也并非为爱而存在!编造一种合理化的说法来为这种自我欺骗作辩护并不难。他决定要对她抱有一种强烈的激情,[199]而且要成为她永远的朋友。而她给他的和对他的感情,他称之为温柔、回忆、奉献和希望。

时间飞逝,他们的欢乐也在成长。在卢琴德的怀抱里,朱利叶斯重新发现了他的青春。比起一个处女鲜嫩的乳房和镜子般顺滑的胴体,她那性感丰满的美丽肉体更容易激起朱利叶斯狂热的爱和感受。她的拥抱所具有的迷人的力量和温暖,也要比少女的拥抱强烈许多。她具有一种唯母亲才能有的热情和深度。当看见她躺在黄昏神奇而柔和的暮色中时,[200]他忍不住要触摸和爱抚那丰满的轮廓,忍不住要感受非凡的生命暖流在温柔覆盖着的平滑皮肤下的涌动。与此同时,他的眼睛也会陶醉于皮肤的色泽中,在阴影的游戏中这些颜色似乎不断变化着,又似乎保持不变。这是一种纯粹的混合色,既没有白色、棕色,也没有差异明显的或占支配地位的红色。一切都被掩饰着,并且融合成一种和谐温柔的生命光泽。朱利叶斯也有一种男性的美,但他身体的男性气概并没有表现出明显的肌肉力量。[201]相反,他的身体轮廓是柔软的,四肢是丰满而圆润的,尽管他一点也不胖。在明亮的光线下,他的身体表面隆出粗犷的线条,光滑的皮肤像大理石一样坚硬。而且,在他们爱的战斗中,他那强大的形象会在瞬间显露出来。

　　他们享受着自己年轻的生命。几个月就像几天一样过去了,如此这般,两年多的时光转瞬即逝。现在,朱利叶斯第一次开始意识到自己到底有多笨拙和愚蠢。他曾到所有找不到爱与幸福的地方寻找爱与幸福,而现在,[202]他虽然找到了自己的至善,但还不知道它究竟是什么,也不敢给它起正确的名字。现在,他认识到爱——对女人来说是一种非常简单且不可分割的情感——对男人来说只能是激情、友谊和肉欲的交替和混合。带着快乐的惊奇,他发现自己不仅无限地爱着,而且也被无限地爱着。

　　他生命中的每一件事似乎注定有一个奇特的结局。一开始,没有什么比意识到卢琴德与他有相似性,[203]甚至有和他一样的心灵和精神,更能吸引、打动他了。现在,他每天都被迫发现新的不同。但可以肯定的是,即使是这些不同,也是基于更深的相似性,而她的特性表现得越丰富,他们的交流就越多样化和亲密。之前他没有想到,她的独特性会和她的爱一样取之不尽,用之不竭。和他在一起的时候,就连她的容貌都显得更加年轻,更加红润。她的精神也通过与他的精神接触而被照亮,并将自己塑造成新的形式和新的世界。他相信,现在他将所有以前零散而不连贯地爱过的东西都结合在了一个人身上[204]:感官的美丽新奇、令人陶醉的激情、端庄的举止、温顺的脾气和高贵的品格。每一种新的关系,每一个新的观点,对他们来说都是引起新的共鸣与和谐的乐器。他们对彼此的信任,随着他们对彼此的感情而增长;他们的勇气和力量,也随着他们对彼此的信任而增长。

  他们对艺术有着共同的爱好。朱利叶斯完成了一些画作:现在,它们开始变得栩栩如生,一束鼓舞人心的光芒似乎从它们身上溢出,真正的肉体散发出鲜活的色泽。他最喜欢的绘画主题是沐浴中的女孩,一个带着神秘兴趣凝视自己水中形象的年轻男子,[205]或者一个怀抱爱子的微笑着的慈母。形式本身也许并不总是符合艺术美的传统规则,但它们之所以能吸引眼球,是因为具有某种宁静的优雅,一种对平静、明快的存在及对这种存在的享受的深刻表达。它们似乎是生气勃勃的植物,按照神一样的人的形象创造出来。他对拥抱的描绘也具有相同的温暖品质,并且在这个主题的各种变体上表现出无穷的创作力。描绘拥抱是最大的乐趣,因为在那里他能最大程度地展示他的艺术的魅力。[206]在那里,他似乎真的用一种无声的魔法惊动了最强烈的存在那短暂而神秘的时刻,并永远抓住了它。他对这个主题的处理越是远离酒神式的狂热,他对它的塑造越是适度并充满爱意,它的效果就越诱人,看着它,女人和青年就会被甜蜜的火焰淹没。

正如朱利叶斯的艺术能力得到了发展,他自己也取得了成功,而后者是之前无论如何努力都无法完成的事情,所以他的生活也在不知不觉中变成了一件艺术品,而他根本不知道这种情况是怎么发生的。一道光照进了朱利叶斯的灵魂:他清楚而真实地看到并审视了生命的所有部分和生命整体的结构,[207]因为他就站在它的中心。他觉得自己再也不会失去这种统一性;他存在的奥秘已经解开,他发现了道。在朱利叶斯看来,生命中的一切从一开始就注定要被创造出来,好让他在爱情中找到答案,而少不更事时的他对这种爱情的理解实在是太笨拙了。

岁月如一首动听的歌,轻松而悠扬地飘逝。他们过着一种很有教养的生活,周围的事物也呈现出一片和谐,他们简单的幸福似乎更多来自一种罕见的天赋,而不是机运的独特赠礼。朱利叶斯还改变了自己的外在行为方式:[208]他变得更善于交际——虽然永别了很多人,但这样做是为了与少数人更紧密地联系——并且在友谊方面不再那么严格和片面,而是学会了在平凡中发现高贵。渐渐地,他吸引了许多优秀人物来到自己身边,而卢琴德又将他们团结起来,让他们继续前进,一个自由的社群——或者更确切地说,一个由于其高度的文化氛围而一直保持着活力的大家庭——就这样应运而生了。虽然优秀的外国人也可以进入这个圈子,但朱利叶斯并不经常和他们说话,而卢琴德知道如何取悦他们。她以一种怪诞的普遍性和有教养的粗俗态度来做这件事,[209]因此她的精神音乐中从来没有停顿与不和谐,而它的美丽之处恰恰存在于其和弦的多样性与变化之中。在社交艺术里,除了隆重、正式的风格外,迷人的举止和短暂的任性也应该有一席之地。

朱利叶斯似乎被一种普遍的温柔感所激发,不仅对大众产生了某种务实或怜悯的同情,还产生了直观人类之美的喜悦——个体易逝,而人类永存。他也被一种对自己和他人的内在自我的活泼且开放的敏感性所感动。他几乎总是乐意参加一些非常孩子气的运动,[210]就像参加最神圣的庄严仪式一样。他不再仅仅爱朋友间的友谊,而是爱他们本身。当与有同样感受的人交谈时,他试图激发出灵魂中每一种美丽的直觉和暗示。因此,他的精神在各种方向和关系中都变得完整和丰富。但在这里,他也只是在卢琴德的灵魂中才找到了完全的和谐——在这个灵魂中,一切壮丽和神圣事物的萌芽都只等待着他精神的阳光,以便将自己展现为最美丽的宗教。

[211]我很高兴回到我们爱情的春天。我看到了所有的变化和转变,再一次重温了它们,想以此至少抓住我们短暂生命中一些朦胧的轮廓,将它们塑造成一个永久的形象,而我要趁充实、温暖的夏天仍然在我身上,趁它还没有离开我,趁一切都为时未晚,去这样做。在我们活着的时候,我们这些凡人只是这个美丽地球上最高贵的造物。人类如此轻易地就忘记了这一点:他极度反对世界的永恒法则,并希望再次找到他心爱的以他为中心的地表。但你和我不是这样的。[212]我们对众神之所愿以及他们在自然之美的神圣文字中如此清楚地写下的东西表示感谢和满意。谦卑的心灵认识到,就像所有事物的命运一

样,它的自然命运也是开花、成熟和枯萎。但它知道,它里面还有一些东西是永远不会消亡的——那就是对永恒青春的永恒向往,它一直存在,也永远难以捉摸。即使是现在,在每一颗美丽的灵魂中,温柔的维纳斯仍然为她优雅的阿多尼斯(Adonis)的死而哀叹。① 她带着甜蜜的渴望等待和寻找那位青年;她带着温柔的悲伤回忆着爱人天堂般的眼睛,[213]回忆着他精致的容貌、孩子般的喋喋不休和玩笑,然后微笑着流下眼泪,甜美地红着脸,看到自己现在也站在颜色斑驳的花丛中。

　　我想至少可以用神圣的象征向你暗示我无法用语言告诉你的东西。因为我尽管一直在思考过去,并试图深入自我,以当下的清晰来审视自己的记忆——也让你审视它们——但总是留下某种无法从外在描述的东西,因为它是完全内在的。人的精神是他自己多变的普洛透斯(Proteus):它总是在改变自己,[214]而当试图把握自己时,它又解释不了自己。② 在生命的最深处,创造性的意志会产生它的魔力。在开端和结尾处,精神文化织物的所有线索都消失了。只有在时间中逐渐前进并在空间中逐渐延伸的东西,只有正在发生的事情,才是历史的主题。但是,一瞬间的开端或转变的奥秘只能被猜测,而且只能在寓言中被猜测。

---

　　① [译注]阿多尼斯(闪语意思是"统治者""君主"),腓尼基的主宰自然之神,死而复生的植物的化身。公元前五世纪,阿多尼斯崇拜传入希腊,后又传入罗马。希腊神话把阿多尼斯说成是美女密尔拉的儿子。他俊美绝伦,为阿佛洛狄忒(维纳斯)所深爱。在一次打猎时,阿多尼斯为野猪所伤致死,滴滴鲜血化为株株玫瑰。他们的爱情故事,是文艺复兴时期和近代诸多画家、作家竞相表达的主题。

　　② [译注]普罗透斯,听从于波塞冬的海神,能变成任何形状。

那个在我梦中出现的、四部不朽小说中最令我喜欢的奇幻少年在玩弄着一副面具,这不是没有原因的。[215]寓言甚至已经潜入了看似纯粹的描述和事实,并将有意义的谎言与美丽的真理混合在一起。但只有作为一种精神气息,寓言才会充满活力地盘旋在整个事物之上,就像那位名叫机智的人在无形中玩着造物游戏,他的唇边只有一丝笑意。

古老的宗教中有一些诗歌,它们在那里看起来有着独特的美丽、微妙和圣洁。诗是如此精巧而丰富地塑造和改变了这些诗歌,以至于它们美丽的意义一直模棱两可,从而允许人们不断地进行新的解释和再创造。① 为了向你暗示我对爱之心的各种变形的猜想,[216]我在这些诗歌中选择了那些我相信和谐之神②可能会向缪斯们(Muses)讲述的部分,或他在爱带领下从天堂到人间并变成一个牧羊人时从她们那里听到的部分。我相信,也正是那时候,他在安菲索斯河畔发明了田园诗和哀歌。

---

① [译注]古希腊人把所有的文本都分为有韵的诗(poetry)和无韵的散文,而由于文学作品都是有韵的,诗就是文学的同义词,它又可以分为诗歌(poem)和戏剧。参《浪漫派风格——施勒格尔批评文集》,李伯杰译,北京:华夏出版社,2005,页2。

② [译注]这里的和谐之神应该指的是阿波罗。阿波罗是希腊神话十二大神祇之一,代表着光明、青春、美貌、和谐和沉静,掌管医药、文学、诗歌与音乐等,曾替代阿德墨托斯和拉俄墨冬做过牧羊人。

变　形

　　孩子般的灵魂在甜蜜的安抚中沉睡,慈爱女神之吻只在他心中激起幸福的梦。玫瑰花的羞赧染红他的脸颊,他微笑着,似乎张开了嘴,[217]但又没有醒来,也不知道身上正在发生着什么。只有外界的刺激被内心的回响倍增强化,渗透到他存在的每一个角落,他才会睁开眼睛,欣喜地对着阳光回想起自己曾在苍白月亮的微光中看到的魔幻世界。那唤醒他的美妙声音还在身边,但是现在没有回应他,而是从外部客体重新发出回响。此时,他带着孩子般的胆怯试图逃离自己存在的奥秘,又带着甜蜜的好奇寻找未知,到处都只听到自己渴望的回声。

　　[218]因此,在河流的倒影中,眼睛只能看到蓝色的天空、绿色的河岸、摇曳的树木,以及那位对着自己身影沉思的凝视者。当一颗充满无意识之爱的心发现它希望找到另一个人的爱时,它会被惊奇击中。但很快那人又让自己再次受到诱惑,并被自我观察的魔力所欺骗,开始爱上自己的影子。然后仁慈的时刻到来了,灵魂再次构造它的外壳,并通过它的形式吹出最后的完美气息。精神迷失在它半明半暗的深处,像那喀索斯一样,重新发现自己是一朵花。

　　[219]爱比这样的仁慈更伟大,而且如果没有共享之爱的互补性创造,美丽之花不久就会徒劳无功地凋谢!

这一刻,丘比特和普赛克(Psyche)①的吻,是生命的玫瑰。灵感附体的狄奥提玛(Diotima)②只向苏格拉底(Socrates)揭示了爱的一半内容。爱不仅仅是对永恒的平静渴望,它也是对美丽当下的神圣享受。它不仅仅是一种混合物,一种从终有一死的凡人到不朽的神灵的转变:毋宁说它是两者的完全结合。有一种纯粹的爱,一种不可分割的单纯的感觉,它不需丝毫不安的努力就能实现。[220]每个人都给予他所接受的,而每个人都像对方一样。一切都是平等、完整和完全的,就像神圣的孩子的永恒之吻。

通过欢乐的魔力,相互冲突的形式的巨大混乱化为和谐的遗忘之海。当幸福的阳光被最后一滴渴望的泪水折射时,伊丽丝(Iris)③已经在用她颜色精美的彩虹描绘着天堂永恒的眉心。幸福的梦想成真,一个新世界的纯净轮廓从忘川的波浪中升起,美丽如海中诞生的维纳斯(Anadyomene),并在消失的黑暗中展开它的形状。[221]在金黄的青春和纯真中,时间和人在自然那神一样的安宁中徘徊,欧若拉(Aurora)④永恒回归,每次都变得更加美丽。

---

① [译注]普赛克,罗马神话中的灵魂女神。她原是一名罗马公主,外表和心灵均美丽无双,引起维纳斯的妒忌,后者使计把她嫁给世界上最丑恶凶残的野兽。但是,这一计划导致维纳斯的小儿子丘比特爱上普赛克并和她秘密成婚。普赛克遭到姐姐们和维纳斯的种种刁难,但最终取得胜利,被朱庇特封神,和丘比特正式成婚。

② [译注]狄奥提玛,柏拉图《会饮篇》中苏格拉底的老师,一位神秘、睿智、迷人的女先知,曾对苏格拉底进行关于"爱"的教诲。

③ [译注]伊丽丝,希腊神话中的彩虹女神,陶玛斯和厄勒克特拉的女儿,通过彩虹联通天地和神人,是众神的使者。

④ [译注]欧若拉,罗马神话中掌管黎明、曙光的女神。

正如智者所言,不是恨,而是爱,将活生生的造物分开并塑造了这个世界。只有在爱的光芒中,你才能发现这一点并观察它。只有在"你"的回答中,每一个"我"才能安全感受到它无限的统一。然后,心灵尝试展开神性的内在萌芽,越来越接近目标,并且决心去塑造灵魂,就像艺术家塑造他最喜欢的一件作品那样。在创造的奥妙中,精神看到了命运和生命的运作和法则。[222]皮格马利翁(Pygmalion)①的雕像动了起来,这位无比震惊的艺术家因为意识到自己的不朽而感到一阵幸福的颤栗。神圣的希望就像驮走加尼米德(Ganymede)②的雄鹰一样,倚仗强大的翅膀载着他前往奥林匹斯山。

---

① [译注]皮格马利翁,希腊神话中塞浦路斯国王,善雕刻。他不喜欢凡间女子,发誓永不结婚。他曾经用神奇的技艺、所有的精力和全部的爱恋雕刻出一座美丽的象牙少女像,并像对待自己的妻子那样爱抚她、装扮她,还为她起名加拉泰亚。爱神阿佛洛狄忒被他打动,决定赐予雕像生命,并让他们结为夫妻。

② [译注]加尼米德,希腊神话中的特洛伊王子,以美貌著称,被化为雄鹰的宙斯强行掳上天界,做了众神的斟酒者。

两封信

第一封信

那是真的吗,我经常暗中祈愿却不敢说出来的东西?——我看到你笑脸上神圣的喜悦之光了,你也谦虚地向我做了美丽的预告。

[223]你要当妈妈了!

再见了,渴望!再见了,我温柔的责备!世界再次变得美丽。现在,我热爱大地,新春的玫瑰色朝霞在我不朽的存在上方抬起它光耀的头颅。如果我有一株月桂,我会在你的额头上编织桂冠,为你新的严肃性和新的活动举行典礼:因为现在你又开始了一种新的生活。但是,你也应该给我戴上桃金娘花冠。①

---

① [译注]桃金娘(myrtle),绿叶长青植物,花色紫红,嫩枝韧性强,可编作花冠。希腊神话中有关于桃金娘的故事:忒修斯在其妻阿里阿德涅被酒神抢走后又迎娶了小姨子淮德拉,而后者竟然爱上他的儿子希波吕托斯。可是,希波吕托斯拒绝这份畸形的感情,导致淮德拉羞愧自杀。忒修斯误会了儿子,一气之下请求海神波塞冬将其杀死。希波吕托斯临死前说出真相,悔恨万分的忒修斯把儿子葬在桃金娘树下,也把淮德拉葬在这里,而桃金娘恰好曾经见证过淮德拉生前的情感挣扎过程,后者经常用手指拉扯桃金娘的幼枝,揉碎它发光的叶片。

用象征年轻纯真的东西来装饰我是正确的,因为我现在就住在大自然的天堂里。以前我们之间只有爱和激情。[224]现在,大自然将我们更紧密、更完整地联系在一起。只有大自然才是快乐真正的女祭司;只有她知道如何打好婚姻的绳结:不是通过没有祝福的空话,而是通过充满她的力量的新鲜花朵和鲜活果实。在无穷无尽变换着的新形式中,创造性的时间编织着永恒的花环,那些被幸福感动的人们,满载而归,心情愉悦,他们是神圣的。我们不是自然秩序中不育的花朵,众神不想将我们排除在生产性事物的伟大链条之外,他们明确无误地向我们暗示他们的意志。因此,[225]让我们在这个可爱的世界中赢得一席之地,让我们也结出精神和意志创造的不朽果实,让我们进入人类的轮舞。我想让自己植根于大地,我想为未来和现在播种与收获,我想在白天耗尽我所有的力量,到晚上再在母亲——她将永远是我的新娘——的怀抱中恢复活力。我们的儿子,那个真诚的小鬼,会在我们脚下玩耍,与我共谋捉弄你的恶作剧。

[226]你说得对:我们肯定要在乡下买上一小块地。我很高兴你无需等待我的决定就立即处理了所有细节。根据你的品味安排一切吧,只是,请不要让它太漂亮或太实用,最重要的是,不要让它太精致。

如果你完全按照自己的品味安排一切,不让任何人告诉你什么是"通常"和"得体"的,那么一切都会相当正确,就像它应该是的和我想要的那样。于是,我会对我们美丽的财产感到非常满意。到目前为止,无论我使用过什么东西,我都是漫不经心地使用它们,从没有任何占有感。[227]我是曾经生活在这个地球上,但我并不觉得生活在家里。现在,婚姻的神圣性赋予了我自然状态的公民身份。我不再悬浮在普遍热情的真空中:现在我幸福地生活在温柔的束缚中,以一种新的方式理解有用这个概念,并且发现一切能将永恒之爱与其对象结合在一起的东西都是真正有用的——简而言之,一切都服务于真正的婚姻。如果外部对象以自己的方式对某事有好处,那么它们本身就会使我充满敬意,而且到时候你会听到我狂热的赞美:拥有自己的家是多么美好,[228]家庭生活是多么光荣。

现在我理解你对居住在乡村的偏好:我分享你的偏好,和你一样地感受着。我再也无法忍受看到人类身上那些腐烂和病态的东西,当我想到一般意义上的人时,他们在我看来就像被锁链束缚的野兽,甚至无法自由地发怒。但在乡下,人们仍然可以彼此相处,又不必如此卑贱地挤在一起。在乡下——如果一切都像它应该如此那样存在——可爱的房子和迷人的小屋可以像鲜活的植物和花朵一样装饰着绿色的土地,[229]让它变成一个配得上上帝的花园。

可以肯定的是,我们在乡下同样会发现仍然在其他地方存在的卑贱。真正应该把全人类分成两个不同的阶级:创造者和被创造者,男性和女性。取代所有这种人为的社会的,应该是这两个阶级之间的伟大婚姻,以及所有个体之间的普遍兄弟情谊。但是事实与此相反,到处只有无穷无尽的野蛮,而作为微不足道的例外,少数人因他们所受的虚假教育而被阻止在野蛮之外!但在户外,[230]个体的善良和美丽无法被邪恶的大众及其全能的幻觉所粉碎。

你知道我们爱情的哪一段在我的记忆中格外耀眼吗?当然,我的记忆中一切都是美丽而纯洁的,我甚至怀着感伤的喜悦回想起我们最初的几天。但所有这些快乐回忆中最美好的仍然是我们在庄园里一起度过的最后几天。这是我们再次生活在乡下的另一个理由！

还有一件事，不要让他们过多地修剪葡萄藤。我写这些只是因为你会认为它们过于狂野和茂盛，而且你可能会尝试让这座小房子里里外外都绝对整洁。[231] 绿色的草坪最好也保持原状。孩子们将在那里嬉戏、玩耍、爬行和打滚。

我已经完全弥补了我悲伤的信给你带来的痛苦，不是吗？在这一切美妙的愉悦和欣喜若狂的希望中，我再也不会用担忧来折磨自己了。你并没有感到比我更多的痛苦。但是，如果你爱我，真的在内心深处毫无保留地爱我，那又有什么关系呢？还有什么痛苦值得谈论，[232] 如果我们能够通过它获得更温暖和更深刻的爱的意识？你也有这种感觉。我对你说的一切，你早就知道了。事实上，我心中的狂喜或爱，早已隐藏在你无限而快乐的存在深处！

误解也很好，因为它们提供了把最神圣的东西用语言表达出来的机会。我们之间时不时出现的分歧并不存在于我们身上，不存在于我们任何一个人身上。它们只存在于我们之间和表面上，我希望你能抓住这个机会，让他们完全远离你。

[233] 如果不是因为我们在给予爱和被爱方面一样地贪婪，这些小小的不和如何会产生？没有这种贪婪，也就没有爱。我们生活着并热爱着，直至毁灭。如果爱首先使我们成为真实和完整的人，如果爱是生命的本质，那么爱也不应该避免冲突——就像生命和人类尽可能少地避免冲突那样。这样，爱的和平就会在对立力量的斗争之后出现。

我觉得自己很幸运，爱上了一个能够像你一样去爱的女人。

"像你一样"是一个比所有形容词的最高级都更有力的短语。当我无意中遇到那些深深伤害你的人时,你怎么还可能赞美我的言辞?[234]我想说我写得太好了,以至于无法告诉你我内心深处的感受。哦,我的爱人!相信我:你身上的问题没有任何一个不能在我身上找到答案。你的爱不可能比我的更永恒。但是,你对我的想象力及其天马行空的美丽嫉妒是令人愉快的。这确实表明了你是多么的忠诚,但它也给我这样的希望,即你的嫉妒会在其过度时毁灭自己。

不需要这种想象了——书面的那种。[235]我很快就会和你在一起。我现在比以前更加圣洁和沉静。在我心中,我一直看着你,一直站在你面前。不用我告诉你,你就能感受到一切,对着你心爱的丈夫和你心底的孩子,你会开心地微笑。

你还记得我是如何写信告诉你,没有任何记忆可以为了我而亵渎你,你就像圣灵感孕说中的圣母一样永远纯洁,你现在什么也不缺,只缺一个让你成为圣母玛利亚(Madonna)①的孩子吗?

现在你有孩子了,现在它存在着,真的存在着。很快我就会把他抱在怀里,[236]给他讲故事,很认真地教导他,给他提供很好的建议,告诉他一个年轻人在这个世界上应该如何行其所为。

然后,在我的心灵里,我又回到了他母亲的身边。我给你一个永无止境的吻,看着你的乳房如何在渴望中耸起,感受你心底神秘的悸动。

---

① [译注]Madonna 是德语中对圣母玛利亚的一种尊称。

当我们再次在一起时,我们会尝试全心关注我们的青春,我想保持现在的圣洁。你说的很对:一小时的延迟就是无限的延迟。

真残酷,恰好就是这个时候,[237]我不能和你在一起!我出于不耐烦做了各种愚蠢的事情。我几乎从早到晚都在这片极其美丽的风景中徘徊。我匆匆忙忙,好像有什么特别重要的事情要做,但到最后我竟然去了一个最不想去的地方。我做着一些手势,就好像我在发表热情洋溢的演讲一样。我想我是独自一人,突然间又发现自己置身于人群中,在注意到自己完全迷失于思绪中时,我不得不一笑了之。我不能再长时间写作了,我只想再次走到外面,在宁静的溪流岸边梦想着度过美好的夜晚。

除其他事项外,我今天还忘记是时候邮寄这封信了。[238]为了弥补它,你将从我这里得到更多的困惑和快乐。

人们对我真的很好。他们不仅原谅我经常缺席他们的谈话,然后又以某种特殊方式打断这谈话,而且他们似乎还对我的幸福感到一种隐秘而由衷的快乐。特别是那位朱莉安娜。关于你的事情我和她谈论的很少,但她对这些事情有很强的直觉,并且猜到了我没有告诉她的事情。真的没有什么比这种纯粹无私的爱的喜悦更可亲了!

[239]当然,我敢肯定,我会爱我这里的朋友,即使他们不如他们实际所是那样令人钦佩。我感到自己的存在发生了很大的变化:我的灵魂和心灵中有一种普遍的柔软和甜蜜,这种感觉,就像最激烈的生活之后那美丽的疲劳感。

然而,这绝不是懒散。相反,我知道从现在开始,我会以更大的爱和更新的力量去做与我的使命有关的一切事情。我从来没有像现在这样有过如此强烈的勇气和信心,能够作为所有人中的一个开始过一种英雄般的生活,[240]能够和我的朋友们一起结成兄弟联盟,去从事不朽的行动。

  这是我的美德。于是,它让我适合于成为众神那样的存在。你要像大自然一样成为欢乐的女祭司,去温柔地揭示爱的奥秘,并在宝贝儿女们的簇拥下,将这美好的生活圣化为一个神圣的节日。

  我经常担心你的健康。你穿得不够暖和,又太喜欢晚上的空气!这些是危险的习惯,而且你将不得不摆脱的危险习惯还不止这些。

  请记住,你现在正在开启事物新的秩序。[241]直到现在,我一直认为你的轻佻是美丽的,因为它在那段时间里是恰当的,并且与其他一切事物都协调一致。你可以用幸福来开玩笑,可以放弃所有对后果的考虑,并且可以消灭你生活中或周围环境中全部的东西,我一直认为这很有女性气质。

  但是现在,存在着某种你将必须考虑的东西,你的整个世界都将围绕它转动。现在,你将不得不让自己逐渐适应家务事——当然,是寓言意义上的家务事。

  在这封信里,一切都混杂在一起,就像生活中的祈祷和饮食、[242]恶作剧和狂喜也混在一起那样。现在,晚安。哦,为什么我不能至少在梦里和你在一起,真的和你在一起,并且在你的里面做梦!因为当我只是梦见你的时候,我仍然孤独一人。你想知道你为什么即使很想我也不会梦见我吗?亲爱的,你不总是很长时间都对我保持沉默吗?

我很高兴收到阿玛莉的信。当然,从她谄媚的语气中,我看出她并没有把我排除在需要谄媚的男人之外。我也不指望她会。[243]要求她以我们的方式承认我的价值是不公平的。只要有一个女人完全了解我就够了!她以她自己的方式如此完美地欣赏着我!她知道什么是崇拜吗?我对此表示怀疑,如果她不知道,我会同情她。你不也是吗?

今天,我在一本法文书里发现如下关于两个爱人的表达:"他们是彼此的宇宙。"

这让我感到震惊——我被这个想法打动并微笑着——那被如此轻率地认定为夸张的东西,[244]如何在我们身上一步步变成了现实!

实际上,对于这种法国人的热情来说,它也确实如此。他们在彼此身上发现了宇宙,因为他们对别的一切都失去了感觉。

但是,我们没有。之前爱过的一切,现在爱得更加热烈。直到现在,我们才真正体会到对世界的感觉。你通过我了解人类精神的无限,我也通过你了解婚姻和生活,了解万物的伟大。

对我来说,一切都有灵魂,都在对我说话,也都很神圣。当一个人像我们一样爱时,[245]甚至人性也会恢复到它最初的神性状态。在恋人孤独的拥抱中,感官的愉悦再次变成其本质上应该是的东西——大自然最神圣的奇迹。对别人来说只是他们有理由感到羞耻的东西,对我们来说又变成了自在自为的东西:最崇高的生命力量的纯粹火焰。

我们的孩子肯定会拥有三样东西:无拘无束的天性、严肃认真的脸庞以及某种艺术天赋。我以平静的顺从等待着其他一切。不管是儿子还是女儿——对此我没有特别的偏好。[246]但是我已经就孩子的教育问题考虑了很多,也就是说,我们应该如何谨慎地管教,以使其免受任何形式的"教育"。我对这个问题的思考比三个理性的父亲的思考加起来还要多,他们只会思考和操心自己如何能够将后代从婴儿还在摇篮中的那一刻开始就束缚在道德的泥潭里。

我已经画了一些你会喜欢的初步素描,并且在画的时候心里想着你。只是为了确保你不会忽视艺术!如果是个女儿,你更愿意为她画肖像还是风景?

[247]你对外部表象的关心是多么愚蠢!你想知道我的周围环境怎样,我在哪里、何时、如何做每一件事,我的生活和现状如何吗?——那就看看你周围,看看你旁边的椅子,看看你的怀里,你的心里:那就是我生活和存在的地方。有没有一丝渴望触动你,带着甜蜜的温暖偷偷钻进你的心,并到达你几乎溢出亲吻的嘴唇?

现在你还自夸你一直在给我写这么真诚的信,而我只是有时候才这样写吗,你这个小学究!首先,我总是想你,就像你告诉我你想我一样:我想我正走在你身边,看着你,听你说话,和你说话。不过后来,[248]我也以其他方式想你,尤其是当我晚上醒来的时候。

你怎么能怀疑你的来信的精妙和神性呢!最后一封信闪烁着明亮的眼睛,那不是一封信,而是一首歌。

我想如果再远离你几个月,你会充分展现出你的风格。但无论如何,我认为我们最好暂时放弃这些风格和写作问题,而不再推迟最伟大和最可爱的研究。我多少已经决定,大约一周后开始我的回程。

第二封信

[249]奇怪的是,人不害怕自己。孩子们如此好奇又如此恐惧地看着陌生人的面孔是完全正确的。永恒时间的每一单个原子都可以包含一个快乐的世界,也都可以揭示一个充满悲伤和恐怖的无底洞。现在,我终于理解了那个古老的故事,那个魔术师让一个人在少许片刻中生活了多年的故事;①因为我在自己身上体验到了想象力可怕的全能。

[250]自从收到你姐姐的最后一封信——三天前收到——以来,我已经忍受了整整一生的痛苦,从火热青春的阳光到苍老之年的暗淡月光。

她写给我的关于你病情的每一个细节,以及上次你生病时医生告诉我的情况,还有我的亲眼所见,都证实了我的怀疑,即这种病比你们任何人意识到的都要严重得多——事实上,这种病不再危险,而是让人无望。

沉浸在这样的思绪中,又无法从这么远的地方冲到你身边,我真的陷入了无力的境地。[251]直到现在,我才真正意识到我那时是多么绝望,因为现在我因你康复的喜讯而重获新生。因为,现在你已经痊愈,几乎完好如初——我从所有的医学报告

---

① [译注]这里应该指德国民间故事《时间魔术师》。故事讲的是魔术师阿尔伯特能让时间快速流逝,让人们在短时间内体验到岁月的沧桑。

中得出这一结论时,就像几天前我判处我们俩死刑时一样充满信心。

我不认为这事情会发生或现在正在发生。一切都结束了。你已经在冰冷大地的子宫里藏了很久了。在你那可爱的坟墓上,花正在一点一点地开,我的眼泪也流得更慢。我静静地站着,独自一人,除了我喜欢的面貌和你富有表现力的眼睛的甜美注视,[252]什么也没有看到。这个意象在我心里根深蒂固:只有你苍白的脸,在最后沉睡中泛出最后微笑的脸,偶尔会悄悄地取而代之。或者,这些不同的记忆突然间会变得混乱不堪。它们的轮廓变化得非常快,先是恢复了原来的形状,然后再次发生变化,直到一切都从我过度紧张的想象中消失不见。只有你神圣的眼睛留在空旷中,一动不动地悬在那里,就像友好的星星在我们的苦难之上永远闪烁。我凝视着在悲伤之夜带着熟悉的微笑向我示意的黑色之光。[253]一会儿,来自黑暗的太阳的刺痛以难以忍受的光亮燃烧着我,又一会儿,一种美丽的光辉在盘旋流动,仿佛在引诱我。然后,就好像早晨新鲜的空气向我吹来,我高扬起头,一个很大的声音从心里响起:"何必折磨自己呢?再过一会儿,你就可以和她在一起了。"

本来急着要追上你,突然间一个新念头拦住了我,我自言自语道:"你不配,你连平凡生活中的一点点不和谐都受不了,你还自以为已经成熟得配得上一种更高层次的生活?去受苦吧,去做你被召唤去做的事情,[254]在你的命令得到执行后再回来。"你是不是也震惊地发现,这个地球上的一切都在向中庸方向努力,一切都是那么有条不紊,都是那么无意义和无关紧要?对我来说总是这样,所以我猜测——如果没记错的话,我曾经告诉过你这个猜测——我们的下辈子生活将更伟大,将会有更令人震惊的善与恶,将更狂野、更大胆、更可怕。

生活的责任已经赢得胜利,我又一次陷入人类生活的混乱之中,陷入我无力的挣扎和有缺陷的努力中。[255]然后,一种恐怖的感觉压倒了我,就像一个终有一死者突然发现自己孤独地置身于无边无际的冰山荒原中。一切都是酷冷而陌生的,就连我的眼泪都凝固了。

奇异的世界在这种可怕的梦境里出现又消失。我生病了,痛苦得厉害,但我爱我的病,甚至欢迎我的痛苦。我讨厌世间的一切,很高兴看到它们受到惩罚和摧毁。我感到非常孤独和陌生;就像在幸福的绽放中,一个敏感的人往往会变得对他自己快乐的前景感到难过,就像在生命至高处时,一种徒劳感会压倒我们一样,[256]我也暗暗高兴地看着自己的痛苦。它成为我所有生命的象征。我以为我正在感受和观察那万物由此产生和存在的永恒的不和谐,与这个拥有无限力量、骨子里都充满无休止的斗争和冲突的可怕世界相比,和平创造的可爱形式在我看来似乎死气沉沉、微不足道。

我的病被这种奇怪的感觉转化为一个其自身完美而整全的世界。我觉得它的神秘生命比我身边那些梦游者平庸的健康更充实、更深刻。[257]伴随着我的病态——一种对我来说一点都不讨厌的病态——这种感觉使我与其他人完全隔绝,就像因为想到你的存在和我的爱太过圣洁而不能不迅速摆脱与其他东西粗俗的联系,进而认为我已经与这个地球分离一样。在我看来,一切都应该如其所是,而你命中注定的死亡只不过是从轻睡中温柔地醒来。

对我来说,当我看到你的画像并看到它越来越呈现出一种明朗的纯洁和通透时,我也醒了。严肃但又迷人,完全是你,但又不再是你,[258]你神一样的形象充满了美妙的光芒。前一刻还是可见的全能令人恐怖的光芒,下一刻就是金色童年友好的晨曦。我的精神长久无声地从这清凉、纯净的火源中汲取美酒,秘密地陶醉其中,而且就在这种幸福的沉醉中,我感到一种特殊的精神价值,因为事实上所有的世俗思想对我来说都是完全陌生的,我从未失去我被献祭给死亡的感觉。

岁月慢慢流逝,一件件事情令人厌烦地接踵而至;一项项工作也实现了它们的目标,与我自己的目标一样小的目标,[259]就像接受这些事件和工作,仅仅是为了让它们看起来有目标一样。它们对我来说只是神圣的象征,它们都只关乎我唯一心爱的人,她是我那被肢解的自我和不可分割的永恒人性的中介。我的整个存在就是对唯一的爱持续不断的神圣服务。

终于,我认识到末日已经来临。我的额头不再光滑,头发也变得花白。我的人生结束了,但还没有完成。我最具创造性的岁月已经过去,但艺术和美德仍然可望而不可即。如果从没有见过你、崇拜你,[260]最亲切的圣母玛利亚,我会感到多么绝望!在我身上,我看到了你和你温柔的神性。

然后,你出现了,用死亡的呼唤向我示意。一种对你和自由的真诚的渴望攫住了我,我期盼着回到亲爱的故乡,但是刚抖掉旅途中的尘土,我就在你的康复的承诺和安慰下又恢复了生机。

现在,我意识到我在做白日的梦,对它所有有意义的关联和相似性感到震惊,并且恐惧地站在这个内在真理的无形深渊的边缘。

[261]你知道我因此而最清楚地意识到的东西是什么吗?首先,我崇拜你,而且这样做对我有好处。我们两个是一体的,而人只有在把自己思考和想象为万物的中心、世界的精神时,才

成为一个人,才能完全成为他自己。但是,当我们在自己身上找到一切事物的种子,却永远只是我们自己的一个片段时,我们为什么还要这样做呢?

而且,我现在知道,死亡也可以是一件甜蜜而美好的事情。我意识到,一个自由的并处于生命绽放期的造物如何能够秘密地渴望自己的消亡和自由,[262]如何能够热情地将回归自然的观念视为早晨那轮希望的太阳。

反　思

　　我常常觉得奇怪的是，那些明智而受人尊敬的人能够重复这个小游戏，并在一个永恒的循环中重复它，以不倦的精力和极大的严肃性一次次重复它。事实上，这个游戏显然没有任何功用或目的，尽管它可能是所有游戏中最古老的那一个。

　　于是，我的心灵询问大自然的意图——大自然总是那么深思熟虑，那么狡猾，而且，它不仅会机智地言说，还会机智地行动[263]——然后，我又问自己，在那些有教养的人只会匿名提及的幼稚典故里，自然可能意味着什么。

　　这种匿名性本身就具有双重意义。一个人越是羞怯、越是现代，他在不知羞耻地诠释这种匿名性时就越显得时尚。而对于古代的众神来说，所有的生命都有某种古典的尊严，还让大胆的英雄艺术充满活力。这种作品的数量和独创性程度，决定了它们在神话领域的地位和高贵程度。

　　这样的数量和独创性[264]固然都不错，但不是最好的。那么，我们梦寐以求的理想隐藏在哪里呢？或者，在所有造型艺术的最高境界中，探索之心是否只发现了更多的矫饰，而从来没有发现完美的风格？

　　心灵有这样一种怪癖：除了思考自身，它最喜欢思考一些可以永远思考下去的事情。因此，有修养的和好沉思的人的生活，就是对他可爱的命运（Bestimmung）之谜的不断培植与思考。他不断地为自己重新规定这个谜语,因为被规定和未规定,恰好就是他全部的命运。① 只有在探索本身中,[265]人的心灵才能找到它所寻求的秘密。

但是,什么是规定者(das Bestimmende)或被规定者(das Bestimmte)本身? 对男人来说,它是不可名状者(das Namenlose)。而在女性中,不可名状者(das Namenlose)是什么呢? 是不被规定者(das Unbestimmte)。

不被规定者更神秘,但被规定者具有更强大的魔力。不被规定者迷人的混乱更加浪漫,但被规定者高贵的精致更像天才。不被规定者之美易逝,如花之生命,如可朽情感之永恒青春;被规定者的能量像[266]真正的雷雨和真正的灵感一样转瞬即逝。

谁可以衡量、谁可以比较两种具有无限价值的东西,当它们两个被一种真实的规定联结起来,而这种规定注定要填补个体的男人、女人以及永恒人类之间的所有空白并作它们之间的中介时?

被规定者和不被规定者,以及它们被规定的和不被规定的关系的整个财富:这是一又是一切,是最奇异的又是最简单的,是最简单的又是最好的。宇宙本身只是被规定者和不被规定者的玩物,[267]而对可规定事物的真正规定,就是永恒流动的万物之生命和活动的寓言式缩影。

凭借永恒不变的对称性,两者都朝着相反的方向——趋于无限者和远离无限者——努力。在一个悄然展开而又确定存在

---

① [译注]正如英译者所提醒的那样,这一节中德语词 Bestimmung 是一个双关语,它既意味着命运(destiny),也意味着规定(definition)。

的进程中,不被规定者将其与生俱来的欲望从有限者美丽的中点扩展进无限者。另一方面,完美的被规定者以大胆的一跃跳出无限欲望的神圣梦想,跃入有限行动的界限,[268]并不断完善自己,不断增加宽宏的自我约束和美丽的自给自足。

在这种对称中,大自然用于始终如一地执行其最简单和最普遍的对立时那种令人难以置信的幽默感,也在这里得到了体现。即使在其最华丽和最不自然的结构中,宇宙中的这些滑稽的倒刺也像一幅小型肖像画那样显现出一种调皮的意义,并且赋予所有个体性——它们因其游戏的严肃性而产生和存在——最终的形态和完美。

通过这种个体性和寓言,机智的肉欲多彩的理想从对绝对者的追求中绽放出来。

[269]现在一切都清楚了!于是,那位不可名状的、未知的上帝无处不在。自然本身意愿着永远重复实验的永恒循环;自然还意愿每一个体本身都应该是完美、独特和全新的,都应该是至高无上的、不可分割的个体性的一个真实写照。

深入到这种个体性中,我的反思追求这样一种个体主义的转变,以至于它很快就结束并忘记了自己。

[270]"所有这些暗示——它们并不是与费解的理智在肉欲的边缘玩耍,而是深入到肉欲的中心荒谬地反对理智——都有什么意义?"

可以肯定的是,你和朱莉安娜都不会说这样的话,但你肯定会问这样的问题。

我心爱的人!一束完美的鲜花,难道只能由端庄的玫瑰、安静的勿忘我、朴素的紫罗兰以及其他任何一种纯洁的、童真般的花朵组成,而不能包含其他任何闪烁着奇异而绚丽的色彩的东西吗?

男性的笨拙是一种多样性的存在,充满了各种花和果实。[271]然而,即使是我不想说出名字来的那些奇妙植物也必须有它的位置。至少,它可以作为火焰般明艳的石榴和发光的橙子的陪衬存在。或者,也许除了所有这些丰富的色彩之外,也应该只有一朵完美的花,它本身就能融合所有其他花朵的美丽,并让它们的存在显得没有必要?

我不会为我想立即再做一次的事情找借口,我完全相信你对一个笨拙的艺术作品的客观感觉,这种艺术作品经常且并非不情愿地从男性灵感中获取其创作的原材料。

它由友谊敏感的狂暴(furioso)[272]和巧妙的柔板(adagio)组成。① 你会从中学到很多东西:也就是说,男人懂得如何以非凡的敏感去憎恨,就像你们女人懂得如何去爱一样。当争吵结束时,他们会把争吵变成区分,而且,你可以根据喜好对它进行尽可能多的评论。

---

① [译注] furioso 和 adagio 都是作为音乐表情术语的意大利语词,前者表示激烈、热情,后者表示宁静、徐慢。

朱利叶斯致安东尼奥

第一封信

你最近变了很多！小心,我的朋友,不要在还未意识到时就已经失去对伟大的感觉。那会是什么结果呢?你最终会获得如此多的精致和优雅,以至于你所有的内心和感觉都将消失不见。[273]那样的话,你的男子气概和果敢还能表现在哪里?也许我会像你对待我一样对待你,因为我们不再住在一起,而是毗邻而居。我必须限制你,并且告诉你,即使你对一切美好的事物都有感觉,你仍然缺乏对友谊的感觉。即便如此,我永远不会把自己定位为一个朋友的道德批评者,对他做什么或不做什么指手画脚。谁让自己去做这样的事,就不配拥有朋友这样一种难得的幸福。你基本上是在自欺欺人,而这只会让事情变得更糟。严肃地告诉我:你是否期望在那些冰冷的微妙感觉中,[274]在那些消耗一个人生命的健康脊髓并让他变得空洞的精神体操中找到美德?

很长一段时间以来,我一直保持沉默并让自己适应这种情况。我毫不怀疑,懂得那么多的你也会懂得我们友谊结束的原因。我的这种假设似乎是完全错误的,因为你对我想与爱德华(Edward)保持亲密关系感到如此惊讶,而且你似乎百思不得其解地问自己怎么就冒犯了我。如果只是这样,只是某种单一而确定的事情,那就不值得提出这么痛苦的问题,[275]它自己就会回答和解决。但当每次都不得不把关于爱德华的一切都如实告诉你,而我觉得这是一种新的亵渎时,情况难道不是远非如此?当然,你没有对他做任何事,甚至没有对他大声说过话,但我很清楚也很了解你对他的看法。如果我不清楚、不了解,那么我们心灵的无形交流和这种交流的美丽魔力会表现在哪里呢?你当然不能再犹豫不决,试图通过纯粹的技巧来消除误解,[276]因为那样的话我就真的没有什么可对你说的了。

毫无疑问,你们两个之间隔着一道不可逾越的鸿沟。你那冷静、清晰的深沉和他充满激烈斗争的躁动是人类存在对立的两极。他全是行动,而你有一种敏感的和旁观者的个性。正是这个原因,你应该对一切都有感觉——而且即使在你并非故意地封闭自己时,你也会有这样的感觉。这真的让我很恼火。我宁愿你讨厌大人物,也不愿你误判他!但是,如果一个人习惯于装模作样,如此卑鄙地拿走仍然存在的那一点伟大而美丽的东西,[277]甚于敏锐的洞察力可以在不放弃对意义的主张的情况下拿走的东西,那这会导致什么呢?归根结底,如果一个人到处都想看到某种东西,那他自己最终必然会成为这种东西。

这就是你自诩的宽容吗?当然,你遵守平等的原则:一个人与你相处并不比另一个人与你相处好多少——只是每个人都以他自己的方式被误解。你不是还强迫我永远不要对你或任何人谈论任何被爱德华视为最神圣的事情吗?那是因为你不能在适当的时候保留你的判断,因为你的心灵在发现自己的局限之前总是在想象别人的局限。[278]你几乎让我不得不向你解释我自己的价值实际上是多么伟大,如果你不是判断而是相信,如果在沿着这条线的某个地方你已经假设我具有某种未知的无限品质,你会变得更好、更公正。

当然,我自己的疏忽是整个事情的罪魁祸首。也许我也是故意地想和你分享所有的当下,而不是就过去和未来是什么来教导你。我不知道我的感觉在反对这样做,我认为这样做没有必要,[279]因为事实上我对你的理智有极大的信心。

哦,安东尼奥,如果我能够怀疑永恒的真理,那么你会让我认为,那种平静和美好的友谊,那建立在共同存在和生活这个简单、和谐的基础上的友谊是虚假和变态的!

你还不明白我为什么已经完全摆向了另一边?我放弃了精致的享乐,投身于生命狂野的战斗。我要去爱德华那里。一切都已经安排好了。我们不仅打算住在一起,而且会在一种兄弟般的联盟中共同呼吸和行动。他固然粗糙且不那么优雅,[280]但他的美德在于力量而不在于敏感,他有一颗伟大的男子汉的心,在任何更好的时代,他都会是——我会毫不掩饰地这么说——一个英雄。

第二封信

我们终于可以再次交谈,这真是太好了。我也很高兴你勉为其难地写下这封信,还责骂那些可怜、无辜的字母,因为你确实在说话方面有更高的天赋。但是我心里仍然有一些事情无法说给你听,而只能尝试以书面形式来和你交流。

[281]为什么要以书面形式交流?哦,我的朋友,如果我能知道一种更精细、更微妙的交流方式,一种比直接告诉你我想要

什么更精心掩饰、更温和超然的方式该多好！对我来说,谈话太大声、太亲密、太不连贯。那些零散的语词总是只反映一个方面,只反映相互联系的整体的一部分,而我想以完全和谐的方式表明这个整体。

想要在一起生活的男人们有没有可能对彼此过于礼貌？我倒不害怕说些太过苛刻的话,也不会因此在谈话中避免提及某些人和某些事情。[282]就这一点而言,我想我们之间的分界线肯定已经永远消除了！

我仍然想告诉你的是非常普遍的事情,然而我更喜欢选择这种迂回的方式来做这件事。我不知道是出于一种虚假还是真实的微妙感,但我确实很难与你面对面谈论友谊。

然而,正是出于我对这一主题的看法,我必须写信告诉你。至于实际运用——这是最重要的事情——完全由你自己来决定。

在我看来,友谊有两种。

[283]第一种是完全外在的友谊。它贪得无厌地从一个行动忙到另一个行动,接纳每一个值得结交的人加入伟大的英雄兄弟联谊会;它用每一种美德把旧的绳结打得更紧,并且总是试图扩大自己的队伍。它拥有的越多,想要的就越多。

想想以前时代的例子,你就会发现这种友谊到处都有,无论是在我们身上还是在我们所爱的某个对象中,它总是在与一切邪恶进行正义的战争。只要高贵的力量能够影响大众并创造世界或统治他们,你就会发现这种友谊的存在。

现在,我们生活在不同的时代。但只要我继续做我自己,这种友谊的理想就会一直留在我心里。

[284]另一种是完全内在的友谊,是那些最典型品质的奇

妙对称物,仿佛命中注定一个朋友要在各个方面与另一个朋友相辅相成。他们所有的思想和感受都通过相互促进和发展对方内心最神圣的东西而变得友好。这种纯粹的精神之爱,这种交往关系的美妙神秘,并不仅仅像一些可能是徒劳的愿望的那些遥不可及的目标一样远远地徘徊在他们身边。不,它只能作为一个既成事实被发现。不像另一种英雄般的友谊,这种友谊中并不存在幻灭感。在那里,只有事实能表明一个人是不是真诚。[285]但是,任何在自己内心感受和认识这个世界和人类的人,都不会轻易被引导去寻求一种他不在其中的普遍意义和普遍精神。

只有内心完全平静,懂得谦虚,尊重对方神性品质的人,才有能力拥有这种友谊。

当众神将这种友谊赐予一个人时,他只能小心翼翼地保护它远离任何外在的危险,保护它的神圣本质不受侵犯。因为,娇嫩的花朵终归凋谢。

渴望与安宁

[286]卢琴德和朱利叶斯衣着单薄地立于小亭子窗边,在清晨凉爽的空气中感到神清气爽。他们全神贯注地注视着初升的太阳,而所有的鸟儿都在用快乐的歌声迎接这日出。

"朱利叶斯,"卢琴德问道,"为什么我会在这种幸福的安宁中产生这种深深的渴望感?""只有在渴望中,我们才能发现安宁,"朱利叶斯回答道。"是的,只有我们的精神在它的渴望和寻求自身的过程中完全不受干扰,只有找不到比它自己的渴望更高的东西时,安宁才会降临。"

[287]"只有在夜晚的安宁中,"卢琴德说道,"渴望和爱才能像这辉煌的太阳一样明亮而充分地闪耀。""而在白天,"朱利叶斯回答说,"爱情的幸福就像谨慎的月光一样黯淡。""或者,它会突然出现,又突然消失在普遍的黑暗中,"卢琴德补充道。"就像月亮隐藏时照亮我们房间的那些闪电一样。"

"只有在晚上,"朱利叶斯说道,"小夜莺才会在歌声中表达它的哀怨和深深的叹息。只有在晚上,这花儿才会羞涩地展开它的瓣,自由地吐出可爱的芬芳,让感觉和精神都同样陶醉于极乐中。只有在晚上,[288]卢琴德,爱的深沉火焰和勇敢的雄辩才会从双唇中神圣地流淌出来,而在白天的喧嚣中,它们会带着对自己甜蜜宝藏温柔的自豪感紧闭不言。"

卢　我的朱利叶斯,我不是你所描述的那个神圣的人,尽管我可能喜欢像夜莺那样唱哀伤的歌,尽管我深切地感觉到,我只把这歌奉献给黑夜。你才是那个神圣的人。当纷乱平息,没有什么卑贱或平庸的事物再能打扰你高尚的灵魂,你就会看到映射在我身上——在永远属于你的我身上——的你那想象力的奇妙花朵。

朱　别这么谦虚了!不要奉承我。记住:你是黑夜的女祭司。[289]即使是在阳光下,你浓密头发的黑暗光泽,你诚挚的双眼明亮的黑色,你的头颅和肢体的高贵,也都在宣告这一事实。

卢　当你在赞美它们时,我的目光沉向了地面,因为现在喧闹的早晨的阳光太过刺眼,欢快的鸟儿杂乱的歌声使我的灵魂不安和惊恐。但在另一时间,在静止、凉爽的夜之黑暗中,我的耳朵却想贪婪地喝下我甜蜜情人的甜言蜜语。

朱　这不仅仅是我的想象力的产物。我对你的渴望是无限的,且总是得不到满足。

卢　[290]随它去吧:你是我的精神能够从中找到安宁的那个固定的点。

朱　我只是在那种渴望中才找到了神圣的安宁,我的爱人。

卢　而我只是在这美丽的安宁中才找到了那神圣的渴望。

朱　哦,愿夺目的光能揭开隐藏这些火焰的面纱,愿感官的游戏能冷却和抚慰我滚烫的灵魂!

卢　也愿生命中永远寒冷而诚挚的日子能及时摧毁温暖的夜晚,[291]当青春逝去,我放弃你,就像你曾经以一种更崇高的方式牺牲了你伟大的爱。

朱　哦,愿我可以向你介绍我未曾谋面的女朋友,向她展示我奇妙的幸福。

卢 你仍然爱她,并且会像爱我一样永远爱她。那是你奇妙之心的伟大奇迹。

朱 没有人比你的心更加奇妙。我看到你靠在我的胸前,玩弄你的吉多(Guido)的黑发①——我们像兄弟般结合在一起,[292]而你把永恒快乐的花环戴在我们荣幸的额上。

卢 让它们在黑暗中安息吧,不要把安宁的内心深处的神圣花朵拖入光明。

朱 生命的浪潮可以在哪里与狂野的人嬉戏,而温柔的感觉和严酷的命运是否会将他拖入残酷的世界?

卢 通过独特的变形,你那尊贵的未知朋友的纯洁形象在你纯洁灵魂的蓝天中闪耀。

朱 哦,永恒的渴望!终有一天,那徒劳的渴望和空洞的光辉将陨落消逝,[293]一个伟大的爱之夜晚将在永恒的安宁中显现。

卢 所以——如果我就是我所是的话——女人的心会在爱人温暖的胸膛中感受一切。我的心只渴望你的渴望,只在你发现安宁的地方收获安宁。

---

① [译注]Guido 是意大利人名,而意大利人大多数是黑头发。

想象力的嬉戏

　　生命本是众神纤弱的孩子，却被艰难、嘈杂的生计筹备撇在一边，而像猿猴之爱的照料，会使生命在其怀抱中悲惨地窒息。

　　先有一个意图，然后根据意图行事，人为地将一个意图编织到另一个意图中，以实现下一个意图：这种习气仍然深深根植于神灵般的人类愚蠢的本性中，[294]以至于如果他想自由地、完全非有意地在永恒流动的形象和感觉的内在溪流上继续前进，他实际上必须有意识地、正式地打算这样做。

　　最高的智慧乃是选择保持沉默，将灵魂交还给想象，并且不再打扰年轻母亲与婴儿甜蜜的嬉戏。

　　但是在失去纯真的黄金时代之后，心灵很少再能表现出如此的理性。它想要独占灵魂，即使灵魂想和与生俱来的爱独处时，心灵也会偷听，[295]并意欲只用对过去目的的回忆和对未来的展望代替童年的神圣游戏。是的，心灵知道如何为这些冰冷、空洞的幻觉增添一丝色彩和片刻的温暖，并试图通过其模仿艺术剥夺天真的想象最内在的品质。

　　但年轻的灵魂不让自己被这个早熟的骗子的狡猾所欺骗，总是看着它的宠儿玩弄美丽世界的可爱形象。灵魂心甘情愿地让花环——孩子用生命之花编就的花环——装饰它的额头，心甘情愿地让自己进入清醒的睡眠，[296]梦想着爱的乐曲，聆听着众神神秘而友好的话语，就像来自遥远国度的浪漫故事那断断续续的声音。

过去和未来的深处回荡着熟悉的旧感觉。它们轻柔地触碰着聆听的精神,又在变得微弱的音乐和逐渐黯淡的爱情背景中迅速迷失。在一种美丽的混乱中,一切都在爱并生活着,一切都在哀叹又喜悦着。就在这个喧闹的节日里,所有快乐的人都张开双唇,尽情歌唱;就在这里,孤独的女孩在她想要对之倾诉的朋友面前保持沉默,[297]微笑地拒绝来自他的吻。满怀思念的我将鲜花洒在我早逝儿子的坟墓上,然后满怀喜悦和希望将它们献给我心爱的兄弟的新娘,而那位高级女祭司则向我示意,她伸出手,要求一种最诚挚的结合,并且以永远纯净的火、永恒的纯洁和永恒的热情起誓。我从祭坛和女祭司那里冲出来,拿起一把剑,与一群英雄共同投入战斗,但很快,我就忘记了战斗,只在最深的孤独中凝视着自己和头顶的天空。

沉睡在这样的梦中的灵魂,即使醒来,也会永远梦到它们。[298]它感觉自己被爱情的花朵缠绕着,并且小心地避免弄坏那松散的花环;它很高兴成为一名俘虏,完全投入想象,情愿自己被那个用甜蜜的嬉戏弥补母亲所有悲伤的孩子所统治。

然后,一股清新的早春气息和一阵孩童般的狂喜拂过整个生命。男人崇敬他的情人,母亲崇敬她的孩子,所有的人都崇敬永恒的人性。

现在,灵魂明白了夜莺的哀歌和新生婴儿的微笑,[299]明白了鲜花和星辰之上神秘的象形文字的深意,也明白了生命的神圣意义和大自然的美妙语言。万物都在对灵魂言说,灵魂处处都可透过轻柔的薄纱看到爱的精神。

在这充满节日气息的大地上,灵魂滑出轻快的生命之舞,它是那样天真无邪,只关心跟随伴侣和友谊的节奏,而不会打断爱的和声。

在这一切之中,是一首永恒的歌,灵魂只偶尔捕捉到其中暗示着更大奇迹的几句歌词。

这个神奇的圆圈总是美丽地包围着灵魂。它永远无法逃离,[300]而且它所形成和诉说的内容,听起来像是一段奇异的关于童年时代里众神世界可爱奥妙的浪漫故事——这是一个伴随着动人的情感音乐的故事,它还装饰着可爱生活里那些最有意义的花朵。

《卢琴德》续篇断片*

---

* ［译注］本部分根据弗乔英译本译出。

一个笑话的故事:卢琴德致朱利叶斯

[131]像你一样,我已经学会了勇敢地将死亡与至福的观念融进爱的大胆和无耻中。是爱而且只有爱才给了我这种勇气,即以清晰的眼光认识和理解这种内在的分裂,这种存在于一切存在之中的永恒仇恨,只要那光荣力量的伟大嬉戏让这个美丽的绿色地球充满活力,到处或明或暗地刺激和推动着一切:这种神圣的仇恨,这种对处于巅峰的能量和强烈的活力的仇恨。

爱也教会了我从内心对自然心悦诚服,让我有勇气去感受,即使是在看戏时也如此,然而这种景象总是在最意想不到的时候突然攫住观众,并将他拖入无止境嬉戏的狂野漩涡中,而就在刚才,他还在远处平静地观看着——爱给了我感受的勇气,即使在轮到我去体验刚才所说的事情的时候,这时,对某种更加神圣的东西的感受更甚于对暗黑全能之神的神圣恐惧,因为,伴随着充满斗争的地球,[132]天堂光辉的荣耀也对我变得清晰起来,因为,我审视自己,知道某个时刻即将到来——不,不会到来:它已经在这里,而且一直都在这里——这个时刻,藏在他斑驳外壳后面的男人将以一种直接的、不受阻碍的运动方式轻缓而纯洁地飞向光明,就像他一直希望做的那样平静地沉思自己和上帝。

对,就是这样。孩子般的欢乐和辛酸的痛苦,强烈的愤怒和安静的梦,死亡和爱,欲望和虔诚,疯狂的无礼和忧郁(永远无法逃脱的温柔叹息),黑暗的悲伤和光明的充盈:这就是以极简单的轮廓呈现在我面前并注视着我的东西,它们在迸发的激情和荒唐可笑之事中、故事和调情中、书信和梦想中、谈话和演讲中生活和挣扎。这就是你的诗的精神和主题,这就是为什么它对我如此珍贵,为什么我如此高兴地以深深的爱和敬畏将它压在我的心上:因为在这里我找到了我自己的(最强烈的)渴望那最清晰的形象。

哦,如果只有文字可以表达这种感受就好了!但还从来没有人理解过自己。为我找到那些歌词吧:我知道那首歌。然后,当它也消失时,我们会指着我们面前画像的颜色,默默地表示我们无法说出的东西。

关于友谊的本性

朱利叶斯 我明白。我甚至相信。笑话可以对一切开玩笑：笑话是不受限制和普遍的，但我反对这种观点。于是，在我的存在中有某些地方，实际上是最深的地方，那里即使是普通的伤害也是无法想象的。在这些地方，我无法忍受笑话。

洛伦佐（Lorenzo） 所以这些地方的严肃性可能还不足够完美。否则现在那里就会出现反讽。但也正是由于这个原因，反讽才会存在。你只需要再等待一段时间。

朱 你的话就像从我嘴里说出来一样。我不介意那种涉及色情、肉体的玩笑；但我确实反对其中最具精神性、最微妙、最深思熟虑、最神圣的元素。[133]你用了"你自己"这个词：反讽的是，在友谊的音乐中，这个词明显不和谐的音符经常让我感到不安。

洛 所以，这个音符可能出现得太过频繁，或者放错了地方。但这不是音符的错。不过，你可能是对的。谁知道这是不是对反讽的反讽，最终人们会变得不喜欢它。

朱 我认为，最后的反讽在于，你似乎不可能在不处于反讽的情况下谈论反讽。

洛 情况恐怕正好相反。当一个处于痛苦之中的真诚的人不知道自己在哪里时，哪里还会有反讽？我越想这个问题，它就越难以理解。

朱 这个谜语叫什么名字？

洛 在所有的事情中，你应该发现友谊与反讽格格不入。

朱 是吗？

洛 好吧，如果反讽不是友谊的真正本质，那么也许众神知道它的真正含义，或者反讽本身知道。反正我不知道。

朱 反讽确实知道它的本质何时会与它的目的和谐一致。

洛 也就是说，当朋友知道时。

朱 不，他们通常都不知道，但反讽知道。

洛 你又是怎么知道的，我的朋友？

朱 当我自己还没有意识到，也没有想象我身上这种神圣的品质和斗争是什么时，反讽就已经知道它的趋势和目的——而且反讽通过它的行动表明它知道。它只深深地依附于正义之事物，而且经过短暂的实验之后，它会鄙视一切非正义的事物。它肯定自己，扩展自己，越来越清楚并意识到自己的力量，变得更加智慧，就像所有事物中只有人类通过行动变得智慧一样。当然，你不想将知识限制在可以言说的所有东西上。

致玛利亚

[134]在卢琴德的爱中,大地为我闪耀着清新明亮的光芒。你的眼睛让我想起了天空,你的歌声把我引向了深处。

我只能把我的快乐托付给黑夜,而在黑夜中,我会小心翼翼地把它们藏起来。因为,我觉得当那一天到来时,它们就会枯萎。

吉多之死

　　是的，我愿意，所以，在我颤抖的手拒绝为死者提供哪怕一点点的服务之前，或者在我紊乱的感官变得完全混乱之前，让我第一次当然也是最后一次拿起我那只朴素的笔。让我试着提醒我自己、我的死亡还有我的爱，这样也许有某个幸运的机会，可以将这些有朽的纸页从远方带到那些充满爱意地注视着别人的那些眼睛的光芒之下，而对我来说，它有那么一会儿毁灭性地照亮了我的生命之夜，就像一道闪电，只为将其永远交付给自己的黑暗。

　　如果能够感觉到你，我宁愿欢迎痛苦！如果同情能够受苦，那就让它杀死我吧。但是当这种情况发生时，我看到了最黑暗的深处有个什么东西撕裂了别人，而这种清晰的直觉很快就在响亮的歌声中逃离了我，以至于所有的心都在哭泣。但我那颗错乱的心所承受的，没有一首歌能和谐地表达出来。在这无声的纸页上，在无情的笔触的混乱中，它可能会偷偷地、惊恐地听着，就像一条正在密谋一场毁灭的蛇。

　　我爱过，但我没有活过。我很清楚这一点，因为生命对我来说只是一种接近死亡的令人厌倦的感觉，所以，在我未来的记忆中，这个黑暗的名字很可能总会伴随着我的死亡。

　　哦，一种音乐般的精神寓于声音和文字中，人们会因此热爱生命。它把一个人拖入生活，越拖越深，越拖越深。然后，一切都变得安静、友好和美丽,人们甚至无法描述它的样子。

[135]情况并非总是如此。因为,那一次可爱的光芒触动我的心弦时,也是我第一次真正地感受音乐之时,第一次清晰地感受音乐之时。然后,一切都变成全新的了:到处都是声音,而且我还惊讶不解地听到我自己的声音。现在,音乐变得很糟糕,因为我只是供别人演奏的乐器。但是现在没有人可以演奏它了。那么,它还有什么用处?它必须被打破,这件乐器。

有时我很害怕,但我不能生气,否则我怎么知道是什么伤害了我?唉,我仍然清楚地记得我和那个极好的女人生活在一起时的情景。她拥有我所缺乏的一切:光明、快乐和力量。但就像我深切地爱着她,她也热烈地爱着我,我们彼此都感到陌生。正是那陌生感把我赶走了。这就是为什么我不得不逃离你,卢琴德;这就是为什么你无法拯救我,朱利叶斯,你这位与其他任何朋友都不同的朋友,独特、真诚又挚爱。

之后一切都完全不同了。我大吃一惊:我遇到了一个和我一样的人。为什么我无法隐藏我的快乐?

我得到了我应得的,我不应该泄露这个秘密。我应该小心翼翼地把那些夜晚的欢乐藏在最黑暗的夜晚。它们枯萎了,因为那白天到来了,正是白天:他们无法忍受白天。

哦,我还可以说很多,但现在没有时间了,因为他们已经等我很久了。玛丽亚死后,我不再想念你们俩。我只是现在才想起来。你必须原谅这一点,我会尽力原谅我能原谅的。

再见,朱利叶斯,这是你朋友的遗言。再见,两位。你们会和孩子一起找到那些歌曲。我把它们藏起来了。

朱莉安娜

我想保持沉默,但又不得不说;我的心很充实,但又不知道自己要说什么。即使我知道,哪里会有人愿意听——我似乎不满意,但又很感激。我知道。是的,你会听到我说的,[136]但是没有人能听到我的痛苦,甚至你也不例外。而且为什么要有人(任何人)听到?如果有什么东西是可以言说的,那它就不再值得言说。我感受着,我观察着,但仍然有一些东西迫使我说话。一切都是脱节的,但我心里知道,潜在的联系实在是太真实了。

你很好,你是卢琴德,你是所有的光和爱。我们的感情多么相似!你经常吓到我,你太了解我内心的想法了!我很清楚你对男人的感觉不同,但即使这样也不会使我烦恼。你是勇敢的,充满活力的,对我来说仍然是独一无二的。哦,要是我把孩子给你,然后英年早逝就好了!但事实并非如此。我最大的爱来得太晚了。

你觉得我想谈论孩子吗?哦,不,我不能那样做:如果我能做到就好了。一切都结束了,我不会再哭了,他们带着我的眼泪进了坟墓。我的小女孩安息的地方,我的小男孩微笑着向我伸出手的地方,就是我的眼泪所在的地方。我默默地生活着,没有快乐。

哦,我一直看到优秀的人从人群中脱颖而出:他们急于去做什么?每个人都急于摧毁自己和别人。是的,一个人开始在自身之中燃烧自己,对自己发怒,这是他已经获得知性和成熟、正在蓬勃发展的标志。个人如此,时代亦是如此。如果这个世界已经到了开始回忆自己的地步,那会有什么不同吗?举手反对自己的人是自由的。自我毁灭的时代已经到来,这就是人的命运!看,这就是世界和生命的故事。你可以画它、塑造它、装饰它、打磨它,但它会永远保持不变。这就是它现在的样子,它曾经的样子,以及它将来的样子。(我很乐意待在我简陋的小屋里,[137]尽管你在另一处小屋之上建造了一座艺术宫殿。)经过充分准备,一个人将种子播进土地,那幼小的植株竭尽全力为自己赢得一点空间,并且最终把自己推向天穹。

然后,阳光普照,雨水落下,春风吹过大地。这棵小小的植物的各个部分都茁壮成长,变得越来越可爱。一切都很顺利、适当且缓慢地发展着,每个看到它的人都会从中找到乐趣。然后,花开了。但仅仅只有那么一会儿,之后整株植物都开始变形,然后就枯萎了。现在,等待这朵花的命运是什么?是盛开还是凋谢?我认为人们偏爱那些仍在盛开的花朵,他们让自己陶醉在令人愉悦的香气中。但凋谢的花中有着更多的真理。花的存在就是绽放然后凋谢。水果不得不掉到地上。眼睛的存在就是为了发光和哭泣。那心脏呢?

好吧,它必须跳动——先是平静地跳动,然后是快速地(更快速地)跳动,然后再次慢下来,直到最后流血而死。每颗心都必然如此,因为每颗心都必须服从自己的命运,而最愿意顺从的心是最好的。这就是我的生活方式,也是我与孩子们一起生活的方式。我这么说，是因为我想让你觉得如果孩子们还活着的话，我会不一样。春天里有时候看到那些小植物，看到它们都渴望地抬起头来时，我就又想起自己，一种深深的怜悯之情涌上我的心头。当她的孩子做她想让他们做的事情时，无限的万物母亲可能会很高兴。她也是一位母亲，就像我们一样：孩子们应该做他们被告知的和需要服从的事情。但是，一个因为知道自己正在完成使命而不做其他更多事情的人可能活得更好，尽管那位伟大的母亲或许不喜欢那样。但即使她不喜欢，我也仍然会这样做。

　　没有什么可抱怨的。这是必须的存在方式，而恰恰是这一事实，即必须以这种方式存在，才是人类的荣耀。其他的事物都无法返回自身，它们只是无能为力：它们不能互相接近，但也不会感到孤单。相比之下，人是多么不同，他审视着自己，却永远找不到他所拥有财富的目标。他可以永远关注自己，永远寻找新的事物来占据他的时间：[138]他与自己游戏，靠自己生活，而且因此以自己为食，直到他最终完全耗尽自己为止。

　　而且确实，如果不是自己将自己吞噬，人还能如何对待自己呢？那是每个有欲望的人的欲望，而且到目前为止，还没有人意欲过其他任何东西。正如每只动物一旦成熟就会被其自身固有的元素所吸引一样，人的本能也将他带入自己的深处。在那里，他必须被摧毁，方式也许是一头扎进去，也许是平静而美丽地沉没。他们怎么走是无所谓的，但他们必须走下去，所有人，毫无例外，都必须如此。对于一个作为人而存在的人来说，除了由他自己导致的死、他的自杀之外，不可能有其他形式的死亡。

　　我多么不喜欢那些只为幸福而奋斗，并真诚地认为他们也已经受了一些深苦剧痛的人。哦,如果你知道什么是痛苦,如果你尝过禁果,如果你的灵魂曾经有过真正永恒的火花,你会多么鄙视自己,还有你的幸福、你的快乐以及其他任何微不足道的东西!但是这样的人,在他们还年轻的时候,会认为自己也应该去爱,应该被激发灵感。他们听说过一些关于永恒和无限的事情,他们觉得这一切都太奇妙了。

但是,这一切很快就过去了,然后,他们在自己周围画出关于幸福限度的小小图画,并以微笑的自我满足将自己抬高到每个人之上,他们认为自己非常聪明,而实际上却对发生在自己镀了一层银光的生活中未被理解的痛苦一无所知。可以肯定的是,这些善良的灵魂是受限制的,但是他们搞错了自己的故事。我更清楚他们身上发生了什么。他们不受限制,因为他们想受限制,因为他们自愿放弃了相反的可能性。他们之所以受到限制,是因为他们就是以那种方式存在的,因为他们总是那样存在,而且我认为它们可能将永远那样存在。据我所知,他们可能也很乐意这样存在。我不羡慕他们。

哦,这些可怜的人,他们害怕受苦,却不知道什么是意识!

[139]但是,即使最优秀的人也会为自己制作真理的形象。当他们看到幸福和生命不是最重要的事情时,他们就会转而将死亡变得美丽,将一切都与死亡联系起来,并在死亡中迷失自己。然而,这如果不是在和一种古老错误的阴影做游戏,又是什么呢?

哦不,我没有自欺欺人,我知道死亡是可怕的,死亡并不美丽。用你精美的隐喻和童话故事远离我吧。它们是文字,只不过是文字而已。每个人都尽可能长久地坚持活下去。这一切对我来说究竟意味着什么,所有这些猜测和假设、这些隐喻的推论、这种预感的迷雾都意味着什么？保留你们的名字，它们只会扰乱我清晰的精神：或者，如果我要说话，那么我会首先选择那些最方便和最幼稚的词。因为，每个人都知道迷失掉自己是完全有可能的。如果他不知道，那他就从来没有用清晰的眼光看透自己的内心。

我知道我正在摧毁自己，我只想在永恒的痛苦和永恒的爱中耗尽自己。

我想谈谈我自己，我为什么要否认我把一切都与我自己和我的痛苦联系起来？因为最终每个人都必须逃回自己的内心，尽管他可能很乐意在不安分的奋斗中四处游荡！人类就是这样，这个好奇的物种，利己主义根深蒂固。我只能说：哦，那该多好！

我是那些认为自己的命运不同寻常的人中的一个吗？哦不，我不能那么容易就向自己妥协。环境很奇特，好像有什么特别的事情就要发生，但发生了什么？我已婚，而且无法爱我孩子的父亲。好吧，这当然没什么不寻常的！哦！在这里，我或许可以赞美自己：我做了所有可以做的事情。他很高兴。我很快就学会了如何隐藏我的眼泪，而不久之后，我就觉得我的眼睛干涩了。

正是新生活的第一个冲动将与我相随，而且只要我能保持我自己，它就将一直伴随着我。现在我渴望死亡，[140]但另一个同样深的渴望让我无法满足它。我想弄清楚自己。这种充实中的每一个点都迫切需要意识，如果我能用痛苦来购买这种意识，那我愿意付出任何代价！我喜欢听男人说话，喜欢追随他们的微妙之处。每件事对我都有意义，尽管也许是一种不同的意义,但对我和我的思维方式仍然有意义;而且我还知道它之外、不包含在它里面的一些东西。你可能会觉得奇怪并露出笑意。我内心有一种东西被那些语词和话语所激发和推动,即使其他人不明白我的意思。我在哪里没看过,我发现的还少吗?在人和自然中,在书籍和故事中,在谈话和孤独的思想中:所有事物都只有一种联系。

附 录

施勒格尔和他的《卢琴德》

彼得·弗乔(Peter Firchow)

一

《卢琴德》是一本不寻常的书,写于不寻常著作和不寻常事件频出的时代。1799 年,也就是它出版的那一年,法国大革命迈出了进军神圣罗马帝国的好战步伐,而一场尚未命名的新文学、哲学运动也准备向旧体制进军。对拿破仑来说,这应该是法国自由派军队与保守世界的束缚性力量进行的一场斗争;对后来被称为浪漫主义者的人们来说,这是一场反对以 17 世纪法国作家和哲学家为代表的理性主义的新古典主义艺术和生活概念的战争。尽管不像华兹华斯(1770—1850)和柯勒律治(1772—1834)于 1798 年合作出版的《抒情歌谣集》(*Lyrical Ballads*),《卢琴德》只代表了这场伟大的浪漫主义战争中的一次小战役,但这部小说仍然由于它的强度、它提供的战略教训而值得注意,因为它的领导者是整个浪漫主义运动所能拥有的战略家中最著名、最聪明和最激进的那一位。

当《卢琴德》第一次出版时,大多数公众都意识到这是一部不同寻常的小说,但只是从它不同寻常地糟糕的意义上来说。

尽管如此,这本书也并非完全没有狂热的追随者,甚至是非常有名的追随者。比如,施勒格尔的老朋友和前室友弗里德里希·施莱尔马赫(1768—1834)就深受感动,于1800年出版了一部虚构的书信集《关于施勒格尔〈卢琴德〉的密信》(*Confidential Letters on Schlegel's Lucinde*),其中大部分对小说的普遍敌对言论都被提及并予以驳斥。另外一位朋友,哲学家费希特(1762—1814),也曾于1799年9月宣称《卢琴德》是他所知最伟大的天才作品之一,而他即将开始对其进行第三次阅读。但是,这些及其他少数积极反应,并不足以阻止充满敌意的批评浪潮,后者的威胁几乎要完全淹没这本书。朋友和哲学家们可能会给施勒格尔一些安慰,但无法将他的书从普遍的谴责中拯救出来。

同代人对一部有价值的文学作品产生敌意,这当然并不少见;相反,它是文学史上的常见现象之一。这一代人拒绝,下一代人接受;上一代人扔进垃圾桶的东西,下一代人会放在餐桌上。正如克尔凯郭尔(1813—1855)注意到的那样,一个人所属的那代人和公众,不仅通常而且总是错误的。

然而,在这个特定例子中,所谓的常见现象并不完全正确。尽管在20世纪的德国,公众无论如何至少已经广泛接受了《卢琴德》,但批评家们的认可要来得更加缓慢和勉强。产生这种严重的犹豫不决的原因很复杂,但犹豫不决这一事实本身,或许暗示了《卢琴德》实际上已经极大程度地超前于它的时代。

《卢琴德》一开始就似乎要完全脱离时间,好像这本书事实上一定会被完全遗忘那样。弗里德里希·施勒格尔本人可能要对这种暂时的遗忘负部分责任。1823年开始编辑和出版自己的作品全集时,他完全遗漏了《卢琴德》。那时的施勒格尔已经年迈、信奉天主教且很保守,不再认可自己年轻时的激进主义和充沛热情。然而,年迈的施勒格尔或许希望从人类记忆中抹去的东西,在他死后仅仅六年就被一位仍然年轻、精力充沛且很激进的艺术家和评论家给复活了。1835 年,卡尔·古茨科夫(Karl Gutzkow)①出版了《卢琴德》的第二版,这一版本很快就成为他领导的青年德意志运动的基础文本之一。

《卢琴德》第二版的出现,迫使最初发生在 1799 年的那场战役来了一遍小规模的重演。具有讽刺意味的是,最有名的敌对批评来自海因里希·海涅(1797—1856),而他本人就是青年德意志运动的准成员,有时候还是一个浪漫主义者。在其长文《论浪漫派》("The Romantic School",1836)中,海涅谈论了施勒格尔的生涯并简要分析了他的小说。他在文章一开始就断言,《卢琴德》是"荒谬的浪漫主义",并且以这样的评价——暗指施勒格尔的天主教信仰——得出结论,即圣母玛利亚或许会原谅他写下这本书,但缪斯女神绝对不会。六年后,另一位享有盛誉的作家克尔凯郭尔对这部小说展开了更为尖锐的批评,指控它为了肉体而否定精神,目的是赤裸裸的肉欲,最后还试图消灭一切道德。

19 世纪随后的批评大都是对海涅和克尔凯郭尔这些谴责的反映,它们通常表现出更强的学术性但缺乏真知灼见。鲁道夫·海姆(Rudolf Haym),一部与海涅文章同名的长篇著作——尽管发表于 1870 年,但可能仍然是对德国早期浪漫派运动最为全面的研究——的作者,称《卢琴德》为"美学的怪物";他的同代人威廉·狄尔泰(Wilhelm Dilthey)在其关于施莱尔马赫的传

---

① 卡尔·古茨科夫(1811—1878),德国小说家和剧作家,以小说 *Wally, die Zweiflerin* (1835)闻名,后者标志着"青年德意志运动"的开始。

记中认为,该小说"从道德和诗性角度看都是无形式的和可鄙的",这完全是不言而喻的。

　　直到 20 世纪,持更加开明和赞成态度的批评观点才开始出现,其中最有名的来自约瑟夫·科纳(Josef Körner)、保罗·克鲁克霍恩(Paul Kluckhohn)、沃尔夫冈·鲍尔森(Wolfgang Paulsen)、波尔海姆(K. K. Polheim)和汉斯·艾希纳(Hans Eichner)。① 然而,即使是这些观点也未能完全占上风,部分原因可能在于他们通常也只是三心二意地坚持这些观点。例如,约瑟夫·科纳虽然带着极大的同情和学识追溯了《卢琴德》的起源,但还是得出结论,称施勒格尔并未实现他所希望的目标,而《卢琴德》所显示的这样一种形式,归根究底是出于偶然。沃尔夫冈·鲍尔森甚至带着更加明显的同情并费尽心思试图证明《卢琴德》不是无形式的,但仍然不得不断言,小说第三部分并未充分展开,因而未能完全实现创作意图。只有克鲁克霍恩在研究 18 世纪和浪漫主义的爱情观时,还有艾希纳在介绍《卢琴德》的最新批评版时,以及波尔海姆在给雷克拉姆版《卢琴德》写编后记时,这部小说才获得了完全积极的评价。但是,即

---

① Josef Körner, "Neues vom Dichter der *Lucinde*", 载于 *Preussische Jahrbücher*, 183, 1921, 页 309-330, 及 184, 1921, 页 37-56; Paul Kluckhohn, *Die Auffassimg der Liebe in der Literatur des 18. Jahrhunderts und in der deutschen Romantik*, Halle, 1931; Wolfgang Paulsen, "Friedrich Schlegels *Lucinde* als Roman", 载于 *Germanic Review*, 21, 1946, 页 173-190; K. K. Polheim, "Nachwort", 载于 *Lucinde*, 1964, 页 110-118; Hans Eichner 编, *Dichtungen*, Munich, 1962, 载于 Ernst Behler 总编, *Kritische Friedrich Schlegel-Ausgabe*。Hermann A. Korff 的 *Geist der Goethezeit*(Leipzig, 1949)包含对《卢琴德》的简短而有趣的分析。Korff 认为《卢琴德》是一本关于浪漫主义婚姻的卓越著作,但对施勒格尔的艺术才能不以为然。

使这些持赞成态度或貌似持赞成态度的现代批评，也被其他几乎毫不含糊地持反对态度的批评掩盖了。比如，小说家里卡达·胡奇（Ricarda Huch）甚至懒于掩饰她的轻蔑之情，对她来说，《卢琴德》是一次艺术流产，它没有形式、自命不凡且枯燥无味。

对《卢琴德》批判性声誉的这份简短而片面的回顾，自然而然会产生一个问题：既然如此，为什么还会有人花费心思阅读这本小说？如果过去和现在的批评家们对它几乎一致地谴责，又是什么让这本书如此不同寻常？也许，答案就隐藏在问题本身之中。因为当所有的指控都指向一本书，而人们还坚持阅读它，这足以说明这本书肯定是不寻常的。而且，《卢琴德》确实一直在被阅读：今天，它或许是德国浪漫主义运动所能产生的最有名和最受欢迎的小说。

这本小说能够保持活力的主要原因并不难寻。《卢琴德》是19世纪早期最为声名狼藉的文学丑闻的来源，因为它被视为一部色情小说。正如现代文学已经充分证明的那样，色情作品通常是一种有利可图的商品——但即使在这方面《卢琴德》也是不寻常的，因为它的第一版明显卖得不好。尽管如此，由大量或多或少具有清教徒倾向的批评家培育出来的"肮脏书籍"的名声，一直伴随《卢琴德》至今，而这无疑增加了它的读者数量。例如，最近的一个德文版本在各个不同位置插入了大量裸体木刻版画。但是，正如经常发生的那样，插画与文本几乎没有任何关系。《卢琴德》赤裸裸的好色名声被极度夸大了，按照今天的标准，它实际上非常温和。没有四个字母的脏词，也几乎没有任何形式的图画描绘（更不用说与性有关的了）。就像传统好莱坞电影一样，所有的关键时刻都是画面的淡出，而对其余部分来说,性行为都被处理得非常模糊,用施勒格尔最喜欢的词之一来说就是都被"寓言化"了。毫无疑问,《卢琴德》会让很多读者感到失望。

基本上可以说,导致事实上天真无邪的《卢琴德》有如此恶劣声名的原因有两个。第一个原因可以追溯至双重道德标准的社会虚伪现象,这恰恰是《卢琴德》旨在攻击的矫言伪行。很可能是那个虚构的实体,即18世纪和19世纪早期的一般性读者,并不比20世纪的一般性读者更道德。即便是对魏玛这样的小城的考察也可以证明,从维多利亚时代的角度来看,上层阶级(因此也包括读者)的道德行为受到了相当大程度的谴责——就像萨克雷(Thackeray)[①]后来所谴责的那样。另外,这一时期任何好的书目都将很快证明其中不乏真正的色情作品,而且德国供应的任何短缺都可以很容易地从法国那里得到补充。毫无疑问,许多德国读者都会在私下里津津乐道于手头这本古怪而色情的小册子,但在公开场合又会谴责《卢琴德》的越界。他可以这样做而没有任何真正的矛盾感,因为普通的色情作品被认为只不过是一种有趣和刺激的无关紧要之物——它通常是朴实坦诚的,也不需要认真对待。但是,《卢琴德》明显要求被严肃地认定为艺术作品,它尝试改变现行道德和社会行为准则。大多数色情作品都是假名出版或匿名出版的。但《卢琴德》不是:它的扉页大胆宣称,它由德国最重要的文学评论家之一撰写而成。那些按照同代人标准来说本应属于私人关切,属于无名、粗

---

① [译注]威廉·萨克雷(1811—1863),英国维多利亚时代著名小说家,代表作《名利场》塑造了一系列厚颜无耻、荒淫奸诈的没落贵族和资产阶级暴发户形象。

鄙之琐事的东西,已经成为公众热烈讨论的话题。这就是《卢琴德》的出版成为丑闻的原因之一。私下可以接受的东西,在公共场合并不总是可以接受的。

进一步的原因可以追溯至对私人道德和公共道德之区分的更为严重的破坏。施勒格尔冒昧地把可认识的真实人物和事件作为他虚构的人物和行为的模型。对于任何了解施勒格尔及其当时情妇多萝西娅·维特的生活的人来说,朱利叶斯很明显就是一个伪装得很浅的施勒格尔,而卢琴德就是衣着单薄的多萝西娅。施勒格尔违反了另一条更加不可侵犯的社会禁忌:他允许公众走进他自己的卧室。不仅允许,还热烈欢迎。这不只是丑闻,简直是闻所未闻。

二

由于《卢琴德》部分地和有意识地作为一部自传体小说——而且是纪实小说(roman à clef)——而存在,那么很明显,要想尽可能充分地理解和欣赏它,就需要充分了解作者的生活和思想,这样做至少足以使文学(Dichtung)与真理(Wahrheit)之间的关系易于理解。①

---

① 目前还没有全面综合性的施勒格尔传记。Ernst Behler 编 *Friedrich Schlegel in Selbstzeugnissen und Bilddokumenten*(Hamburg,1966)远不像其标题所暗示的那样是个大杂烩,而是对施勒格尔生平重要资料有趣而明智的编排(兼有一些论述),还包括对他的一般性批评声誉的简要陈述。最为接近全面性传记的,是 Hans Eichner 的 *Friedrich Schlegel*(New York,1970),它无疑也是所有语言中关于施勒格尔生平最透彻、连贯的描述。

弗里德里希·施勒格尔于1772年3月10日出生于汉诺威,是路德会牧师约翰·阿道夫·施勒格尔(Johann Adolf Schlegel)最小的儿子。父母原本打算让他从事商业,并让他成为一位莱比锡银行家的学徒。但在1790年的时候,对这种生活感到不满的施勒格尔说服父母允许他在哥廷根学习法律,而他的哥哥奥古斯特·威廉·施勒格尔(1767—1845),当时正在那里追随著名语言学家克里斯蒂安·海纳(Christian Gottlob Heyne)①学习古典文学。可以肯定地说,施勒格尔的思想生活正式开始于哥廷根;也正是在那里,兄弟俩开始结成思想联盟,这一联盟后来将对德国乃至欧洲文学的进程产生巨大影响。最初,在哥哥的指导下,他们一起进行广泛的美学和哲学研究,后者使得弗里德里希对柏拉图、温克尔曼(Johann Joachim Winckelmann, 1717—1768)和荷兰哲学家海姆斯特惠斯(Hemsterhuis)②的兴趣愈加深厚。

1791年复活节前后,施勒格尔离开哥廷根前往莱比锡,最初在那里继续学习法律,后来逐渐将大部分注意力集中在艺术史、哲学和文学上。正是在生命中的这段时期(1791—1793),他遇到了弗里德里希·冯·哈登伯格(Friedrich von Hardenberg)——后来以化名诺瓦利斯(Novalis)著称于世——和席勒(1759—1805)的赞助人之一克里斯蒂安·科纳(Chris-

---

① 克里斯蒂安·海纳(1729—1812),德国古典语言学家和考古学家。他不是一个目光狭隘的书呆子,他把语法和语言研究仅仅视为一种手段,而非语言学的目的。

② 弗朗索瓦·海姆斯特惠斯(1721—1790),荷兰美学家和道德哲学家,其不系统的新柏拉图主义吸引了很多德国作家。

tian Gottfried Körner)①及席勒本人。不过,尽管有这些新朋友和熟人,与他在思想上关系最密切的还是他的哥哥,后者此时正在阿姆斯特丹。兄弟俩保持着密集而深入的通信,弗里德里希在信中向奥古斯特·威廉倾诉了一场越来越严重的精神危机的各个阶段。这场危机的原因——《卢琴德》曾在名为"成年学徒期"的章节中对此有所描述——似乎主要是施勒格尔越来越无法将他的理想主义与他所看到的现实相协调。其次,它也可能是一种——很可能被性欲诱导——自我厌恶的结果,并因为相当大的经济困难而变得更加复杂。奥古斯特·威廉(他似乎是在朱利叶斯"学徒期"向他伸出双臂的远方朋友)能够帮助他获得金钱,但弗里德里希的抑郁情绪直到1793年春天才得到部分缓解,那时候他决定放弃法律,全身心投入哲学和文学研究。不久之后,他迎来更彻底的康复,因为就在那一年夏天,他开始担任哥哥情妇(后来成为妻子)卡洛琳·波厄默(Caroline Boehmer)的监护人,后者住在德累斯顿附近的一个村庄。卡洛琳——朱利叶斯在"学徒期"部分的初恋——是那个时代最聪明、最令人兴奋、最迷人的女人之一,对于情绪低落的施勒格尔来说,她显然是一剂很好的社交和情感药物。

  大约就在这个时候,施勒格尔开始致力于深入研究希腊文学。受温克尔曼这一榜样的启发,又受到约翰·赫尔德(1744—1803)的精彩批评的影响,他对研究希腊文学抱有很大

---

① 克里斯蒂安·科纳(1756—1831),杰出的撒克逊法学家,席勒的密友,也是爱国诗人卡尔·科纳(Karl Theodor Körner,1791—1813)的父亲,后者在与拿破仑的战争中阵亡。

希望,就像温克尔曼为希腊艺术所做的那样。然而,他从未能够实现这些希望,部分原因在于他需要通过快速而频繁地发表文章来补充其微薄的收入,另一部分原因在于(如果可以根据他后来的表现来判断的话)他反复出现的无法完成任何主要文学作品——包括《卢琴德》——的毛病。

在其早期阶段(1794—1795)的文章中,施勒格尔是一个古典主义者,虽然这样说有很多限制条件。① 在谈论古典时代的文学成就时,他通常坚持新古典主义的党派路线,例如重复老旧的陈词滥调,称古人的价值在于追求典型、普遍性和美。然而,在尝试将现代文学的方向和实践同古代文学的方向和实践进行对比时,他偏离了新古典主义传统。而且,在这样做的过程中,施勒格尔开始表现出对现代文学不合时宜的兴趣,这最终使他在很多方面处于与古典文学完全相反的关键位置。

接下来的两年里(1796—1797),这种对现代文学的兴趣变

---

① 关于施勒格尔批判理论及其发展,特别参见 Hans Eichner 编, *Charakteristiken und Kritiken I* (1796—1801), Munich, 1967, 载于 *Kritische Friedrich-Schlegel-Ausgabe*, 卷2。本文很大程度上归功于 Eichner 对施勒格尔批评的清晰分析。同样有用的资料来自 Oskar Walzel, *Romantisches*, Bonn, 1934; Benno von Wiese, *Friedrich Schlegel*, Berlin, 1927; K. K. Polheim, *Die Arabeske: Ansichten und Ideen aus Friedrich Schlegels Poetik*, Paderborn, 1966; 还有之前引用的来自 Haym 和 Kluckhohn 的著作。英语中最好的研究可能来自 Hans Eichner, "Friedrich Schlegel's Theory of Romantic Poetry", 载于 *PMLA*, 71, 1956, 页1018-1041, 及 *Friedrich Schlegel*; Victor Lange, "Friedrich Schlegel's Literary Criticism", 载于 *Comparative Literature*, 7, 1955, 页289-305; 以及 René Wellek, *The Romantic Age*, New Haven, 1955, 载于 *A History of Modern Criticism* 卷2, 页1750-1950。

得愈发明显。尽管很大程度上仍然坚持新古典主义批评原则，施勒格尔在此期间几乎只写关于现代主题的文章。就席勒的1796年度《诗歌年鉴》(Musenalmanach auf das Jahr 1796)和期刊《季节女神》(Die Horen)，施勒格尔写了大量评论文章，另外还有关于雅克比(1743—1819)的小说《沃尔德玛》(Woldemar)、格奥尔格·福斯特(Georg Forster)和莱辛(1729—1781)的三篇文章，[①]它们都主要发表在赖卡特(Reichardt)[②]主编的杂志(最初是《德意志》[Deutschland]，后来是《美艺术学苑》[Lyceum der schönen Künste])上。这些文章开始给他带来一些近乎全国性的声誉，但也使他在某些圈子里变得声名狼藉。

即便是莎士比亚(1564—1616)，也要为名誉付出代价：在施勒格尔那里，代价就是席勒的敌意。在与施勒格尔的几次接触中，席勒感到颇为恼火，他被前者对其作品的尖刻批评所激怒，因而切断与前者的所有个人联系，并在与歌德(1749—1832)共同创作的系列讽刺短诗《警句》(Xenien)中对他进行了数次嘲弄。施勒格尔并没有回应这些攻击中的个人因素，他只是针对席勒主编的杂志《诗歌年鉴》写了一篇不受欢迎的评论，

[①] 弗里德里希·雅克比，德国哲学家和小说家，施勒格尔虽然钦佩其非系统性哲学，但对他就婚姻问题表达的态度(尤其是在小说《沃尔德玛》中所述)表示遗憾。

格奥尔格·福斯特(1754—1794)，德国作家，曾陪同詹姆斯·库克(James Cook,1728—1779)进行第二次远征，撰写过著名且富有洞察力的旅行著作。[译注]詹姆斯·库克，人称"库克船长"，英国皇家海军军官、航海家、探险家和制图师，曾经三度奉命出海前往太平洋，带领船员成为首批登陆澳洲东海岸和夏威夷群岛的欧洲人。

[②] 约翰·弗里德里希·赖卡特(1752—1814)，德国作曲家、音乐学家和出版商。

而《警句》就发表于其中。这样做可能相当明智,因为尽管他已经无可挽回地失去任何重获席勒青睐的机会,但他的声誉还没有稳固到可以冒犯那位魏玛主神——歌德——的地步。

这些年来,施勒格尔一直在摸索一种定义现代文学中本质上是"现代"的东西。在其早期著作特别是《论希腊诗研究》("On the Study of Greek Poetry",写于1795年,发表于1797年)中,施勒格尔将现代文学与古代文学作了对比并得出结论,即现代文学主要关注的不是美,而是他所谓的"有趣"(interesting)[1],这意味着现代作家准备为学究式的哲学兴趣而牺牲美。再者,现代作家通常更为现实主义,更致力于描绘个体而非整个自然:用施勒格尔的术语来说,现代作家是"有个性的"。不同于古代作家,现代作家还力求原创性,自由发挥其想象力,并由此发展出一种个人主义风格。于是,在施勒格尔看来,现代作家的作品是"奇异的""个人的"和"造作的"。

施勒格尔认为,这些差异的原因植根于古代文明与现代文明之间的差异。在他看来,希腊文明是"自然的"——也就是主要出于本能的——而现代文明是"人为的",或被理性控制的。然而,由于其本能或感性导向,希腊文明是循环的:它可以而且确实达到了完美境界,但这种完美只是本能的完美,是受限的和有限的完美。另一方面,现代文明被理性所控制,可能而且确实会犯错,因为理性会犯错。尽管如此,理性就其本质而言总能找到返回正确轨道的路,因此也开辟了最终无限制的完美的可能性。不过,因为这是一个过程或一种辩证法,所以没有任何现代

---

[1] [译注]关于这个词的翻译,参李伯杰先生的理解(《浪漫派风格——施勒格尔批评文集》,页20,脚注)。

艺术作品是完美的,尽管每一件现代艺术作品都在走向完美。换句话说,古代文明和艺术是静止的和完美的,现代文明和艺术是进步的和不完美的。

　　施勒格尔写这些早期古典主义论文,表面上是为了带来现代文学的变革,后者的"有趣"倾向在他看来糟糕透顶。尽管他清楚地认识到,鉴于现代文明的内在特性,按照古代模式来改造现代文学是不可能甚至不可取的,但他仍然希望有一种现代进步主义与古代的美和静穆观念的融合,一种他认为在歌德那里可以看到开端的融合。因此,施勒格尔的古典主义并不提倡对古代实践和规则的奴性模仿,而是想要通过结合古典理想来复兴现代文学。

　　尽管这些早期批评著作中包含的现代文学分析已经预示了后来被称为浪漫主义的学说,但施勒格尔还没有准备好走出决定性的一步。这一步——或者更准确地说,飞跃——只有在他满意地确定不仅何谓现代,而且何谓本质上的现代后,才能迈出。从1796年秋开始,施勒格尔想要做的就是找到一个概念和一个词,使他能够从他所谓现代文学的虚假倾向——如法国伪古典主义①和理查逊

---

① [译注]法国伪古典主义在文学史上有过三种表现:第一种是17世纪的法国新古典主义,因其对传统古典主义有所突破,不再是古罗马式的古典主义,而被视为伪古典主义;第二种是18世纪末至19世纪初的古典主义,因其内容上的反动和形式上的僵化而被以雨果为代表的浪漫主义者痛斥为"伪古典主义";第三种是自18世纪以来以"先锋""革命"等前卫姿态出现的文学思潮(在卢梭的《新爱洛依丝》中初露端倪),因其内容实际上是反启蒙的,形式上是保守的,仍然被视为伪古典主义。参张中锋,《伪古典主义的流变及〈怎么办?〉的美学性质》,《北方工业大学学报》2017年第4期。

(Richardson)①的现实主义——中筛选出真实的和好的东西。施勒格尔在接下来的一年里逐渐形成的一种理论,使他做到了这一点。

1797年7月,施勒格尔从耶拿搬到柏林。在那里,他进入了以蕾切尔·莱文(Rahel Levin)和亨丽埃特·赫兹(Henriette Herz)为中心的知识分子社群,而像施莱尔马赫(《卢琴德》"朱利叶斯致安东尼奥"一节中的安东尼奥)和路德维希·蒂克(Ludwig Tieck)②那样的人也经常光顾那里。正是在这个时候,施勒格尔还阅读了尚福特(Chamfort)③的格言著作,后者是他哥哥最近喜欢评论的主题。正是对尚福特的阅读让施勒格尔产生了写格言——或他所谓属于他自己的"断片"——的想法。这一突发灵感,不仅成功地将其最大的弱点即长期存在的断片化变成了他最鲜明的文学品格,还为他的不朽奠定了基础——不过,也许从有得必有失的角度来看,这种不朽也是断片性的。施勒格尔所有著作中能够给同代人留下最深刻印象的东西,正是这些断片,而他能被人记得的,也主要是这些断片——当然还有

---

① [译注]塞缪尔·理查逊(1689—1761),英国18世纪小说家,作品有《帕美拉》《克拉丽莎》等,突出表现了早期英国小说的现实主义特征,即摆脱史诗、悲剧、颂诗等传统形式的束缚,摒弃从传说、历史、神话及前人文学作品中汲取情节的做法,反对强调普遍性的古典主义思想,主张以个体在特定环境中的特殊遭遇为题材等。

② [译注]路德维希·蒂克(1773—1853),德国早期浪漫主义诗人、小说家和评论家,因童话故事《金发埃克伯特》(Der blonde Eckbert)和幽默剧《穿靴子的猫》(Der gestiefelte Kater)而享有盛名。

③ 塞巴斯蒂安·尚福特(1741—1794),法国朝臣、戏剧家、记者和革命家,主要因其著作《沉思录》(Pensées)、《格言录》(Maximes)、《小故事》(Anecdotes)和《对话录》(Dialogues)而为人所知。

《卢琴德》。

就在1797年到1800年这段短暂时期内,施勒格尔连续出版了三本格言录,前两本以"断片集"为名,第三本以"断想集"为名。最后一本格言录——虽然于1800年出版,其思想和工作的直接效果却可追溯至1798年——对《卢琴德》来说有特殊意义,因为在这里,就像在小说中那样,施勒格尔主要关注的是解决他的新宗教的理论和实践问题。事实上,《断想集》或许最好被视为(和理解为)《卢琴德》的一面断片化的镜子,尽管其并非完全支离破碎;它清楚地反映了他日益增强的宗教意识和成为自己所谓"人和艺术家的宗教"的先知的渴望。可以肯定的是,《断想集》本身也很有意义,它可能是他所有断片集中最完整、最精致的一本。然而,它同时也可能是最难以理解的,因为它是施勒格尔在后来的反讽性灵感中所说的"断片的方言"的最佳样本。也许正是这个原因,它并没有给人留下太多印象。施勒格尔此后不再发表断片集这一事实,也表明这样的断片可能是一条死胡同:《断想集》并没有带来更多的思想。

然而,他的第一本断片集《〈美艺术学苑〉断片集》(*Lyceum Fragments*, 1797)的情况并非如此,而第二本也是最大的一本断片集《〈雅典娜神殿〉断片集》(*Athenaeum Fragments*, 1798)的情况肯定更非如此。后一个断片集产生了真正的影响,《〈美艺术学苑〉断片集》只是这份更丰富的思想大餐的开胃菜。《〈雅典娜神殿〉断片集》,就像它同时代的、海峡彼岸的《抒情歌谣集》一样,构成了现代文学发展史上的里程碑;而且,相当奇怪且可能意义重大的是,这也是一部合作完成的作品,其中一位作者完成了大部分工作。就《〈雅典娜神殿〉断片集》而言,肯定是弗里德里希写出了最多的也是最重要的断片,紧随其后的是他的哥哥奥古斯特·威廉，而施莱尔马赫和诺瓦利斯仅仅贡献了其中很少的一部分。①还有，尽管大部分作品是弗里德里希所为，但正是共同创作、合作艺术作品这样的概念让我们了解到这些断片到底有多"新鲜"（在这个词的双重意义上），了解到其与通常的文学作品的概念有多大反差；而且在这方面，这些断片无疑与《卢琴德》非常相似。难怪，至少会有一位读者认为它们是由一个疯子写成的。

选择"断片"一词来描述自己的新作品，表明施勒格尔试图将他的格言与其前辈尤其是尚福特的格言区分开来。事实上，他非常有意识地将自己视为"警句体裁的恢复者"。这种自我吹嘘对《〈美艺术学苑〉断片集》来说不太准确，因为其中的断片就像尚福特的那样往往是简短而独立的，非常类似于传统的格言。然而，正如汉斯·艾希纳所指出的那样（同前，页 xl），《〈雅典娜神殿〉断片集》的不同寻常之处在于，它以大多数格言录所没有的方式形成一个单元，其中一些断片互相来回提及，并且确实只有在它们的相互关联中才能得到理解。此外，似乎很清楚的是，尽管《〈雅典娜神殿〉断片集》确实涵盖了大量庞杂的领域（包括道德、政治、哲学、历史等），但它仍然主要是文学作品。正是这最后一个方面可能是最不寻常的，因为之前从未有过如此新奇的批评形式。事实上，施勒格尔自己对其断片的定义之一就是"浓缩的论文和评论"，而且大量的断片肯定就是这个样子的。更确切地说，它们当时给人留下的印象绝对是文学性的（我们应该

---

① 根据 Hans Eichner 的说法，断片的写作分工如下：弗里德里希肯定写了 216 条，还很可能或可能写了 97 条；奥古斯特·威廉肯定写了 85 条，可能写了 4 条；施莱尔马赫写了 29 条；诺瓦利斯写了 13 条；共同写作的有 4 条。参写给 *Kritische Friedrich-Schlegel-Ausgabe* 的导论（卷 2，页 cxiii）。

记住,对施勒格尔及其朋友们来说,文学作品和哲学作品之间的区别绝不像今天那么严格)。更具体地说,正是施勒格尔在这里宣布的浪漫主义学说,使得这些断片和他自己得以不朽。

但是,在我们转向浪漫主义这个棘手问题之前,我们还需要就断片问题多说几句。其中一句可能应该是一个警告语:这些断片通常都非常艰涩——不仅难以翻译,连理解都很困难。应该记住,即使他自己的哥哥,也反对《〈雅典娜神殿〉断片集》的艰涩术语,而他最好的朋友和最亲密的思想伙伴之一施莱尔马赫,也向他抱怨过《断想集》的不可理解性。我们还应该记得,施勒格尔在他的文章《论不理解》中回答了这些指控,而他的辩护主要基于这样的论点,即这些断片之所以不可理解,是因为它们是反讽性的。无论如何,随着时间流逝,人们对"浪漫的"或非理性的思维模式的接受,以及批评家和思想史家们的努力,阅读这些断片的障碍已经变得不那么可怕,但尽管如此,施勒格尔可能还是正确的,他曾在一个断片(《断想集》第135条)里预测,没有人能"完全探测到"他的作品的意图,或者,他还在另一个断片(《断想集》第129a条)——只出现在手稿中,而他明显没有勇气把它印刷出版——里宣布:"你们不可能真正理解我,但我很想让你们听我说。"形成这种态度的部分原因,可能只是装作不在意或装作很在意的结果,但这显然不是全部的解释。也就是说,这种他所谓的"庄严的放肆",并不意味着施勒格尔只是在以达达(Dada)或流行营(Pop-Camp)的方式嘲弄他的读者,绝非如此。毋宁说,施勒格尔在这里至少某种程度上依赖于灵感而非修辞;而且他很可能是最先认同如下看法的人,即连他自己也无法完全探测到自己的意图。

类似这种看法可能潜藏在施勒格尔为其娇小而众多的"孩

子"选择的名字之后。毫无疑问,这些断片之所以是零碎的,是废墟而非完整的巨型建筑,原因之一就是施勒格尔希望我们直观地了解那可能会存在但从未存在的东西,希望我们拿走断片并把它们变成一个整体,希望我们清除废墟并重建大厦。它们作为断片而存在的另外一个原因显然来自这样一个事实,即它们都是字面意义上的断片,或者至少其中很多都是断片。也就是说,它们是施勒格尔从其笔记本中、从岁月的杂感中、从其宏伟的尝试——去建立一个可以对古典文学进行批评和理解的文学体系——中提取的点点滴滴。正如我们所见,这部伟大的作品并未完成,只留下关于庞大体系的蓝图、大量废弃的建筑材料和一些未完成的结构,施勒格尔正是从这些地方打捞出了那些断片。于是我们可以看到,这些断片尽管形式上就像歌德所谓的"尖刻的细腰蜂",但并不反对体系观念。施勒格尔的做法像极了康德(1724—1804)一个弟子所为。不,这些断片并不反对体系,它们是体系的替代品,一个出色的替代品,因为不像一个完整的体系那样,它们不需要排除任何矛盾的甚至是自相矛盾的东西,它们能够而且确实已经把整个嘈杂的文学界和哲学界的争论集中在一个屋檐下。

正是《〈雅典娜神殿〉断片集》和它虽不系统但非常有力地宣告的那种全新的革命性学说,为那些从那时起聚集在施勒格尔兄弟周围的作家们的创作活动提供了批判性基础。这个团体成立于1798年初,成员除了施勒格尔兄弟,还包括蒂克、施莱尔马赫以及稍晚一点到来的诺瓦利斯。他们是为19世纪人所知的早期浪漫派运动(Frühromantik)的核心,这个核心通过其"官方"杂志《雅典娜神殿》(主要由施勒格尔兄弟编辑和撰写)引爆了整个德意志,极大程度地摧毁了老旧的新古典主义戒律。

这个新的学说,浪漫主义,便是施勒格尔就何谓本质性或理想性的现代这一问题给出的答案,自从他写作最后一篇古典主义论文以来,这个问题就一直在困扰着他。这个答案,根本上源于对小说功能的全新强调与理解。事实上,正是小说这种独特的现代体裁为新运动命了名。用"小说"(novel)的德语(最初是法语)词 Roman,施勒格尔建构了他最重要的形容词 romantisch(浪漫的、浪漫主义的)。

对施勒格尔新学说最简洁因此也可能是最神秘的陈述,包含在《〈雅典娜神殿〉断片集》第 116 条断片中,不过,施勒格尔还在其他地方作了更为全面的阐述,特别是在他对歌德《威廉·迈斯特》(*Wilhelm Meister*, 1798)的评论中,以及他的《谈诗》(*Dialogue on Poetry*, 1799)名为"关于小说的书信"一节中。这三部作品构成了德国浪漫主义运动的基础文本和宣言。简而言之,它们提倡施勒格尔所谓"渐进的总汇诗"。正如我们所见,小说是渐进的,因为它属于一种渐进的文明,它也是总汇性的,因为它本身就包含了一切。完美的小说是之前所有体裁的完美结合,是史诗、戏剧、抒情诗、批评和哲学元素的融合与混杂。但是,由于如此完美的结合不可能是人力所为,那么完美的小说就是无法实现的,是一种只能无限接近却永远无法触及的东西。因此,浪漫诗本质上是渐进的,或者用第 116 条断片的话来说就是:"浪漫诗仍然处于生成的状态,事实上,这就是它的真正本质:它应该永远在生成,而永远不可能完成。"

小说虽然是浪漫主义艺术最完美的表现,但不是它唯一的表现形式。施勒格尔虽然把他的概念建立在了 Roman 这个语词之上,但也利用了 romantisch 一词的其他现有内涵,这些内涵可以回溯至中世纪传奇故事(the medieval romances)和作为整体的中世纪文学。① 事实上,施勒格尔认为小说就是对这一中世纪传统的回归与发展。例如,正是 romantisch 一词的这一含义,让施勒格尔将莎士比亚视为杰出的浪漫主义作家,尽管可以肯定的是,莎士比亚也会因其对悲剧和喜剧进行反古典主义的融合及其反讽风格而同样被称为浪漫的。

然而,一旦施勒格尔以这种方式扩大了他的 romantisch 一词的使用范围,他就不可避免地会失去对它的控制。很快,他甚至开始在最为古典的作家身上发现各种"浪漫"的特质,最终,只有希腊悲剧作家被排除在外。于是,通过一个奇怪的反讽性过程,他早期让现代文学变成古典文学的企图,最终以让几乎所有文学都变成浪漫文学而告终。②

施勒格尔对文学理论的热切关注,尤其是对小说理论的关注,很自然地让他产生了将自己的新学说付诸实践的想法。早在 1794 年,施勒格尔就曾想过写一部小说,甚至有可能已经写了其中的一部分。1798 年深秋,施勒格尔开始认真创作《卢琴德》时,很可能就利用了这部早期小说的一些材料。但他是否这样做过并不重要,因为《卢琴德》的情节是最不重要的,它几乎没有情节,不管那篇早期小说的形式如何,它都不同于《卢琴德》的形式。1794 年时的古典主义者施勒格尔,几乎不可能创作出《卢琴德》那种"无形式的"小说。只有施勒格尔的新浪漫主义学说可以解释这一点。

---

① [译注]关于 romance、romantic 等语词的词源学和语用学考察,参威廉斯,《关键词》,北京:三联书店,2005,页 418-421。

② 有关浪漫主义及其在欧洲思想史上的地位的更广泛讨论,参 RéneWellek,"The Concept of Romanticism in Literary History",载于 *Comparative Literature*,I,1949,页 1-23,147-172。

不过，写《卢琴德》的动机并非完全理论性的。小说主人公是一个与施勒格尔当时的情妇多萝西娅·维特有着惊人相似之处的女性，这一事实表明，这篇小说不仅是对施勒格尔理论的表达，也是对他生活的体现。1797 年 7 月到达柏林不久，施勒格尔就在亨丽埃特·赫兹的沙龙里遇到了多萝西娅。[①] 多萝西娅并不是一个特别好看的女人，而且比施勒格尔大了将近八岁，但她的魅力、活泼与聪颖足以弥补这些缺陷。作为著名哲学家和莱辛朋友的摩西·门德尔松（Moses Mendelssohn）的女儿，她接受了对她那个时代的女性来说最好的教育。然而，在 18 岁时，父母为她安排了与银行家西蒙·维特（Simon Veit）的婚姻，这个人比她年长许多，而且很难理解或分享她的思想和艺术乐趣。遇到施勒格尔时，她已经为维特生了四个儿子（其中只有两个在婴儿期存活下来），即便如此，她也无法完全接受自己不幸的婚姻。

一见钟情的肉体与精神之爱似乎同时抓住了施勒格尔和多萝西娅。除了卡洛琳（他哥哥 1796—1803 年的妻子），施勒格尔从未遇到过如此才华横溢和魅力四射的女人。多萝西娅也完全被施勒格尔出众的才华所淹没，她将在施勒格尔的余生中承认这一点，也将在她的余生中崇拜这一点。1798 年，多萝西娅与丈夫分居，并在离婚后与施勒格尔住在一起。尽管施勒格尔和多萝西娅直到 1804 年才结婚，但推迟结婚的主要原因似乎并不是想要震惊整个中产阶级。相反，多萝西娅似乎希望对她孩子的生活保持一些法律层面的影响，而如果立即嫁给施勒格尔，她就不可能做到这一点。

[①] 有关多萝西娅生平的简要介绍，参 Josef Körner, "Mendelssohns Töchter", 载于 *Preussische Jahrbücher*, 214, 1928, 页 167–182。

从他们的关系一开始,施勒格尔就承担了热情的精神与思想领袖的角色,而多萝西娅承担的是同样热情的追随者角色。在他的引导和督促下,多萝西娅进行了一系列的翻译和改编工作,甚至还写出了她自己的小说《弗洛伦丁》(*Florentin*, 1801)。就在他们结婚之前,多萝西娅脱离犹太教并成为新教教徒,而当施勒格尔1808年皈依天主教时,她也如此做了。在其余生中,多萝西娅一直是位真诚而专注的天主教徒,她还决心说服家庭成员信仰她的新宗教,并且获得了成功。

施勒格尔和多萝西娅生平的更多细节无需在此详述,因为它们无助于更全面地了解《卢琴德》。只要知道后来的施勒格尔在皈依天主教后与之前完全不同就已经足够了。诚然,他依旧保持着对文学和哲学的兴趣,但成为天主教徒后,他也变得保守,而他的思想和批评正好反映了这种变化。激进的青年施勒格尔形象,逐渐融入并消失在梅特涅(Metternich)时期保守的奥地利帝国中年宣传家和宫廷秘书(Hofsekretär)的角色中。与许多其他浪漫主义者一样,施勒格尔的浪漫主义也通往教会,通往祭坛上的一种不加批判的自我牺牲。①

三

正如前一节对施勒格尔小说批评理论的概述所预示的那样,《卢琴德》是许多东西的混合体。在第一次甚至是第二次阅

---

① 关于施勒格尔后期生活的简要回顾,参 Hans Eichner 的 *Friedrich Schlegel*,尤其是第6章和第7章。

读时，这种混合可能会显得难以理解，而且即使知道它有意如此也不可能得到实质性的安慰。不过，虽然《卢琴德》最初可能令人失望，但它会对文本细读与研究有所回报，因为比起任何其他来自德国浪漫主义运动的虚构作品，这篇小说可能更好地说明了浪漫主义理论与实践之间的关系。毕竟，它属于那个极不寻常的文学类别：由至关重要的评论家创作的具有重要意义的艺术作品。

解开《卢琴德》之谜的万能钥匙，是认识到它首先是一部宗教书。写这本小说时，施勒格尔开始相信一种新宗教的必要性，并且深信自己适合做它的先知。当然，这种"宗教"不应是一种结构严密的宗教，这会与他的批判性思想和人格相抵触。毋宁说，它更像是一种新神话、新道德和新哲学。《卢琴德》代表这一新愿景的第一部分（原标题页上有"第一部"的字样），它与其说是一部传统意义上的小说，不如说是小说化哲学、比喻性道德和寓言性宗教的一次融合。

《卢琴德》中有许多频繁出现的信息可以支持这是一部宗教书的观点：它经常提及作为男女祭司的朱利叶斯和卢琴德，提及两人都被净化，提及他被施以膏油，而她在至少一个愿景中被宣福。事实上，小说中最长的一部分"成年学徒期"就是对一场日益激烈的精神危机的描述，最终，朱利叶斯被卢琴德以及卢琴德所代表的东西从这场危机中拯救出来。小说这一整个章节所面临并试图解决的问题，就是一个人应该相信什么和为什么相信的问题，以及一个人由此该如何行动的问题。

由朱利叶斯和卢琴德作祭司的这种宗教是爱的宗教。这句话尽管在抽象的意义上似乎完全是陈词滥调，但实际上并非如此。因为，紧随这一宗教而来的是一些行为准则，它们不仅抨击通常的道德观念,还抨击常见的爱情感伤。这个宗教——它至少在这里被断片式地呈现出来——有两个主要的教条,它们反过来又构成小说的两个主题:男人对男人的爱,或友谊;男人对女人的爱,或激情之爱。小说在其展开过程中说得很清楚,友谊只是在男人之间才有可能,因为在施勒格尔的概念里,女人完全是激情的存在,因此无法做到柏拉图式的无私(disinterestedness)。然而,如果说激情是女人的弱点,那也可以说激情是女人的强项,因为对施勒格尔来说,女人的爱无疑比男人的爱更重要,影响更深远。小说的名称与女主人公而非男主人公的名字相同,这绝非偶然,毫无疑问,位于施勒格尔新宗教核心的是一种女性理想。卢琴德——一个来自拉丁语 lux 的名字,后者意味着光(light)——是朱利叶斯的亮光(illumination)。① 然而反讽的是,她的光不是白天的光。相反,正如我们从题为"渴望与安宁"这一节中看到的那样,这种光是夜晚的光,苍白的月亮与星星之光。卢琴德和戴安娜(Diana)一样是黑夜的女祭司,而且就像戴安娜所象征的月亮那样,卢琴德的光亮是间接的,通过反射得来的,就像月亮反射太阳的光芒一样。月亮和女人都是镜子,是被动的,而真正爱一个女人的男人,会发现自己的光芒和形象就反映在她身上。他爱他自己,就像水仙之神那喀索斯那样在她那里爱着他自己。其结果是,对女人的爱使得他的自我认识更加充分。

正是在这一意义上,《卢琴德》是科尔夫(H. A. Korff)所谓浪漫主义婚姻理想最为完整的表述,因此也是一部最具革命性

---

① 施勒格尔可能还打算用这个名字暗指罗马神话中的分娩女神露西娜(Lucina)。因为正是通过遇见卢琴德,朱利叶斯才获得了重生。

的作品。毫无疑问,施勒格尔这部小说中最为重要的目标之一,就是定义男人与女人之间的关系,并且与此同时含蓄地对比其与启蒙运动的态度。这种态度——施勒格尔曾经在他对雅克比《沃尔德玛》的长篇评论里明确攻击过——强调性爱与理智之爱不能混为一谈,就像在雅克比的这部小说中那样,男人不能和心爱的女人同睡,绝对不能因为肉欲而玷污"真正的"爱。施勒格尔尝试在这篇断片化的、反《沃尔德玛》式的小说中推翻的,正是这种荒谬的态度,尽管可以肯定的是,他的热情有时会把他带到另外一个方向,比如,朱利叶斯曾断言男人和女人之间完全不可能存在无私的爱。然而,从本质上讲,施勒格尔对爱的态度与戴维·劳伦斯(D. H. Lawrence)[①]一样,它是——而且必须是——精神之爱和性爱的结合,这种结合不是狭隘的、排他性的,不是设计出来用以限制体验且有悖常理的制度,而是更广泛、更深入地探索爱的有机途径。

尽管如此,和同时代大多数人一样,对施勒格尔来说女人是被动的象征,而这个象征明显来自女人的性角色。但施勒格尔又不像他的同代人,或就此而言不像传统的西方态度,他并不认为这种被动不如男性的主动。正好相反:施勒格尔颠倒了通常的概念,后者把被动弱化,把主动强化。对他来说,理想化的恰恰是被动,而非主动。

然而,对施勒格尔来说,被动不仅仅是性方面的,或者更准确地说,不完全是性方面的。的确,在小说第二节"对世界上最可爱情境的狂热幻想"中,施勒格尔认为性爱中角色的颠

---

① [译注]戴维·劳伦斯(1885—1930),英国著名小说家,代表作《查泰莱夫人的情人》描写了一种精神之爱与性爱高度统一的爱情。

倒就是"最可爱的情境"。对施勒格尔来说,被动不仅是一种女性的态度,而且是一种普遍的态度,它偏爱无意识而非有意识,偏爱想象力而非理性能力。男人只有通过顺从自然,才能最完整地实现自己。卡莱尔(Carlyle)①后来就充分利用了这个想法。

尽管对朱利叶斯(和施勒格尔)来说,女人是自然的被动原则最明显、最重要的象征和显现,但她并不是唯一的。在施勒格尔的象征学中,植物和夜晚也占据着相当重要的位置。植物代表了极其卓越的被动性和无意识,因为它本能地服从自然的命令,不需要发现那些用以发展自己的规则。大自然已经照顾好了这一切。植物的生长、开花、枯萎与季节和自然的进程相协调;它不会反抗死亡,因为它无法意识到反抗。它只为自己而存在,它是它自己的成就和目的。与此不同,人类——至少是堕落的、庸常的人类——反抗自然并制定自己的规则。人试图按照自己和自然之外的理想和目的生活。他试图将自己的意识强加于自然。在施勒格尔看来,这是人的堕落。人必须从这种虚假中解脱出来,并重新认识到他只能在被动性中达到完美,或者如朱利叶斯所说,只有在纯粹按照植物那样生长(pure vegetating)的状态下才能达到完美。人必须像植物一样生活,他必须是被动的和漫无目的的。

尽管整部小说中偶尔有几处谈及人与植物的等同,但这种谈论在题为"关于闲散的田园诗"一节中得到了最大程度的强调。在该节结尾处,施勒格尔还将这种等同及其所依据的主动-被

---

① [译注]托马斯·卡莱尔(1795—1881),英国维多利亚时代著名哲学家、评论家、讽刺作家和历史学家。

动区分作了进一步延伸,后者在其措辞中唤起了尼采后来对酒神式存在和日神式存在的二分。这种区分由朱利叶斯在剧院中陷入想象这一画面引入。在舞台上,有一个被束缚的普罗米修斯正在创造人类,而背景中则是赫拉克勒斯、赫柏、维纳斯和丘比特的形状。普罗米修斯在其任务中得到了许多类似于小恶魔的造物的帮助和控制。观众由普罗米修斯已经创造并继续创造的人组成。他们没有表现出任何个人特征,就像从流水线上下来的产品。

这一画面只有根据施勒格尔的被动原则才能理解。施勒格尔这里对两种类型的创造进行了区分:普罗米修斯式的和赫拉克勒斯式的。普罗米修斯反抗众神(反抗自然),将火带给人类并以不自然的方式创造人类,即机械地而不是有机地创造人类。普罗米修斯对自然的扭曲使他成为撒旦的造物的囚徒——当然,撒旦也是上帝的反抗者——换句话说,成为一种反叛性、扭曲性道德的囚徒,他被迫按照这种道德的愚蠢要求来造人,而不管他自己是否愿意。而另一方面,赫拉克勒斯并没有以这种机械和不道德的方式创造人类。他的创造是有机的,他可以让"五十个女孩一夜忙碌"。赫拉克勒斯通过爱和激情创造——伴随他的,是赫柏、维纳斯和丘比特的鼓励。因此,他们的命运不同:普罗米修斯被束缚,而赫拉克勒斯是自由的;普罗米修斯从神降为人,而赫拉克勒斯则被神化。于是,人如果要成为神,就必须顺应自然而不是反抗自然。

小说中被动性的另一个象征是夜晚。卢琴德被称为"黑夜的女祭司",而且她之所以担任这一职务,显然是因为黑夜——至少与白天相比——是被动的。夜晚是休息的时间,是梦想而不是思想的时间,还是爱与激情的时间。根据施勒格尔的说法,真正的被动并不意味着不活动、无聊或懒惰。相反,它意味着一种与自然相关的被动性,这种被动性反过来又使人真正而自然地具有创造力。"激情"一词在德语中(即 Leidenschaft,来自 leiden,意为"受苦")和在英语中(即 passion,来自拉丁语 pati,意为"受苦")一样,都源自相同的概念,即受苦、消极、被动而不是主动。但是,同样在英语和德语中,激情这个词还都表示一种强大的情感力量。换句话说,激情是一种不能被有意识地意愿,而只能由自然触发的东西,一旦释放,它就拥有巨大的能量。因此,真正具有创造力和活力的人都是被动的、顺应自然的人,他不服从理性或人的独断法则,而是屈服于神圣的灵感。真正的艺术家让他的艺术作品像植物那样生长,自然而然地、只为自身而生长。

正是这种观念,可以解释《卢琴德》的许多奇特而令人费解的形式。如朱利叶斯在谈到那首"真理之诗"时所说的那样,这就是他为什么决不"修剪它那充满生机的多余枝叶"的原因:他想让它自然生长,不受阻碍。出于同样的原因,他在小说的开头就断言他在形式问题上具有"无可争议的搞乱一切的权利"。他不会被人为的规则所束缚,他只会被自然的法则和灵感的冲动所束缚。于是,《卢琴德》饱受批评的无形式性并不是施勒格尔所犯的一个错误:它是贯穿整个作品的那条原则的一个不可或缺的必要元素。

然而,这并不意味着《卢琴德》没有形式或形状。它只是意味着它有自己的形状,就像每一朵花和果实都有一个形状,但它们不同于其他花朵或果实的形状。只有在新古典主义和亚里士多德主义的意义上考虑形式概念时,《卢琴德》才是无形的。但是《卢琴德》就其自身而言,确实揭示了自己的形式。

《卢琴德》是一部非常具有自我意识的小说,事实上,它是如此具有自我意识,以至于它有时会批评自己及其结构。确实,在小说前几个章节之一——"无耻的寓言"的结尾处,作者曾推测这本"疯狂的小书"会受到欢迎,如果它能"被发现、也许还会被印刷、甚至被阅读的话"。突然中断、缺乏巧妙的过渡、有意搅乱正常的时间顺序等等,所有这些都不是非艺术性的不敏感所导致的结果,而是精心策划的事件。例如,在小说第一部分,朱利叶斯给卢琴德的信就在朱利叶斯想要开始讲述他的生平历史时被打断了,而后者完全能够在小说后面的部分独立进行。这种中断被归咎于"不友好的意外",因为在这一点上没有进一步解释,它实际上可能意味着任何可能。但这个所谓不友好的意外,其实并没有那么不友好,因为它让施勒格尔将读者的注意力吸引到小说的形式结构及其主题之间的关联上,并警告读者,这个意外虽然打断了他,但也为他提供了更多的机会,尤其是形成意外的机会,后者能够让他超越任何有序而理性的计划的限制。因此,起初似乎只是任性的意外,变成了自然的排序原则,变成了灵感,后者将向作品传达一种整体性,这种整体性比任何人为原则强加的整体性都更真实、更自然。

这种自我意识及与之相伴随的形式上的特点,如果要得到正确理解,还必须与小说的人物角色(persona)联系起来。因为,尽管《卢琴德》在一定程度上可以被证明是一部自传体小说,但引入角色——小说中不同于其真实作者的那个言说者——的概念并非无关紧要。毕竟,《卢琴德》的开场白是"一个笨拙男性的自白"(Confessions of a Blunderer),并且小说中至少有一处明确提到了这一事实,即这部小说是戴着笨拙男性的面具写成的(见本书第52页)。与此相应,小说中至少有一些明显的"过失"(blunders)不应被视为施勒格尔的错误,而应被视为他的面具朱利叶斯的错误。

角色是施勒格尔非常感兴趣的一个概念。事实上,正是这个概念形成了他的反讽(irony)和机智(wit)观念,而这些观念对《卢琴德》来说至关重要。施勒格尔将角色手法的起源追溯至古希腊喜剧,特别是名为离题演唱(parabasis)的手法,即在剧情中间插入的以诗人名义向观众发表的演讲。施勒格尔认为,这种中断技巧——或者布莱希特(1898—1956)后来所谓"陌生化效应"——本质上与塞万提斯、狄德罗、斯特恩(Sterne)和让·保罗(Johann Paul)①的人物角色或叙述者践行的方法相同,而他们都是施勒格尔钦佩的小说家。《卢琴德》的中断法似乎尤其明显地模仿了这些作者中最后两位的小说。

在施勒格尔的脑海中,中断或离题演唱观念与反讽观念密切相关。事实上,在其一个断片中,他说"反讽是不断出现的离题演唱"。换言之,反讽包括对作品本身持续的自我意识,以及对艺术作品同时作为虚构和对现实的模仿的意识。在这方面,艺术作品的反讽与施勒格尔认为现实生活中必须有的反讽态度相对应。只有通过反讽,人才能同时达到既接近现实又远离现实的目的。只有这种反讽的态度,才能使人完全投身于有限的现实,同时也使人认识到,从永恒的角度来看,这种有限是微不足道的。

---

① 让·保罗(1763—1825),德国喜剧小说家,他按照劳伦斯·斯特恩(1713—1768)的方式写作古怪的小说,其中最有名的是《昆塔斯·菲斯莱茵的一生》(*Leben des Quintus Fixlein*, 1796)、《七块奶酪》(*Siebenkäs*, 1796—1797)和《年少气盛的岁月》(*Flegeljahre*, 1804—1805)。

施勒格尔的机智概念与他对反讽的理解有关。当他使用"机智"这个词时,他主要不是在今天所谓开玩笑或说俏皮话的意义上使用它,对他来说,机智更像是——18世纪的大部分时间里都是这样——发现相似之处和形成观念的能力:机智是指智慧而非简单的幽默。也许在这种旧的意义上,最接近机智的现代同义词是"机缘巧合"(serendipity)。正是通过机智,真理被领悟到了,而不是被理性地理解了。机智不是理性:理性机械地、费力地理解,而机智通过灵感直接地感知。

从这个机智或机缘巧合观念中可以得出结论,一件艺术作品不应该由理性而应该由机智来安排秩序。它应该具有的不是一种理性的、惯常的形式,而是一种自然的、施勒格尔所谓"机智的形式"。施勒格尔在一个断片中指出,每部小说都必须有"混沌和爱欲",并且必须将"奇异的形式"与"感伤的情节"结合起来。但是这种"奇异的"形式观念并不意味着作者要遵循碰巧触动他的任何奇思怪想,相反,根据《谈诗》,他要遵循的是"有教养的随意性",按照"艺术性地安排的混乱"来建构自己的作品。施勒格尔——尽管他偶尔与超现实主义者有着惊人的相似之处——并不提倡自动写作。他一再提到作者选择和安排材料的权利和义务。例如,在《卢琴德》开头一节的第一次中断后面,叙述者朱利叶斯向我们解释了为什么他选择在这个特定地方插入"狂热幻想"这一节。斯特恩的特里斯拉特姆(Tristram)[1],

---

[1] [译注]特里斯拉特姆,劳伦斯·斯特恩代表作《项狄传》(*The Life and Opinions of Tristram Shandy, Gentleman*, 1759—1768)中故事的讲述者。小说绝大部分内容是特里斯拉特姆对别人的生平和见解的讲述,而讲述顺序往往是东一榔头、西一棒槌,完全打破了事件发生的实际顺序。该小说被视为开了意识流小说的先河。

和菲尔丁（Fielding）小说《约瑟夫·安德鲁斯》（*Joseph Andrews*）、《汤姆·琼斯》（*Tom Jones*）中的叙述者，早些时候也做过同样的事情。

正如所料，施勒格尔在《卢琴德》中并没有坚持将他的写作材料打包成长度大致相当的章节的惯常做法。相反，这部小说分为十三个章节（每个章节都以某种描写性的标题开头），长度差别很大。其中最长的一节"成年学徒期"几乎完全是叙述性的，实际上占据了小说的整个中间三分之一。其长度和中间位置相当清楚地表明它代表了小说的焦点核心。尽管本章节相对正式的常规性结构很少呈现结构问题，其余12个非叙事章节却提出了有时很难解释的问题——例如，它们的先后顺序有什么意义，它们与核心章节的关系以及彼此关系如何？给出这些问题的答案，至少在理论上不难，因为《卢琴德》如果确实拥有其自吹的自然或"有机"形式，那么就应该有可能显示所有分离的部分如何形成一个统一的整体。

很容易证明《卢琴德》表现出一种形式上的对称性：核心章节即"学徒期"前后，各有六个简短的章节。但是，存在这种对称的事实，当然不足以让我们宣称小说作为一个整体是统一的，统一不包括这种完全外在的排序。尽管如此，存在对称性这一事实表明《卢琴德》中确实存在某种秩序感。如果仅此而已，它表明前六个章节是为核心章节做准备，而后六个章节要么代表核心章节所包含思想的某种程度的发展，要么是该章节行动的结局。

了解小说开头六个部分的功能的一种方法是研究核心部分的功能。在最明显的层面上，核心部分是一个故事，正如标题所暗示的那样，它讲述了主人公心灵的成长。但是，小说对这个成熟过程的呈现是奇异的。虽说这显然是一个故事,但它并不真正专注于人物分析或情节发展之类的事情。所有人物,甚至包括朱利叶斯在内,都只得到粗略的描述,而叙事线索中几乎没有任何悬念。这一章节的重点似乎在其他地方:重点不是分析,而是对朱利叶斯生平和事件的简单描述,这些事件曾经导致他首先陷入精神危机,然后又让他走出精神危机。因此,似乎必然会得出的结论是,该章节如果要获得完整的意义和影响,就必须被置于赋予它如此重要意义的语境中,而这正是前面和后面那些篇幅较小的章节要做的事情。

《卢琴德》的结构大致如下:小说前六部分向我们展示了朱利叶斯的形象,核心部分向我们展示了他是如何成为现在这样的人的,后六部分预示着他进一步的成长方向。这种排序或多或少对应于我们通常接近自然界中任何对象的方式:首先,我们观察它是什么;然后,我们询问它是如何变成这样的;最后,我们推测它会成为什么。从这个角度来看,《卢琴德》的形态确实是自然而有机的。

前六个章节不仅为我们提供了关于朱利叶斯这一角色的一些观念,还为我们准备了小说非正统的形式和主题品质。第一节中,朱利叶斯写给卢琴德的信,象征性地暗示了即将支配小说的几个主题:它对花园环境的设置表明了自然的重要性;它表达了朱利叶斯对卢琴德(作为女孩、女人和母亲)充满激情的爱,这种爱引起了人们的注意,且将会在后文中反复提及;它对幻觉和现实的二分让我们为随后出现的幻想和寓言做好了准备——重要的是,所有这些都是想象的产物;最后,它对混淆自然和艺术的强调,提醒我们期待小说结构方面的进一步创新。

接下来的三节探讨了第一节一些主题的含义,特别是那些与爱和性的激情有关的含义。几乎必然——考虑到这部小说出版的时间——的是，它们还关注对性的传统态度和反应，以及性的文学表达。就像后面的那些章节一样，"对世界上最可爱情境的狂热幻想"是对性爱含蓄而半幽默的描述，它开始暗示女人在这部小说中极为重要的地位。"小威廉敏娜性格素描"一节延续了对女性的关注，并开始通过一个相当有趣的寓言来区分传统道德与自然道德。这种区分在下一节"无耻的寓言"中得到更充分的阐述。事实上，施勒格尔在这里形象且简短地描述了朱利叶斯将在小说主要部分中明确而直接地经历的过程。这一过程就是朱利叶斯学会拒绝旧的、传统的道德准则并接受新的、非传统的道德准则的过程。这种精神转变的宗教框架进一步表明，这不是一个普通的过程，而是一个具有重大意义的过程：它不仅是道德体系的改变，而且是宗教性的转变。

"关于闲散的田园诗"一节更详细地定义了这种新宗教的性质和原则，特别强调了被动原则的重要性。除了机智、无耻和幻想之外，它现在也承认赫拉克勒斯是施勒格尔万神庙里的一员，是造物主自然的附属神。它还进一步确定，朱利叶斯是一位能够——或者现在已经变得能够——宣讲新宗教的先知。

下一节"忠诚与玩笑"，完全由朱利叶斯和卢琴德之间的对话组成，展示了这种新宗教的实践。我们现在看到，这种宗教的仪式很少且很简单。本质上看，似乎只有两个很重要的事情：第一个是涤罪/忏悔，消除恋人之间的所有误解；第二个是圆房、性爱——或者用朱利叶斯的话来说，就是"安抚被冒犯的众神"。在较小程度上，这一节还可以作为讨论新宗教其他含义的机会，特别是那些与社会行为有关的含义。正如预期的那样,这些影响也是与性有关的。

正是在这一点上,施勒格尔插入了小说的主要部分"成年学徒期",而这确实是一个恰当的点,因为既然我们已经在新宗教的性质和实践方面得到了适当的指导,那我们就应该明白这个宗教是如何形成的,朱利叶斯又是如何皈依它的。这实质上就是本部分要做的事情。我们看到朱利叶斯一开始就陷入一种精神绝望的情绪中,在这种情绪中,一切对他来说都失去了意义。然后我们看着他逐渐摆脱这种绝望,因为他遇到和爱上了各种各样的女人。我们看到他最终在对卢琴德的爱中获得了精神和肉体上的平静,这种爱释放了他潜在的创造性活力。朱利叶斯拒绝了传统社会的价值观,拒绝了那些不自然的和破坏性的价值观,并用自然的价值观取而代之,这些价值观具有创造性和建设性,第一次向他传达了他的存在的有机整体感。正如施勒格尔在第三人称叙述结尾处所说,朱利叶斯在发现他对卢琴德的爱时发现了那"最美丽的宗教"。

这一节的最后两三页构成了从"学徒期"到后面较短章节的过渡。这些页面的内容以第一人称来叙述,显然代表的是一位回顾其经历的年纪渐长的朱利叶斯的观点。朱利叶斯在这里注意到,这些经历中有些东西不能通过故事而只能通过象征来表达。正是这种以象征方式交流的尝试塑造了接下来的大部分内容。更进一步地说,后面这些章节与一个正在进入并猜测他的未来的朱利叶斯有关。

紧随主要部分之后的这一节,在功能上与之前"无耻的寓言"一节大致相对应。它的标题"变形"明确表明它关注的是变化,特别是朱利叶斯性格和外表的变化。它象征性地总结了朱利叶斯在"学徒期"所经历的转变:这里描述的转变是从那喀索斯的利己主义到皮格马利翁的二元性,从一个生命的自足到两个生命的自足。这一节的观点与前一部分相同:人只有通过对他人的爱而不是单靠自己,才能实现自己存在的完整性。

接下来"两封信"一节中的第一封信,显示出朱利叶斯超越了"成年学徒期"结尾已经达到的高度。卢琴德即将生孩子的事实,迫使朱利叶斯对人类存在的本质有了新的认识。他进入了一个新的意识阶段:他现在知道上一节所描述的变形不是最终的,而只是一个渐进的(也许是无限的)系列中的一个阶段。面对成为父亲的前景,朱利叶斯发现自己不仅对父亲的责任和有用的家居物品有了新的尊重,而且认识到两个人肉体和精神的结合并不是最终的和完整的。更为完整的结合,更大程度的整体性,只能通过创造新生命来实现。而在创造新生命的过程中,朱利叶斯和卢琴德都按照自然的命令行动。因为,大自然要求每株植物都结果子。现在朱利叶斯清楚地知道,他对卢琴德的爱和她对他的爱不仅仅是为了自己而存在的东西:相反,这种爱使得对所有事物的爱更加充分。那照亮他们的东西,也照亮了整个世界。

第二封信几乎完全是由关于卢琴德的严重疾病——而且正如朱利叶斯认为的那样,是致命的疾病——的报告引起的场景。在这个场景中,他想象着如果他被迫在没有卢琴德的情况下活着,他未来的生活会是怎样的。这导致两个新的认识:第一,尽管没有卢琴德他也可能活下去,但没有卢琴德,有意义和令人满足的生活将是不可能的。尽管正如第一封信所显示的那样,他对卢琴德的爱可能会导致进一步的爱,但没有卢琴德,就根本没有爱——除了对死亡的爱。这构成了他第二个认识的基础:在某些情况下,死亡可以是有意义的和美丽的,它可以是一种被虔诚地希望的转变,因为它重建了结合的可能性。

下一节标题为"反思"①,这是一个精心设计的双关语,它基于对哲学和性意象术语的混淆。换句话说,"反思"不仅是一种精神行为,而且是一种性行为。但施勒格尔这里的意图不仅仅是幽默。对他来说,性行为象征着自然和宇宙的行为。性结合毕竟是对立面的结合,正如在某些哲学体系中,特别是在黑格尔(1770—1831)、费希特和谢林(1775—1854)的哲学体系中,宇宙的动力原则是对立面的融合。在幽默的背后肯定有一个层面,施勒格尔试图在那里象征性地证明男人和女人不能单独存在,而只能在彼此身上找到整体性和个体性。因此,"反思"部分起到了推广朱利叶斯的经验和他的新意识的作用:从这些经验和意识出发,他构建了一种哲学和宗教,它们不仅对他自己而且对全人类都有效。

接着的一节再次回到书信形式,虽然这一次它们不再是写给卢琴德,而是写给另一个朋友安东尼奥的。这两封信都关注友谊问题,并就男人之间的友谊应该是什么给出一种定义。这是朱利叶斯之前曾在"成年学徒期"中关注过的一个问题,但在这里它不仅得到更全面的阐述,而且是从另外一个稍微不同的角度进行的。在此插入关于友谊的讨论是恰当的,因为它代表了爱的一种不同表现或新的转变。它是实现一个人存在的统一性的进一步手段。

---

① 有关费希特对本部分的影响,参 Jean-Jacques Anstett,"*Lucinde*: *Eine Reflexion*, Essai d'Interprétation",载于 *Études Germaniques*, 3, 1948, 页 241-250。

朱利叶斯对友谊概念的处理，有时似乎在暗示这个词可以被用作同性恋的同义词，但过于仓促地作出这样的判定是不明智的。在"忠诚与玩笑"以及小说其他章节中，朱利叶斯已经注意到女性之间的友谊是不可能的，因为天生易被激情支配的女性没有能力保持纯粹理智的关系。这种对女性资格的剥夺是基于理智和激情的二分法。对女人来说，爱情必须是理智与激情的结合；而对于一个男人来说，爱情既可能是理智的，又可能是激情的。于是，友谊似乎不是肉体方面的事情，而是精神方面的事情。① 然而，似乎很清楚的是，对朱利叶斯来说友谊的作用是进一步实现他的存在，它代表了成长的另一个阶段。友谊——至少是真正的友谊——是另一种不同的结合，另一种不同于他在对卢琴德的爱中所经历的转变。这是深入大自然核心的另一种方式。

随后的一节"渴望与安宁"，不仅是对之前"忠诚与玩笑"的一种平衡（两部分几乎都完全由对话组成），而且还进一步推进了爱的成长或扩展的观念。这一部分的基本观点，即安宁只能在渴望中找到，而渴望只能在安宁中找到，与之前"反思"部分提出的观念即对立面的结合相呼应。而且，在两种情况下，这种对立面的结合都表明了一个过程、一系列转变、一种生成而非存在状态。此外，这里爱的成长或转变不只是在一般的哲学和象征术语里得到暗示，而是得到了具体的实现。朱利叶斯和卢琴德不再是新宗教的唯一成员：朱利叶斯梦想着他的朱莉安娜（很可能就是卡洛琳），而卢琴德梦想着她的吉多。最初仅由朱利叶斯和卢琴德组成的联盟，正在扩大为一个更加全面的联盟。

小说最后一节"想象力的嬉戏"，既代表了对朱利叶斯成长

---

① 亦可参 *Athenaeum*，页 342。

的概括,又暗示了进一步的转变。正如标题所表明的那样,这一节还重申了想象力——创造这部小说的想象力——的重要性,它是实现自然与无限的结合的终极武器。正是通过想象,人才能最为彻底地改变自己,才能看到自己最终获得到对自己存在最充分的认识,达到对自然最完全的接近。最后,正是想象力在感知、统一和创造,并且通过其受膏的祭司来启示。

《卢琴德》是一个断片。这部小说于 1799 年首次出版时,仅体现了施勒格尔打算写的整部小说的一部分,施勒格尔实际上写出来的也只是这一部分。按照他的计划,续篇主要以诗歌的形式进行,并带有相对简短的连接性散文段落。由于各种在此不必关心的原因,施勒格尔自己从来没有把第二部分的所有片段放在一起并予以出版,尽管他确实单独出版了许多他为续篇而写的诗。然而,这些散文段落在其有生之年从未发表过。一个多世纪过去后,约瑟夫·科纳才使得它们重见天日。[①]

从施勒格尔的笔记和小说本身可以明显看出,《卢琴德》的意图,即使在其预计的完整形式中,也只是成为一个更宏大计划的一部分。这个更大的计划设想写作四部小说("无耻的寓言"中提及的四部不朽的小说),它们将完整阐明施勒格尔的新宗教和哲学。[②] 但是,与施勒格尔几乎所有的宏大计划一样,这一计划也注定永远无法实现。施勒格尔和朱利叶斯一样,似乎他的计划越大,实现的机会就越小。

[①] 有关施勒格尔《卢琴德》续篇的进一步讨论,参 Körner 的 "Neues" 和 Eichner 为 *Dichtungen* 写的导论。

[②] 关于施勒格尔 "四部不朽的小说" 计划的深入讨论,参 Hans Eichner, "Neuesaus Friedrich Schlegels Nachlass", 载于 *Jahrbuch der deutschen Schillergesellschaft*, 3, 1959, 页 218–243。

尽管如此，计划中小说续篇的形式和完整的《卢琴德》在施勒格尔四部曲中占据的位置，确实让我们能够以正确的视角看待这本断片式的小说。我们可以合理地推测，《卢琴德》被计划作为施勒格尔新宗教的四福音书之一，接下来的每一个福音书都将呈现这种宗教的一个方面，直到最后，圣弗里德里希的福音传播工作将全部完成。这种渐近完整的启示的观念，也可以用来解释《卢琴德》中形式技巧的混合：书信、寓言、双关语、象征、幻想、愿景、对话、自传、散文诗，以及——在未发表的续篇中出现的——押韵诗。这些形式的混合代表了一种试图从形式上反映自然的丰富和混乱的尝试，以及反映宇宙中存在极其丰富的不同形式的尝试。换言之，《卢琴德》代表了一种尝试，即不仅在主题上，而且在形式上描绘一种精神和理智的成长和结合。理智和精神上的转变，伴随着形式上的转变。当然，这种结构和主题模式与施勒格尔在其第 116 条断片中提出的模式完全匹配，即其关于渐进诗和总汇诗的学说。而且，具有反讽意味的是，正是在其未完成性中，《卢琴德》也符合这一学说的另一部分：因为是未完成的，所以《卢琴德》永远不可能是一部小说，但必须永远尝试成为一部小说。

《卢琴德》中的田园诗

约翰·希伯德(John Hibberd)

弗里茨·斯特里奇(Fritz Strich)的一句断言,即浪漫主义和田园诗互不相容,听起来很有说服力,尤其是人们在浪漫主义运动期间对这一流派还知之甚少时,更是如此。① 当然,蒂克和施勒格尔兄弟对他们时代大多数田园诗所持的鄙夷态度,似乎也证实了斯特里奇的看法。② 然而,他们蔑视的对象,主要是他们所谓的对田园诗的现代扭曲,尤其是约翰·沃斯(Johan Voss)③的所作所为。曾经关注过田园诗文学在整个歌德时代尤其是"毕德迈耶尔时期"(Biedermeierzeit)④的重要性的弗里德里希·森格尔(Friedrich Sengle)也特别提醒我们,浪漫主义

---

① F. Strich, *Deutsche Klassik und Romantik*, 1949, 页 35-36, 页 43; R. Böschenstein, *Idylle*, 1967, 页 84-85。

② L. Tieck, *Kritische Schriften*, 1848—1852, 第一卷, 页 75-132; E. Behler 编, *Kritische Friedrich Schlegel Ausgabe*, 第二卷, 页 24 及以下。A. W. Schlegel 关于 Matthison, Voss 和 F. W. A. Schmidt 的议论, 参 *Athenäum*, 3,1800, 页 139 及以下。

③ [译注]约翰·沃斯(1751—1826),德国诗人,写过大量田园诗和讽刺诗,宣传启蒙思想,反对天主教、专制制度和蒙昧主义。曾把荷马史诗翻译成德文。

④ [译注]"毕德迈耶尔时期"指的是德意志诸侯制度复辟时期(1815—1848)。

者并不反对在这个领域进行的试验。① 这些仍然植根于 18 世纪传统的试验,可以在蒂克的《斯特恩巴尔德》(*Sternbald*)和多萝西娅·施勒格尔的《弗洛伦丁》中看到。② 在浪漫主义抒情诗和艾辛多夫(Eichendorff)的作品中,田园心绪(the idyllic mood)也明显扮演着一个重要角色。但是,弗里德里希·施勒格尔《卢琴德》的第五节,对于我们理解浪漫主义者对待田园诗的态度来说无疑具有至高的重要性。在浪漫主义文本中,少有这样的由其作者命名为田园诗的文本,更何况这个作者还是浪漫主义运动最重要的理论家。但是,可能由于这一节的名称"关于闲散的田园诗"似乎不那么恰当,它从未被人拿来和田园诗传统详细比较。本文主要关注田园诗形式和主题在早期德国浪漫主义中发展、变化的一个方面,考察"关于闲散的田园诗"及《卢琴德》其他章节与早期田园诗理论、实践还有施勒格尔的田园诗理念之间的关联。通过聚焦于这些关联,并且解释"关于闲散的田园诗"这一节本身(而不是只把它视为说明施勒格尔爱情和生命哲学的资料引用来源),我们的考察还将揭示小说中存在着一个之前从未被质疑的主题。它还将展示这部谜一样复杂的作品的另外一面——由于其反讽的表达方式、多层意涵的复杂交织及其未完成状态,这部作品的总体意义要比绝大多数

---

① F. Sengle,*Arbeiten zur deutschen Literatur 1750—1850*,1965,页 214;*Biedermeierzeit*,1972,页 743-786。

② 参见我的文章"The Idylls in Tieck's *Sternbald*",载于 *Forum for Modern Language Studies*,以及"Dorothea Schlegel's *Florentin* and the Precarious Idyll",载于 *German Life and Letters*。亦参 R. Paulin,"The Early Ludwig Tieck and the Idyllic Tradition",载于 *Modern Language Review*,70,1975,页 110 及以下。

文学文本更难以归纳。

　　施勒格尔的同代人认为《卢琴德》是一部忏悔录式的作品,从那时候起,尤其是通过约瑟夫·科纳,很多关于作品起源、作品与作者生活的关联、作者的续写计划的信息都被发现了。① 但是,从一开始,大多数批评者都认为应对这部小说道德上的险恶和审美上的丑陋予以谴责。② 于是,当保罗·克鲁克霍恩证明施勒格尔是在宣布一种关于爱情的新观念——爱情是感官体验与精神体验的高度联合——时,《卢琴德》研究的方向几乎发生了彻底的变化。③ 继克鲁克霍恩之后,科尔夫将这本书的主题视为理想婚姻。④ 一旦这种主题的统一性被发现,对小说独特结构的考察就有了门路。沃尔夫冈·鲍尔森发现了小说各个部分之间存在隐秘的对称性,恩斯特·贝勒尔和卡尔·波尔海姆(Karl Konrad Polheim)揭示了施勒格尔关于总汇诗(Universalpoesie)和阿拉贝斯克(Arabeske)的观念与这部小说的相关性;以施勒格尔的笔记(大多数都未出版)为基础,波尔海姆还证明了田园诗——或更确切地说是田园诗模式(the idyllic mode)——在他的文学理论中的重要地位,但几乎没有尝试把

---

　　① J. Körner,"Die Urform der *Lucinde*",载于 *Literarisches Echo*,16,1913/14,页 949 及以下;"Neues vom Dichter der *Lucinde*",载于 *Preußische Jahrbücher*,183,1921,页 309 及以下;184,1921,页 37 及以下。
　　② W. Dilthey, *Das Leben Schleiermachers* I, 1922,页 530 及以下; R. Haym,*Die Romantische Schule*,1870,页 493 及以下;R. Huch,*Blütezeit der Romantik*,1905,页 310 及以下;F. Gundolf,*Romantiker*,1930,页 120 及以下。
　　③ P. Kluckhohn,*Die Auffassung der Liebe in der deutschen Dichtung des 18. Jahrhunderts und der Romantik*,1931,页 362 及以下。
　　④ H. A. Korff,*Geist der Goethezeit*,III,1949,页 88 及以下。

这一发现和《卢琴德》关联起来。① 在为施勒格尔考订版作品全集所写的关于这篇小说的导论里,汉斯·艾希纳概述、校正并进一步发展了之前的研究成果。② 更多详细的评论出现在鲁热(J. Rouge)的一本很有用的著作里,只不过后者受到肤浅地(用克鲁克霍恩之前的方式)关注道德问题这一做法的损害,也受到安斯泰特(J. J. Anstett)所编法文版《卢琴德》的损害。③ 小说所有章节中只有一章得到了详细分析,而安斯泰特在论"反思"那一部分的论文中证明施勒格尔如何使用费希特式术语时,仅仅强调指出,④小说文本中可能暗藏更多典故和套路,要想真正理解这部作品,必须要做大量的解读工作,而这种工作不能仅仅局限于德国浪漫主义的范围。克鲁克霍恩认为,《卢琴德》从法国色情小说中借鉴了许多东西,而"关于闲散的田园诗"部分可能与文艺复兴时期的反讽性颂文有关。⑤ 我们的观察将会强化

---

① W. Paulsen, "Friedrich Schlegels *Lucinde* als Roman", 载于 *Germanic Review*, 21, 1946, 页 173 及以下;E. Behler, "Friedrich Schlegels Theorie der Universalpoesie", 载于 *Jahrhuch der deutschen Schiller gesellschaft*, I, 1957, 页 211 及以下;K. K. Polheim, *Die Arabeske: Ansichten und Ideen aus Friedrich Schlegels Poetik*, Paderborn, 1966, 页 294 及以下, 以及 Polheim 编, *Lucinde*, 1964, 页 110 及以下。

② E. Behler 编, *Kritische Friedrich Schlegel Ausgabe*, 卷五。本文引用页码参考这一版本

③ J. Rouge, *Erläuterungen zu Friedrich Schlegels Lucinde*, 1905; J. J. Anstett 编, *Lucinde*, 1943。

④ J. J. Anstett, "*Lucinde*: *Eine Reflexion*, Essaid' lnterprétation", 载于 *Études Germaniques*, 3, 1948, 页 241 及以下。

⑤ P. Kluckhohn, "Französische Einflüsse in Friedrich Schlegels *Lucinde*", 载于 *Euphorion*, 20, 1913, 页 87 及以下; *Die Auffassung der Liebe*, 页 367, 注释 3。

这一普遍观点,即施勒格尔继承了很多文学传统,还会直接指向他在1790年代的核心关切,包括希腊艺术的本质、他对歌德和席勒的态度以及德国文学的未来等。

"关于闲散的田园诗"部分的第一句话出现在引号里:

"看哪,我乃自教自会,且神明给我灵感,说唱各种诗段。"(页31)

施勒格尔无疑认定他的读者会认出这句话的出处(还认定这部小说将只会吸引那些富有鉴赏力的人)。现在的编辑和评论家们显然无法做到这一点,尽管他们已经在努力确定小说文本中出现的其他文学典故。但是,这句被引用的话,即诗人费弥奥斯(Phemius)在乞求奥德修斯(Odysseus)饶他一命时说的话(*Odyssey*, XXII, 句347及以下),构成了荷马(Homer)关于诗人的创造力的少有几处声明中的一处,而且在施勒格尔1798年的著作《希腊、罗马诗歌史》(*Geschichte der Poesie der Griechen und Römer*)中解释如下:

费弥奥斯对奥德修斯说道:
看哪,我乃自教自会,且神明给我灵感,说唱各种诗段!我能对你歌唱,就像面对神明那般。不要性急暴躁,不要试图用剑割断我的喉管![1]
费弥奥斯以此来表明这门艺术已经基本上被掌握,但是,优秀的人能将发明的东西、他自己的东西与他所学的东

---

[1] [译注]译文参照《奥德赛》,王焕生译,上海:上海译文出版社,2022,页937,有改动。

西区分开来,并以此为荣。①

正如现在以及我们即将看到的那样,这位诗人的演讲可以在一种稍微不同的意义上来理解。但是,值得回顾的是,正是施勒格尔在《论希腊诗研究》(*Über das Studium der griechischen Poesie*)中把荷马和后来的田园诗人尤其是沃斯做了比较[在接下来要讨论的其他场合,施勒格尔还含蓄地把沃斯与他的田园诗新偶像歌德和士麦那的彼翁(Bion)②做了不利的比较]:

> 如果田园诗关心的是材料,是它与听众个人周边世界的对比,那么绝对应该受到谴责的是美学上的他律……谈到乡村和家庭生活的美丽画作,荷马是所有田园诗人中最伟大的诗人。但人们总是希望将自然的人工复制品留给亚历山大时代的人。(Minor, I,页 164)

那句来自荷马——他的作品在 1790 年代被广泛视为原创诗的纯粹典范③——的引文引出了一段话,根据其标题,后者宣称自己属于一种体裁,而后者本身通常被视为所有诗歌模式中最早的一种。

朱利叶斯,《卢琴德》的虚构作者,几乎不可能和费弥奥斯相比;尽管他也旨在吸引那些道德上不那么完美的人,但他的情况完全不同,而且他直接承认他并不拥有诗人的天赋。这位擅

---

① *Friedrich Schlegel: Seine prosaischen Jugendschriften*, I, 1882, J. Minor 编,页 257(以下简称 Minor 版)。比较 *Homers Werke von J. H. Voss*, IV, 1793, 页 216。
② [译注]士麦那的彼翁,希腊化时期田园诗人。
③ 参 W. Rehm, *Griechentum und Goethezeit*, 第 4 版, 1968, 页 262。

长反讽性反思的艺术大师罕见地表达了一种古典的单纯(simplicity),他在这里只是如此简单地引用了荷马的一句话。在"田园诗"之前的过渡性语段里,他已经宣布自己在思考古典时代("die Vorwelt",页 30),并希望能够以一种接近柏拉图和萨福的方式来表达自己对爱情的理智反应与情感反应。田园诗在 18 世纪的地位很大程度上要归功于它的古典起源,而它的目标往往是重拾已经失落的希腊黄金时代精神:格斯纳(Gessner)① 歌颂过阿卡迪亚(Arcadia)②,沃斯把荷马时代的回声编织进了他的《露易丝》(Luise)。但是,对田园诗来说,柏拉图和萨福是陌生的灵感来源,而且施勒格尔这里暗指的是对他们关于爱情的洞见的赞赏,就像在《论狄奥提玛》(Über die Diotima)和《论希腊诗人的女性特征》(Über die weiblichen Charaktere in den griechischen Dichtern)中所声明的那样。不过,在下一句话里定义他的主题时,朱利叶斯遵循的模式并非与田园诗无关:即使是"我歌颂的并非这个,而是那个"这一模式,反应的也是一种早已确立的公式。③ 朱利叶斯自夸对闲散的艺术有自己的洞见。施勒格尔改变了沃斯 1793 年的翻译,他自己的早期文章曾经引用过这一翻译:用"旋律"(Weisen)而非"歌"(Lieder)来表达

---

① [译注]所罗门·格斯纳(1730—1788),苏黎世 18 世纪著名诗人兼画家、版画家,曾为自己的诗集画过插图。
② [译注]阿卡迪亚,古希腊一山区名,那里人情淳朴,生活简单、幸福,后成为"世外桃源"或理想生存境界的代名词。
③ 参 Vergil, 6th eclogue; S. Gessner, "An Daphnis", 载于 Idyllen, E. T. Voss 编, 1973, 页 19。[译注]这里应该指的是"关于闲散的田园诗"开头部分一句话"我现在可以厚着脸皮说,我不是在谈论关于诗歌的快乐科学,而是在谈论关于闲散的神性艺术"。

οἴμας，更准确也更重要的是，他引入了一种文字游戏。六步格（hexameter）的节奏得以保留，但小说台词以散文的形式印刷出来。或许施勒格尔是在暗指格斯纳把诗（verse）伪装成散文的实践，①以及18世纪德国田园诗与诗性散文之间的紧密关联。我们无法确定，朱利叶斯谦虚地否定自己的诗歌天赋是不是应该从表面上来理解，它表达的究竟是施勒格尔虚构的作者的观点，还是作为真实作者的他自己的观点。不过，朱利叶斯明显希望表明他自己和希腊诗人、哲学家们之间存在某种关联，同时希望展示他的机智，以及对关于道德和古典诗歌的传统假设的调皮嘲弄。他对传统道德的不敬，在小说最开始的几个部分就已经确立。现在，他称一种闲散的艺术（the art of indolence）②为神圣的（而在传统中闲散是一种罪恶——"游手好闲是一切罪恶的开端"[Müßiggang ist aller Laster Anfang]——它还导致许多早期浪漫主义角色走上虚无主义之路）。他看起来执意要把无行动（inactivity）与众神的完美、天堂和纯真联系起来。他的理想是一种独居的悠闲和无忧无虑的自由生活，这种生活建立在一切都是善好和美丽的自足性之上。

自足的善好和美丽，可以很好地定义田园诗的主题，正如后来格斯纳对它的理解。在提及纯真和天堂时，朱利叶斯所使用的术语在有关田园诗这一体裁的讨论中很是常见。然而，不同于德国最为成功的田园诗大师格斯纳和沃斯——二人都肯定中

---

① 参见我的"Gessner's Idylls as Prose Poems"，载于 *Modern Language Review*，68，1973，页569及以下；以及施勒格尔在1812年维也纳文学讲座上说的话："他（格斯纳）的语言非常值得称赞。"（*KA*, XI, 372）

② [译注] 不同于弗乔用 idleness 来译 Müßiggang，本文作者希伯德用 indolence 来译。中文翻译把这两个英文单词都译为"闲散"。

产阶级的价值——施勒格尔决意"震惊整个中产阶级"(épater le bourgeois)。但是,早在格斯纳和丰特奈尔(Fontenelle)[①]1688年《关于牧歌的对话》(Discours sur l'églogue)取得巨大成功之前,"闲散"在关于田园诗的最有影响力的论文中就已经是关键词了。丰特奈尔曾经挑选"爱情"(amour)和"懒惰"(paresse)(或"无所事事"[oisiveté])作为田园诗的双基。他曾经如此描写那位虚构的情人(swain)的平静生活:

> 因此,在我们刚才描述的状态中,人的两种最强烈的激情——懒惰和爱情——是一致的。[②]

施勒格尔或许已经认识到,闲暇与无忧无虑的自由是田园诗之父提奥克利图斯(Theocritus)[③]的主题,[④]尽管他并没有把后者视为模范。但是,在他的"田园诗"和丰特奈尔的文章之间还存在另一种显著的关联。这位法国人曾经要求田园诗中要有机智:

> 牧羊人必须有机智,而那些头脑更敏锐、更宽广、更有修养的人在表达他们的感受时,会添加一些似乎是反思性的东西,而且这些东西并不是单纯的激情所能激发出来的;

[①] [译注]伯纳德·丰特奈尔(1657—1757),法国文学家、哲学家。

[②] B. de Fontenelle, Oeuvres, III, 1818, 页 57。克鲁克霍恩(Euphorion, 20, 页 89)把对闲散的赞颂和发表在 Mercure de France 上的一首晦涩的"ode anacréontique"关联起来,与丰特奈尔可能存在的这种关联似乎更有意义。

[③] [译注]提奥克利图斯,公元前3世纪的古希腊诗人,田园诗体裁的创始人,他的诗歌主要描写的是西西里岛的自然风光和田园生活。

[④] 参 T. G. Rosenmeyer, The Green Cabinet. Theocritus and the European Pastoral Lyric, 1969, 页 67 及以下,页 98 及以下。

相反,其他人只是更简单地表达他们的感受,几乎没有任何奇异的东西。①

这段话足以提醒施勒格尔(如果他需要提醒的话),很多诗人,尤其是还没有被1790年代遗忘的洛可可时代的诗人,都曾写过机智的田园诗。在约翰·罗斯特(Johann Christian Rost)1751年的《牧羊人故事中的试验》(*Versuch in Schäfererzählungen*)里,一位洛可可诗人戏弄他的读者,取笑流行的纯真观念,还把田园风格视为练习情色联想的媒介。在所有这些方面(除了乡村的服饰),他的诗都类似于《卢琴德》,而且可能正是这样的诗鼓励施勒格尔把他的小说和田园诗关联起来——这种关联,在他评论这本小说时显现了出来。② 确实,施勒格尔的反思性离题在洛可可田园诗中没有确切的对等物,而且比起洛可可式的机智或丰特奈尔的"机智"(esprit),他的反讽是一件更加深奥、通常更加复杂和难懂的武器。但是,他在风格上与格斯纳的魅力或沃斯温和的幽默之间的相似之处更少。施勒格尔的"田园诗"和他们的"素朴的"(naive)风格及道德态度之间的区别是非常明显的,也是有意为之的。

我们在"田园诗"部分看不到某种精美的风格,看不到大多数田园诗都具有的特点。它华丽的神韵,也无法和提奥克利图斯的大胆或马勒·穆勒(Maler Müller)的热情相比较,后者的"狂飙突进"派田园诗标志着这一体裁中出现了一种新的背离。

---

① Fontenelle,页64。

② 参Polheim,页299;也参 *Friedrich Schlegel's Literary Notebooks*, 1957,H. Eichner 编(之后简写为 *LN*),第430条笔记:"难道不是所有对欲望的描写按照形式而言都是田园诗吗?"

但是,还有其他质疑这则"田园诗"是否能够被称为田园诗的理由。丰特奈尔的论著和田园诗从 1799 年开始就在德国失去名声,但诗歌方面的实践至少证明了他的一个观点:

> 适合田园诗风格的另一种选择是:只谈事实,几乎不谈反思。①

即使在田园诗放弃了田园风光时,描写仍然是这一体裁的典型特征。它通常是对自然的描写,但也可以是对内在世界的描写(沃斯)。描写强调了这个世界的美丽和舒适,它们被田园诗中的人物所享受;它们设立了人与其环境的统一,而他的幸福就建基于这种统一;它们把梦中世界植根于具体的现实中,并提供了一种强烈的视觉吸引力。田园诗这一术语意味着一幅画。② 朱利叶斯的"田园诗"是一系列的反思,并且几乎没有包含任何关于物理环境的暗示。这些思想或许可以被视为抒情独白的一种变体,而后者经常可以在田园诗里找到。毕竟,它们出现的场合正是情感丰富的时刻,也就是朱利叶斯初次构想写作关于他的爱情故事的时刻。但是,朱利叶斯并没有不由自主地谈论他当下的感受。他写下的东西,是对一段内在独白的回顾性记录,呈现为大量的意象,但呈现方式却是修辞而非抒情。背景是他的内心和想象。小说中对反思和内省而非"事实"或描述的这种专注,以及随之而来的性格与环境的统一感的丧失,让考察德国田园诗的蕾娜特·博申斯泰因(Renate Böschenstein)

---

① Fontenelle,页 65。比较 Rosenmeyer,页 57、108。
② 参 Böschenstein,页 2–3,以及 Schlegel,"Idyllen aus dem Griechischen",载于 *Athenäum*,3,1800,页 227。

注意到,就像大多数浪漫主义田园诗一样,这则"田园诗"与这一体裁的标准类型少有共同之处。正如她所言,它是"纯粹的反思"。① 于是,从形式和内容两方面看,包括对丰特奈尔立场的明显回归,施勒格尔的"田园诗"无疑是对他那个时代的美学的嘲弄性挑战。

这一部分并不完全缺乏对视觉想象的吸引力,但是朱利叶斯描绘的这些画面缺乏足够的细节,影响力也不大,而这主要是因为它们屈从于抽象。朱利叶斯提出的持久拥抱的理想,并没有转换成视觉形式,而且在概述卢琴德与自己在彼此怀里睡着的画面时,他只是模糊而反讽性地再现了一个"舞台造型"(tableau),②而后者是18世纪田园诗的典型特征。他在这一段的首要意图是讽刺新古典主义"静穆的伟大"(Größe in Ruhe)(页33),而后者与"舞台造型"直接相关。

"田园诗"结尾部分出现的"寓言喜剧"具有更加明显的视觉元素。它或许可以被视为一场短剧的变体,以对话的形式出现,而后者恰好是传统田园诗的特征。但是,读者可能更容易想起蒂克反讽喜剧的奇幻世界。朱利叶斯想象了一个发生在剧院里的场景,一群平庸的观众构成了故事情节的一部分。这看上去似乎已经远离了自然和朴素性的田园世界。这场戏剧包含了由希腊神话人物无声表演的几个部分,他们中的大多数都像是

---

① Böschenstein,页84。Polheim,页301,他接受了施勒格尔的"田园诗"标题,但没有予以评论;Rouge,他在页82注意到只有第一段的背景才有田园诗的味道,但是,他在页80还称整个这一部分是一首反讽性的田园诗。

② [译注]tableau指的是由一群人在舞台上塑造出一个静态画面,以表现著名的历史事件。

从硬纸板上剪下来那样。那些说话的角色是一些"小恶魔",他们更活泼但又很奇怪,嘲弄着主要人物的"行动"(action)。尽管如此,这场戏和传统田园诗之间仍然存在一些特殊的关联。怪诞的喜剧构成了一种田园诗剧目的可能性,尽管这种可能性还没有得到充分发展:它在提奥克利图斯那里表现得尤其明显,并由格斯纳照搬,还在马勒·穆勒那里得到更强烈的表现。①更重要的是朱利叶斯梦幻游戏里的行动。这一幕里的普罗米修斯——据说发明了教育和启蒙——代表着以单调的重复动作造人的艺术家,这或许指的是那么多田园诗人物的一致性。但是,他还代表了一种不安分的奋斗精神,后者被攻击为不快和无聊的根源。普罗米修斯被揭露为心满意足(contentment)的对立面(这毫不令人奇怪),而心满意足则是作为田园诗命脉的美德。他还和神圣的赫拉克勒斯形成对比,后者一动不动地坐着,显然毫无生气,而赫柏坐在他的腿上。② 这里或许有一个典故将诗意的田园诗和视觉艺术关联了起来,而自从格斯纳作品的插图取得成功后,这一点就变得明显了——朱利叶斯提及"同样沉默的神化了的赫拉克勒斯"(页35)。③ 其中一个恶魔小丑评论

---

① Theocritus,"Polyphemus",载于 *idyll* II; Gessner,"Die ybelbelohnte Liebe",页77; Maler Müller,"Der Satyr Mopsus",载于 *Idyllen*,O. Heuer 编, I, 1914,页119及以下。

② 歌德的赫拉克勒斯[参 *Götter, Heiden und Wieland*]以肉欲之名拒绝18世纪的道德,但是他并没有与闲散相关联。参 H. Hatfield, *Aesthetic Paganism in German Literature*, 1964,页176。

③ [译注]这里给出的德文 der göttliche Herkules wie er abgebildetwird 有误,原文上下文是 Gegen über zeigtesich auch als stumme Figur der vergötterte Herkules, wie er abgebildet wird mit der Hebe auf dem Schoß。中文根据后者译出。

道，普罗米修斯已经把人引入歧途，让他们崇拜劳动；赫拉克勒斯也很劳累，但他的目标是一种"高贵的闲散"（页37），他也因此获准进入奥林匹斯众神的行列。真正的创造精神的代表是牧神潘。潘神和赫拉克勒斯反映了爱情和闲散这两个孪生主题（生育[procreation]行为大概可以被理解为无行动[inactivity]的一个例证）。潘神这一角色位于阿穆尔（Amor）①和美丽、赤裸的维纳斯之间，而这三个角色都频繁出现在田园诗中。于是，小阿穆尔（Amorinen）、孚恩（Fauns）②和小恶魔说的是相似的东西。丰特奈尔曾经注意到，即使断言提奥克利图斯受到"维纳斯、恩典和爱"的启发，也不奇怪。③ 正如我们即将看到的那样，《卢琴德》的作者会把田园诗视为爱情诗，可能需要类似的灵感，但是这里他为这些角色创造的是一些怪诞的镜像，那可识别的对象"田园诗"在反射过程中变得支离破碎和扭曲。

"寓言喜剧"关注的是与爱情相关联的闲散理想；它以一种古怪的方式揭发了劳动和努力的可怕之处；它包含了与田园诗有关的人物，也触及了传统田园诗的主题，但它并非一部田园诗般的戏剧。同样，整个"田园诗"部分虽然聚焦于"安宁"这个概念，但并不像正常的田园诗那样描绘这种安宁。朱利叶斯确实无法把他的理想描述为一种现实，因为他知道它只是一个感伤的梦。不像赫拉克勒斯和赫柏，他无法得到永恒的拥抱，因为他不是神灵——也不是一幅画或一座雕像。他的"田园诗"几乎

---

① ［译注］阿穆尔，罗马神话人物，相当于希腊神话中的丘比特。
② ［译注］孚恩，罗马神话中森林和田野之神，相当于希腊神话中的潘神。
③ Fontenelle，页54。

不符合席勒对这一类型诗歌的定义,在《论素朴的诗与感伤的诗》(*Über naive und sentimentalische Dichtung*)中,席勒认为田园诗就是"对天真、快乐的人性诗意的描绘"。① 事实上,它似乎更接近于席勒的讽刺诗(satire)概念,其中诗人通过比照理想来批评现实。

但是,作为对人性和诗性理想的一系列反思,"关于闲散的田园诗"或许可以和席勒论文中的其他评论相关联。朱利叶斯明显希望他能够在"田园诗"里达到小说其他部分难以达到的一种诗意言说水平,而这完全可以与席勒田园沉思的伟大希望相提并论。1797 年《论希腊人和罗马人》(*Die Griechen und Römer*)的序言和 1798 年《〈雅典娜神殿〉断片集》第 238 个断片,显示出施勒格尔正在与席勒较量,后者把"感伤的"诗分为讽刺诗、哀歌和田园诗。还有,施勒格尔不受教会祝福的"婚姻"主题触及一个话题,这一话题在《论秀美与尊严》(*Über Anmut und Würde*)中的某些体现导致歌德带着某种反感看待席勒,②而这种状况一定给施勒格尔带来了相当程度的快乐。

批评家们似乎忽视了对《卢琴德》故事与歌德和克里斯蒂安娜·乌尔皮乌斯(Christiane Vulpius)之关系③的类比,但施勒格尔绝不会意识不到这一点。朱利叶斯曾经提及是"罗马哀

---

① F. Schiller, *Sämtliche Werke*,百周年纪念版,XII,页 222。

② 参 B. v. Wiese, *Schiller*, 1959,页 470。关于对席勒与施勒格尔关系的解释,参 J. Körner, *Romantiker und Klassiker*, 1924,及 H. H. Borcherdt, *Schiller und die Romantiker*, 1948。

③ [译注]歌德 39 岁时和 20 多岁的卖花女克里斯蒂安娜·福尔皮乌斯同居,并且一同居就是十八年,直到儿子已经 17 岁,两人才正式结婚。十年后,克里斯蒂安娜病逝。

歌"(页30)启发了他的"田园诗",而他所谓的罗马哀歌,几乎肯定就是歌德的第五首哀歌,它发表在席勒主编的《季节女神》上,讲述的是诗人如何通过他在罗马的肉欲之爱体验接近古典时代的精神。这些关联有助于解释在《卢琴德》这一部分出现的关于席勒作品的典故。它们或许也可以解释这一部分对丰特奈尔的明显回应,因为《论素朴的诗与感伤的诗》和施勒格尔自己的《论希腊诗研究》处理的是同一个诗学问题,即古代(古典)诗歌和现代诗歌的相对价值,后者是著名的"古今之争"的主题,而丰特奈尔在其中扮演着一个突出的角色。①

施勒格尔的术语"懒散"(Faulheit)、"闲散"(Müßiggang)和"无行动"(Untätigkeit),似乎在回应丰特奈尔的"懒惰"(paresse)和"无所事事"(oisiveté)。但是,丰特奈尔认识到田园诗中的情人们必然不可能是毫无行动的:

> 这并不是说人们可以忍受懒惰和无所事事,他们需要一些运动,一些激动,但这种运动和激动是可以调整的。②

他关注的是心理上的可能性和审美方面的兴趣。正是基于这些理由,歌德批评格斯纳的田园诗中缺乏行动。③ 席勒解决在田园诗中描绘安宁或和谐这一问题的办法,取决于一些道德考虑,以及一种关于人性完美的新人道主义理想。但是,他也强

---

① 参 H. R. Jauss, "Fr. Schlegels und Fr. Schillers Replik auf die 'Querelle des anciens et des modernes'",载于 *Europäische Aufklärung. Festschrift Herbert Dieckmann*,1967,页117及以下。

② Fontenelle,页56。

③ Goethe, *Werke*(苏菲女大公历史评定版),XXXVII,1896,页286。

调了行动的重要性,行动不仅能吸引读者的兴趣,还能通过反映一种必须经由努力才能实现的理想,来以一种有益的方式发挥它的能力。但是,他只是提出而并没有解决这样一个问题,即如何把运动和完美的安宁融合起来:

> 那么,**安宁**将是这类诗歌留给人的普遍印象,但安宁是一种完美状态,而不是惰怠状态;它来自一种平衡状态,而不是力量的静止状态,来自丰富,而不是空虚,并伴随着无限富有的感觉。但正是因为所有的阻力都消失了,所以在这里变得更加困难……它能产生**运动**,没有它,任何地方都无法得到诗意的效果。安宁必然是最高的统一,但它绝不能从多样性中夺走任何东西;心灵必须得到满足,但不能停止它的追求。解决这个问题,其实就是田园诗理论要做的事情。①

席勒也曾把这种安宁描述为"更高程度的和谐……是对战士的奖励,是胜者的喜悦"。施勒格尔在谈论赫拉克勒斯时似乎对这段话谨记在心。朱利叶斯自己也曾想起在一次次情感斗争后得到或被给予的那个安宁时刻。然后,他洋溢着一种由他的爱带来的满足感,还有一种潜力无限的感觉。他的"田园诗"区别于"所有天真动人的哀歌"和"喜剧"(页32),就像席勒把田园诗同哀歌、讽刺诗相比较。由于他们都对一种未来诗歌——它或许能够描述完美及对立面之间的和解——抱有梦想,席勒关于田园诗的评论给施勒格尔带来了挑战。他的"关于闲散的田园诗"就是对这一挑战的回应,从而也与他的浪漫

---

① Schiller,页 229。

主义学说的起源密切相关。① 通过把范围缩小到一个人(或最多是一对情人)的思想和内心,施勒格尔放弃了席勒的许多意图。同样清楚的是,他通过蔑视公认的道德故意误解了席勒。他的"田园诗"包含一种对席勒的诗《至圣者》("Das Höchste")②的戏仿,在那里他愉快地把席勒的有机整体观念等同于植物性的无行动。通过赞美幻想并以理性为代价,他把运动引入了他的"田园诗"——而这种运动席勒几乎从未设想过。施勒格尔把完美或心满意足视为一种纯粹内在的成就,这一成就似乎涉及将自身抽离于物理自然和作为整体的社会,无疑,这再一次与席勒相矛盾;他还"引用"了一个席勒式的短语"紧张的理性"③,以摒弃作为实现理想的工具的理性。朱利叶斯的理想只是作为一个幻想、一系列的梦或童话故事而存在。正如他所承认的那样,它很大程度上就是一个美丽的谎言。虽然被置于未来,从而在这方面满足了席勒关于田园诗的要求,但它仍然和阿卡迪亚田园诗一样是不真实的,而席勒曾经批评其在哲学或技巧方面不充分,尽管它也是一种"振奋人心的虚构"。④ 还有,朱利叶斯没有心情理性地评判他的梦(即"批评诱人的错觉"[页32])。他对待自己的梦的态度是很严肃的,但他的梦想,即剧中由赫拉克勒斯达到的奥林匹斯山的高度,并不代表席

---

① 参 A. O. Lovejoy,"The Meaning of 'Romantic' in Early German Romanticism",及"Schiller and the Genesis of German Romanticism",载于 *Essays in the History of Ideas*,1948,页 183 及以下。
② 参 Rouge,页 85。
③ 参 Rouge,页 82。
④ Schiller,页 224。

勒式田园诗理想地描述的极乐世界(Elysium)①目标。

朱利叶斯把处于一种闲散心境的自己比作一个在小溪边读着一本毫无价值的浪漫故事的女孩子。鲁热正确地质疑过迈耶尔(R. M. Meyer)的断言,即这里在暗指席勒的诗《少女的幽怨》("Des Mädchens Klage")。② 施勒格尔更可能想到的是18世纪的感伤田园诗,因为他用"平静""安宁"和"多愁善感"这些形容词来描述溪水。但是,"经验主义的"和宗教主义的词汇尽管被轻蔑地使用,却在仅仅两段话之后又以一种绝对积极的意义出现:"只有平静和温和,只有在真正被动性的神圣宁静中,一个人才能回想起自己的整个自我,才能直观世界和生活。"(页34)在这个句子中,单词"真正"想必要被重读。

为了确定真正的被动性意味着什么,我们必须回到荷马的一句话上来。这样做时,我们会触及一系列有些复杂的思想,而它们之前出现在田园诗里会被视为不合适。施勒格尔将艺术与生活进行了类比,认为艺术的形式呈现就像生活一样复杂和明显地不连贯,而这种形式呈现与传统田园诗的朴素形成了鲜明对比。的确,这些思想是围绕着无行动的主题编织的。但更重要的是,它们也在应对艺术与一种和谐存在的理想的关系,这个问题是田园诗理论的核心,尤其是席勒关于这类诗歌的评论的核心。我们现在认识到,和席勒一样,施勒格尔认为田园诗模式并不是一种微不足道的、孤立的文学形式,而与诗学和理想主义

---

① [译注]希腊神话中,Elysium指的是死者灵魂安息的地方,常被译为"极乐世界"或"福地"。
② Rouge,页82;R. M. Meyer, "Schiller in der *Lucinde*",载于*Euphorion*,3,1896,页109。

的基本问题密切相关。

费弥奥斯的话确实已经被应用于闲散的艺术。植入朱利叶斯灵魂的某个"神灵",或如他所想,一种持久拥抱的观念,就像一个"精灵"一样赋予了他写作这本书的灵感("我的守护精灵启发我去宣告那关于真正喜悦和爱情的崇高福音"[页 31])。梦想是命运的礼物,但朱利叶斯必须自学如何发展情爱方面的闲散技巧。他相信自己可以发明一些方法来重复幻想的至福时刻,来让梦想成真,从而也让卢琴德能够享受它的魔力。在写他的小说时,朱利叶斯还需要召唤他所有的技巧,以便用语言再现他的感受和想法,从而将它们与卢琴德和其他读者分享:

> 谢天谢地,我注意到了这一点,并决定将来用我自己的创造能力为我们俩重现这次幸运给予我的东西。我决定开始为你谱写这首真理之诗。(页 32)

两种艺术都需要灵感与创造力。"真正的"被动似乎是这样一种状态,其中灵感的声音,或欲望与想象的塞壬之声(页 32)能使自己被听见,并且占有个人。但只有在这种灵感可以被传递给他人时,神圣的艺术才会产生效果,为此,个人必须克服他自私的内省倾向,去思考一般的善(页 31),去运用他的意志力。持久拥抱的想法,还有这篇小说,都必须转换成客观的形式。它们是选择和爱的创造,是来自内部和外部的各种力量的创造:

> 这就是爱和任性这棵奇妙植物的第一个萌芽孕育的过程。(页 32)

这里对"任性"(Willkür)——与"意志"(Wille)相对——的

使用,可能暗示施勒格尔希望把自己的态度与康德及其追随者席勒的态度区别开来。如果他注意到了康德对这两个术语的区分,①那么他选择"任性"就是为了证明他的选择是随意而不受约束地作出的。他的断言,即闲散代表真正的高贵,直接与康德1796 年的论文《论哲学中新近出现的高贵口吻》(*Von einem-neuerdings erhobenen vornehmen Ton in der Philosophie*)相矛盾。②

朱利叶斯知道,被动性必须被有意识地欲求,于是"真正的"被动性一定涉及精神的行动:他说,众神本身有意识地什么都不做(页 33)。他不遗余力地要给人留下这一印象,即他的小说是一种野生植物,不能被人为的秩序观念所阉割:它是"任性"的产物:

> 我想,就像它自由地发芽一样,它也应该繁茂生长和肆意泛滥。我决不会出于对秩序和节俭的卑贱爱好,去修剪它那充满生机的多余枝叶。(页 32)

"田园诗"本身那明显很随意的结构,可能与对许多田园诗偶然的松散安排有关,与 18 世纪田园诗和对随意、不对称的自然模式的趣味之间的关联有关。但是,在施勒格尔那里,形式的自由已经看起来变得一片混乱。

强调幻想的自由,强调从理性那里解放出来,以及坚持认为

---

① 关于施勒格尔对 Willkür 的使用,参 O. Walzel, *Romantisches*, 1934, 页 78-79; H. Eichner, "Friedrich Schlegel und wir", 载于 *Deutsche Rundschau*, 84, 1958, 页 646 及以下, 及 *KA*, V, 页 xxxvii; Polheim, 页 114-115; Walzel, 页 79, 参见费希特对施勒格尔使用这一语词的影响。

② 参 Rouge, 页 84-85。

任何理想或田园诗虽然都是无法实现的谎言,但仍然具有价值,这些就是浪漫主义者施勒格尔对立于席勒的特征所在。提到地中海人的自由生活和东方的圣人,提到对"童话"的迷恋,还强调内省,这些都是浪漫主义更深层的特征。但是这部作品的典型特征在于对戏仿(parody)的使用,在于反讽在各个层面都占据令人困惑的主导地位,这让人们几乎不可能确定作者真正的立场。这种反讽性的矛盾心理,似乎反映了施勒格尔对一种关于理想和田园诗(或许是所有类型的诗)的悖论的意识:它们是骗术,但也是有价值的灵感,部分可以转化为现实。

这种幻灭与希望的混合,正是朱利叶斯对某种愿景的反应的特征,而这种愿景开启了《卢琴德》的第一部分"朱利叶斯致卢琴德":

> 你是如此的聪明,我最亲爱的卢琴德,以至于你肯定已经怀疑这一切不过是一场美丽的梦。唉,事实就是如此,如果无从希望我们很快将至少能够实现其中的一部分,我会感到非常难过。(页7)

他在这里已经表达了这样一种希望,即他个人的一个白日梦或许可以成为他们两个人的现实。这一愿景本身在某些细节上显示出与歌德《阿拉克西和朵拉》(*Alexis und Dora*)有某些惊人的相似之处,而施勒格尔曾经在1796年的评论中描述过这首诗。在那里,他一点也没有嘲笑这首诗的田园诗形式,而是如此写道:

> 正是这种史诗般的丰满与抒情诗般的热情的混合才是这首诗特有的美,也是希腊文意义上田园诗的本质,在这种

意义上，这种类型的诗根本不局限于乡村事物，与对完美纯真的描绘没有任何共同之处，而在罗马人那里，它开始退化为天真。富足和外在的善和美也十分重要，是真正的田园诗的特征。以此，所有有生命之物和无生命之物都被正直的父亲在昂贵的珍宝上（往往只是一笔）完美地凸显出来，即使它们只是从远处触碰爱者，进入了诗人的魔法圈。波涛汹涌的巨浪以辉煌的蓝色骗过了天空，甚至南国的果实让我们置身于最晴朗天空下的最肥沃土地。这首诗呼吸着整个春天：或者更确定点说，它同时呼吸着春天的鲜活生命、夏天的强烈炽热和秋天的成熟慷慨。(*KA*, II, 页 27)

朱利叶斯的愿景对应于施勒格尔在这段评论里给出的田园诗定义，而后者还暗示了他对沃斯的乡村灵感的攻击。朱利叶斯让人联想到一片风景，那里的春天、夏天和秋天似乎已经融为一体：

在我周围神圣的孤独中，一切却都充满了光芒和色彩，一股新鲜、温暖的生命和爱之气息既触动着我，又在密林所有的枝桠中搅动和低语。我看着这一切，这生机勃勃的绿叶、洁白的花朵和金色果实，同时又为这一切而喜悦。(页 6)

永恒的春天和青春，是许多田园诗所描述的黄金时代令人亲切的属性。就像许多田园诗人物一样，朱利叶斯在想念他的爱人时也超越了时间，他想象着处于生命各个阶段——过去、现在和将来——的她，享受着免于死亡的恐惧的快乐。在他的视野里，一切有生命或无生命之物都变得美丽和高贵。那些词汇表达了一种丰富的感觉，而语言的韵律（*adonius* 和 *cursus pla-*

nus)增加了温馨的印象。

但是,出神发呆占主导地位,这是像"关于闲散的田园诗"这样的愿景的特征。它也是内省的产物,无行动的产物,后者再一次与(写作的)创造性过程相联系:

> 那是幻觉,我亲爱的朋友。一切都是幻觉,除了刚才站在窗边,我什么也没有做,而我现在坐在这里做着的什么事情,可能只是比什么都不做多那么一点,说不定还会少那么一点。(页7-8)

朱利叶斯断言,充分的享受必然要被有意识地享受:"我不只是在享受,而是在感受和享受这享受本身。"(页7)他能区分他的本能性自我和反思性自我,但仍坚持认为它们是和谐的。"机智"与"迷狂"(Entzücken)(理智和情绪两方面)融合成"我们连在一起的生命的共同脉搏",恋人们"带着宗教一样的迷狂"拥抱彼此。对立面的统一在这样的句子里得到了最为显著的表达,如:"相反,我快乐而深刻地迷失在欢乐与痛苦的混合与交织中,正是那里产生了生命的芬芳和情感的绽放,产生了精神的快感和感官的至福。"再如:"我恳求你,这一次你可以让自己完全陷入疯狂,可以变得不知餍足。尽管如此,对于每一个微弱的幸福迹象,我都能沉着冷静地听到,以至于任何一点痕迹都难逃我的把握,都不可能在我们的琴瑟和谐中留下罅隙。"(页7)很明显,朱利叶斯更喜欢他敏锐的智力,而非他的情感能力。术语"机智"和"迷狂"似乎也涉及施勒格尔的田园诗概念:正如我们很快就要看到的那样,它们的联合符合他在希腊田园诗中发现的特征。朱利叶斯关于他的愿景的报告并非一首自足、平静的田园诗。它不仅包含了对小说其他部分的交叉引用,特别是对"关于闲散的田园诗"的引用,还嘲讽了各种由来已久的观念,包括莱布尼茨(1646—1716)的乐观主义和启蒙主义。施勒格尔还通过运用关于性爱的神圣词汇来亵渎宗教情感,因为尽管他写的是精神和肉体之爱的结合,但他仍然坚持强调后者的"神圣性"。朱利叶斯所暗示的对立面的和谐融合是一种浪漫主义的特质。但是,它似乎仍然与席勒关于"感伤的"田园诗的论述有关。

施勒格尔明确提及《阿拉克西和朵拉》中"真实的"描述性元素,这首诗并没有激励他去写一首围绕抽象概念编织的田园诗。但是,他对这一体裁的看法很大程度上建立在希腊诗歌的基础上,他确实在关于歌德诗歌的评论中提到过希腊诗歌。朱利叶斯称他的梦中理想为一种"浪漫主义的混乱"(页16),而《卢琴德》作为一部浪漫主义作品的尝试,从定义上不同于大多数希腊诗歌。尽管如此,施勒格尔对希腊田园诗的观察,与我们对《卢琴德》那些田园诗般的语段的理解息息相关。

或许,一种最重要的新态度——包含在施勒格尔为1800年《雅典娜神殿》中的希腊田园诗译文所写的简短导论里——反映在施勒格尔对彼翁而非提奥克利图斯的偏爱上。因为,自从格斯纳以来,提奥克利图斯一直被视为田园诗传统的真正来源和诗性天真的典范。就在1796年论述提奥克利图斯式"真正的艺术"(*KA*, II,页22)时,施勒格尔还响应了标准18世纪的观点,尽管在1794年《论希腊诗流派》(*Über die Sehulen der Griechischen Poesie*)中,他已经把自己的单纯等同于天然状态(crudity)(Minor, I,页9及以下)。现在,他似乎又返回格斯纳之前所持的偏见上;因为丰特奈尔偏爱彼翁胜过提奥克利图斯:

莫修斯(Moschus)和彼翁在田园诗体裁上留给我们的东西,让我对我们失去的东西深感遗憾。他们缺乏质朴性;相反,有许多献殷勤、愉快、完全有趣的新的田园诗。有人指责他们的风格有点过于骄傲,我也同意其中一些观点。但我不知道为什么批评家们更倾向于为提奥克利图斯的粗鲁开脱,而不是为莫修斯和彼翁的细腻开脱;在我看来情况刚好应该相反。①

但是,丰特奈尔把维吉尔(Vergil)置于提奥克利图斯和彼翁之上,而施勒格尔将维吉尔置于两人之下,他还推测提奥克利图斯和莫修斯可能是同一个诗人。不过,和丰特奈尔一样,他对彼翁的赞扬也建立在彼翁比提奥克利图斯更优雅的观点之上。彼翁被视为后期希腊化或亚历山大化诗歌的代表,这种诗歌的特征是"博学诗人在众多巧妙试验中形成的精致艺术"②。据说,他位于粗糙的现实主义的极端(以提奥克利图斯为代表)和现代田园诗呆板的理想主义之间的位置。"可爱完美的彼翁"的田园诗,施勒格尔写道,融合了"素朴"(Naivetät)与"滑稽"(Schalkheit)。后来,在他1812年的维也纳演讲中,施勒格尔又开始在提奥克利图斯那里发现"语言的微妙"和"机智的游戏",声称他已经写出真正的民间诗歌或"自然之歌"(*KA*, XI,页62)。施勒格尔所欣赏的提奥克利图斯的辛辣(*Athenäum*, 3,页229),或许可以拿来为《卢琴德》大

---

① Fontenelle,页59。
② "Idyllen aus dem Griechischen",载于 *Athenäum*, 3, 1800,页227。亚历山大化的诗歌被以相同的但赞同语气稍弱的术语描述,参 *Über die Schulen der Griechischen Poesie*, 1794,载于 Minor, I,页9。

胆的语言作辩护。但是，在1800年，他对提奥克利图斯的"单纯"（Simplizität）和彼翁的"素朴"作了区分。很明显，他已经彻底修正了18世纪的素朴观念，但仍然像之前研究这一体裁的作家们一样，认为它对田园诗来说至关重要。对素朴的重新定义，在1798年的《〈雅典娜神殿〉断片集》第51条中已经得到很明确的说明，在那里它被关联于反讽，关联于本能创造和有意识创造的融合，后者在"关于闲散的田园诗"开头引文中已经提及：

> 素朴的（Naiv），是那些以自然、个性或古典的方式看起来达到反讽的东西，或达到自我创造与自我毁灭永恒交替的东西。素朴如果仅仅是直觉，那么就仅仅是天真、幼稚或愚昧的；素朴如果单单是意图，就会产生做作。美的、诗意的、理想的素朴必须既是意图又是直觉。……就连荷马作品中的素朴也不仅是直觉：荷马作品中至少有如此多的意图，比如在可爱的儿童和纯洁的姑娘的优美中。①

看起来，《卢琴德》中的"小威廉敏娜性格素描"部分给出的例子就是具有这种品质的一个人，而"关于闲散的田园诗"部分则试图如此素朴地写作。因为，素朴现在不仅意味着直觉的自然性，就像它对席勒和之前作家们来说那样，还意味着一种整体性，或直觉感受和有意识反思的结合。它是对席勒定义的素朴

---

① ［译注］译文参考了李伯杰译《施勒格尔文集》，北京：华夏出版社，2005，页65-66。

与感伤模式的综合。① 但是,不同于席勒——他在论完整人格的思想中倾向于强调理性——施勒格尔似乎更强调幻想和机智。

由于"意图"(Absicht)接近于反讽,他提到的刻意创造在荷马那里的角色,也可能与在"田园诗"部分之前那一段提及的柏拉图有关——因为施勒格尔也在荷马那里发现了苏格拉底式的反讽(*Athenäum*,3,页228)。我们注意到,他不仅重新定义了素朴,还重新定义了何谓古典:

> 古典是既有意图又有直觉的东西,其中形式与质料、内在与外在都是和谐的。(*LN*,页1060)

在关于希腊田园诗的评论中,施勒格尔还主张希腊田园诗最初就是爱情诗,几乎总是在关注那些"闲散的牧羊人"(*Athenäum*,3,页228)。在《卢琴德》中,朱利叶斯想象这种诗一定是由做牧羊人时的阿波罗发明的(页77)。施勒格尔1800年《关于诗的对话》(*Gespräch über Poesie*)更清晰地显示,他知道田园诗吸收了史诗、戏剧和抒情诗的元素。它可以被称作无形式的,但仍然是"娇小、活泼、有艺术性的"(*KA*,II,页42)。对田园诗的爱欲基础的强调并不新颖,但施勒格尔不是在考虑丰特奈

---

① Polheim(页195)指出,施勒格尔认为不仅是"直觉"和"意图"的融合能够产生素朴,即使这两种成分中的单独一种得到强化,也能产生素朴。《〈雅典娜神殿〉断片集》第305条——"一个意图如果达到了反讽,并且带着具有自我毁灭的任意表象,就会与达到反讽的直觉同样素朴"——很可能与《卢琴德》有关。席勒也曾梦想过一种融合素朴与感伤的"理想"诗歌。参R. Marleyn,"The Poetic Ideal in Schiller's 'Über naive und sentimentalische Dichtung'",载于*German Life and Letters*,NS 9,1955/56,页241。

尔式的"献殷勤"(galanterie),或父子情深、慈善立场、伤感之类的东西,而是在控制感伤的田园诗的情感。他认为爱是一种无所不包的激情,这种观念导致他以一种新的眼光看待这一体裁。

在《希腊田园诗》中,施勒格尔注意到对自然的描述是原初田园诗的特征。他之所以反对许多当代的描述性诗歌,不是因为他反对描述,而是因为他认为沃斯、马蒂森(Matthison)和施密特·维尔纳兴(Schmidt von Werneuchen)没有给他们的描述赋予生命或诗性。当他发现有人做到了这一点,比如歌德对他圣格达之旅的描述就是如此时,他的反应显得非常热情(KA,II,页42)。但是,他不愿意承认沃斯是一个更熟练的老手;不像费弥奥斯,沃斯无力宣称自己得到了真正的灵感。①

施勒格尔的希腊田园诗观无法充分解释"关于闲散的田园诗"部分的形式,但它们相关于后者散漫的结构,相关于它的反讽,相关于它在一个与爱相关的小说那里的表现。如果他尝试在《卢琴德》中实现自己定义的素朴,那么绝大多数读者都会认为他失败了,并且会认同席勒的观点,后者发现"他并没有使它(素朴)变得清晰,也没有从措辞上让它变得轻松",还发现《卢琴德》缺乏所有的"单纯"和"素朴"。② 这是因为他给人的强烈

---

① 参 KA,II 页 308;以及 *Friedrich Schlegels Briefe an seinen Bruder August Wilhelm*,O. Walzel 编,1890,页 293 [论 *Hermann und Dorothea* 及 *Luise*]。F. N. Mennemeier,*Friedrich Schlegels Poesiebegriff dargestellt anhand der literaturkritischen Schriften*(1971,页 140 及以下)对 Kosegarten 沃斯式的 *Ekloge* 和施勒格尔注意到的歌德 *Alexis und Dora* 作了比较。对比奥古斯特·施勒格尔对沃斯的诗的描述,即它们是"手艺"(Handwerk)而非"艺术"(Kunst),*Athenäum*,3,1800,页 156。

② 致科纳的信,1795 年 7 月 4 日;致歌德的信,1799 年 7 月 19 日。

印象是"意图"而非"直觉",而这(根据《〈雅典娜神殿〉断片集》第51条)导致了"造作"(Affektation)的出现。然而,他的意图和他的成就一样有趣。正是通过使用机智或反讽提供运动或兴趣的元素,他才使得一首田园诗有了生气。这首田园诗或许提供了两种东西,即"活力"(Lebendigkeit)和"多样性"(Mannigfaltigkeit),他的哥哥奥古斯特·威廉曾宣称格斯纳作品里绝对缺乏这两种东西,①而它们或许也是就席勒在《论素朴的诗与感伤的诗》中提出的挑战给出的回应(尽管其目的并非满足席勒)。正如《卢琴德》所反映的那样,施勒格尔对那首田园诗的关注似乎有两个基础。第一个是他对田园诗这一体裁的兴趣,田园诗是表达与爱相关的人类生存理想的潜在载体。第二个是他对各种可能融合传统体裁的文学形式的关注。②

在1800年发表于《雅典娜神殿》的文章中,我们读到田园诗是"根据生活所作的描述"(Athenäum,3,页227):这是一种更为传统的定义,目前为止已经讨论过的《卢琴德》中的两种"田园诗"都与它不一致(除非我们认为"生活"指的是一种内在生活,而这种情况在小说语境中不可能存在)。但是,小说其他两部分描述了这对恋人的生活场景,它们采取的都是对话形式,这正是传统田园诗的标准特征。

"忠诚与玩笑"部分的基本结构取自彼翁的一首诗,后者的译本发表在1800年的《雅典娜神殿》上。在彼翁的田园诗里,一个牧羊人在和一个牧羊女说话,并试图引诱她。他用狡猾的

---

① A. W. Schlegel, *Kritische Schriften*, 1962, 页117及以下。
② 参 *LN*, 第4条:"这部小说是一首比田园诗或讽刺诗更混乱的混合诗,尽管它遵循了一定的混合规律。"

舌头和熟练的手征服了她假装的不情愿。"忠诚与玩笑"部分的人物行动与此类似，但两个同伴是更为熟练的双关语大师。情节的背景不再是田园风光，情人们要躲去的地方，不是最近的树林，而是花园里的小亭子。施勒格尔并没有像彼翁那样巧妙地交织着言语和行动。但是，这段对话和彼翁的诗的主要不同在于，朱利叶斯和卢琴德谈论的是标题里提到的抽象话题。言语中挑逗性的反讽和伴随言辞而来的爱情游戏提供了一种运动元素。安宁与和谐出现在他们对彼此的爱的信仰中。这些人物一起展现了直觉与意图的混合，情感与机智的混合，而施勒格尔用素朴来为这种混合命名。但是，只有熟悉施勒格尔想法的人才会忍不住称这一场景为田园诗。它也可以被称为以抒情散文形式表现的哲学对话，捎带还有一些戏剧性兴趣。只有重新考虑一遍，我们才会把关于社会和婚姻的评论的讽刺倾向与田园诗中常见的对文明的拒斥联系起来。

另一部分"渴望与安宁"开始于一段简短的记叙，其以一种淡雅的韵律性散文形式设置了一种田园诗场景：

> 卢琴德和朱利叶斯衣着单薄地立于小亭子窗边，在清晨凉爽的空气中感到神清气爽。他们全神贯注地注视着初升的太阳，而所有的鸟儿都在用快乐的歌声迎接这日出。（页104）

然而，任何因此被唤起的期待，认为这将会是一首传统田园诗的期待，都将很快被驱散。接下来直接出现的台词以传统田园诗的形式和戏剧性对话的方式呈现，而每段台词前冠以言说者的名字。但是，施勒格尔这里模仿的原型很可能是柏拉图的对话录，他在那里找到了自己的主题，即爱与渴望之间的关系

(*Über die Diotima*, Minor, I, 页 46)。他笔下的恋人们再一次谈论起一对对立的抽象概念——渴望与安宁。安宁只能在渴望中发现,朱利叶斯说道,而且这并不是他们所说的唯一一个悖论。鸟儿们迎接着初升的太阳,但对这对夫妇来说,唯一的光是爱情的光芒,他们的"太阳"在夜晚发光,不过是更为苍白的光,就像白天的月亮那样。社会现实被遗忘了,没有任何讽刺的迹象。这对夫妇远没有以通常的田园诗方式热爱、赞美和感受自然,而是发现这种方式是一种干扰,是对他们爱的宇宙的不受欢迎的入侵:

> 当你在赞美它们时,我的目光沉向了地面,因为现在喧闹的早晨的阳光太过刺眼,欢快的鸟儿杂乱的歌声使我的灵魂不安和惊恐。(页 105)

他们的二重唱有着"抒情诗般的炽热",但几乎没有"史诗般的饱满"。他们用诗意的散文来对话,这些话有着不寻常的词序、头韵、抑扬格节奏和平行短语,所有这些都让人想起格斯纳的风格,尽管基调完全不同,因为对话的目的不是单纯,而是自我意识的诗。[①] 夫妻间的统一性反映在他们相互呼应的方式上——施勒格尔可能是从格斯纳那里或从歌曲抑或歌剧二重唱那里学到了这一技巧:

> 只有在夜晚的安宁中,卢琴德说道,渴望和爱才能像这辉煌的太阳一样明亮而充分地闪耀。而在白天,朱利叶斯回答说,爱情的幸福就像谨慎的月光一样黯淡。

---

① 参 Polheim,页 349 及以下。

……

　　只有在晚上,朱利叶斯说道,小夜莺才会在歌声中表达它的哀怨和深深的叹息。只有在晚上,这花儿才会羞涩地展开它的瓣,自由地吐出可爱的芬芳,让感觉和精神都同样陶醉于极乐中。只有在晚上,卢琴德,爱的深沉火焰和勇敢的雄辩才会从双唇中神圣地流淌出来,而在白天的喧嚣中,它们会带着对自己甜蜜宝藏温柔的自豪感紧闭不言。

……

　　朱　我对你的渴望是无限的,且总是得不到满足。

　　卢　随它去吧,你是我的精神能够从中找到安宁的那个固定的点。

　　朱　我只是在那种渴望中才找到了神圣的安宁,我的爱人。

　　卢　而我只是在这美丽的安宁中才找到了那神圣的渴望。(页104-105)

运动(渴望)和安宁是一个东西,而且毫无疑问,这个经常出现"奇妙的"这一形容词的场景在某种意义上描绘了一种理想。不过,对话在感伤中达到顶峰(现在我们可以把它和诺瓦利斯的《夜颂》[*Hymnen an die Nacht*]关联在一起),它是对在无尽的生命渴望后带来真正安宁的死亡的肯定:

　　终有一天,那徒劳的渴望和空洞的光辉将陨落消逝,一个伟大的爱之夜晚将在永恒的安宁中显现。(页106)

《卢琴德》不寻常的结构掩盖了一个渐进而有条不紊地发展的故事——"一步一步地根据自然法则澄清我们的那些误

解",其中"渴望与安宁"部分是其高潮。① 因为就是在这里,这对恋人最为充分而纯粹地经历了他们可能有的和谐关系。而且,这一场景最大程度地接近于一首传统的田园诗。但是,这并非施勒格尔在《卢琴德》中就建基于爱情的幸福宇宙所说的最后一句话。

在"成年学徒期"部分,我们得知朱利叶斯的爱情让他对他人采取了更积极的态度(页74)。不过,直到得知卢琴德怀孕的消息,②他的心灵才开始果断地转向实际事务。最初,他考虑的是他们将要退隐和养育孩子的庄园,然后,他又开始考虑自己要在社会中扮演的积极角色。

对庄园的提及,标志着向更传统的田园诗素材的回归。这是一个远离文明的地方,人们于其中可以和自然合为一体。在这里,他们可以成为一个紧密联系的共同体的一部分,又不会过多干涉别人的生活。这一部分很少给出具体的细节,因为重点仍然是朱利叶斯的心灵,不同的是,他现在开始接受束缚(restriction)的价值:

> 现在,婚姻的神圣性赋予了我自然状态的公民身份。我不再悬浮在普遍热情的真空中:现在我幸福地生活在温柔的束缚中……而且到时候你会听到我狂热地赞美:拥有自己的家是多么美好,家庭生活是多么光荣。(页82-83)

---

① Eichner(*KA*,V,页XLI、XLV)认为"忠诚与玩笑"和"渴望与安宁"都是小说的高潮。

② Kluckhohn(*Die Auffassung der Liebe*,页376)在强调《卢琴德》中为人父母的重要性时夸大了该小说对这一主题的原创性,而实际上后者早已在格斯纳的田园诗里出现过。

最后的自我反讽,揭示了他不会成为一个或许适合过沃斯式田园生活的人。他作为未来父亲的蜕变使得他开始肯定与他人一起展开的行动,只不过这种行动是英雄式的行动。闲散在这一阶段明显被抛在了后面。或许,他正在进入他曾经所谓人类教育的第三个也是最高一个阶段,其标志是"持久的和谐温暖感"(页26):

> 我感到自己的存在发生了很大的变化:我的灵魂和心灵中有一种普遍的柔软和甜蜜……我从来没有像现在这样有过如此强烈的勇气和信心,能够作为所有人中的一个开始过一种英雄般的生活,能够和我的朋友们一起结成兄弟联盟,去从事不朽的行动。(页86-87)

为人父母的迹象带来了内向性倾向的部分逆转,但朱利叶斯对生活、自然和人甚至包括经济效用的新的肯定(页87),并没有以田园诗形式表现出来。相反,有暗示表明,童话故事可能是比较合适的形式——"对我来说,一切都有灵魂,都在对我说话,也都很神圣",朱利叶斯如此写道(页88)。[1] 即使想象中卢琴德未来要扮演的母亲和家庭主妇职能,也更多地按"童话"而非田园诗的方式来描述:

> (你的美德是)你要像大自然一样成为欢乐的女祭司,去温柔地揭示爱的奥秘,并在宝贝儿女们的簇拥下,将这美

---

[1] Polheim(页300-301)注意到施勒格尔经常把"田园诗"和"童话"关联起来,作为浪漫主义诗歌对立的两极,并且作为"美的诗歌"(Poesie der Schönheit)的相关方面。

好的生活圣化为一个神圣的节日。(页87)

小说最后一部分实际上就是一则寓言,一则与《海因里希·冯·奥夫特丁根》(*Heinrich von Ofterdingen*)中的"亚特兰蒂斯童话"没有什么两样的寓言。它被命名为"想象力的嬉戏",似乎是一种富于想象力的练习,可能指向小说尚未写出来的第二部。让艺术家朱利叶斯表现为一个英雄,施勒格尔这个明显的意图(很可能受到歌德的《塔索》[*Tasso*]的启发)从未得到实现。

尽管《卢琴德》中的田园诗元素有着无可争议的重要性,但它们也必须和小说的其他方面保持平衡。例如,当朱利叶斯担心卢琴德患有致命的疾病时,他新确立的生活态度并没有阻止他内心产生自杀这一严肃想法。然而,毫无疑问,施勒格尔正是通过这篇小说探索着一个目标,而这一目标只能用模糊的理论术语来定义,但这已经超越了田园诗的范围。他似乎相信,这篇小说的诗意属性,尤其是各种体裁的混合,可予以发展,以描绘或指向一种理想,幸福和美的体验将在其中被提升到新的水平。正如他的文学笔记所显示的那样,他曾梦想通过无限性的力量来提升诗歌的大多数要素。然而,施勒格尔不曾拥有过这种力量。

不过,《卢琴德》中的田园诗,就它们对田园诗应该采取的方向所给出的洞见来说至关重要。他对闲散的美化显然是在误导人。那位退出社会的情人,最终被他多情的"无行动"的后果带向对行动和社会责任的肯定。闲散一词被用来切断田园愿景和传统道德之间的任何关联,被用来否认田园诗应该荣耀中产阶级的价值观。"关于闲散的田园诗"部分还证明施勒格尔拒绝对原初朴素性的任何理想化。于是,他否认田园诗应该仅限于乡村环境——选择田庄作为恋人的家园,似乎代表着向一种受非议的传统的奇怪回归,或许预示着灵感的衰退,尽管贵族城堡和庭院(自然和文明价值在那里是一体的)已成为浪漫主义小说的常见特征。① 乡村的朴素理想将要被一种更高文化的理想所替代,在这方面施勒格尔认同席勒关于未来田园诗的观念。新的田园诗中的人物将会在智力和情感两方面得到高度发展,而不再是视野有限的牧羊人或乡下人。就像其他田园诗里的那些先驱者们一样,他们将会体验生活的丰富性,但是,他们不再被一种轻率的乐观主义所蒙蔽,也不再被冲突、愚蠢和不幸的现实所遮蔽。然而,借助于心灵的高贵,他们能够肯定所有的矛盾,相信这些都是表面现象。田园诗的世界要被创造出来,靠的不是一个选择的过程,而是一个转变的过程。赫尔德在他1766年论提奥克利图斯和格斯纳的论文中指出,希腊诗人已经通过诗的力量提升了现实。② 1799年的施勒格尔显然并不认同这一判断,而他所设想的诗性转变则更加包罗万象、更加奇妙。它涉及田园诗中人物心灵的蜕变。朱利叶斯把他的幸运状态视为骄傲的一个理由,而不像格斯纳或沃斯的人物那样只是带着谦卑的感激之情来接受它。他们的品质似乎是普通人都能触及的,而施勒格尔则强调,那些他希望去描绘的人都是杰出的。

让·保罗在他的《伍茨》(*Wutz*)③中已经清楚表明,精神态

---

① 参 L. Fertig, *Der Adel im deutschen Roman des 18. und 19. Jahrhunderts*, Diss. Heidelberg, 1965, 页 91 及以下。

② J. G. Herder, *Sämmtliche Werke*, I, 1877, B. Suphan 编, 页 337 及以下。

③ [译注]这里应该指的是让·保罗的小说 *Maria Wutz in Auenthal*。

度是田园生活心满意足的基础,尽管他总是在钦佩和蔑视其男主人公——他的思想很少超越下一顿饭的乐趣——的局限性之间摇摆不定。相比之下,朱利叶斯是一个善于反思的人。对他来说,抽象的东西,他心灵的创造和他的机智的原料,和具体的现实一样实在。他的机智标志着他对悖论的意识,对复杂性的意识,这种复杂性完全不同于格斯纳和沃斯的人物所理解的多样性或丰富性。但是,这种复杂性又从属于一种和谐的理想。

沃斯细致入微的描写技巧给人一种印象,即他的田园生活存在于一个真实、熟悉的世界里。施勒格尔拒绝了这种技巧,因为他认识到诗意的田园生活本质上是一个脱离现实的梦。这是一个重要的批判性洞见,但由于模仿理论和18世纪田园诗日趋增强的"现实主义",这一洞见最多也只是被这一体裁的早期理论所暗指。不过,在实践中,把田园生活等同于梦中世界,再加上对精神转变的强调,这些都暗示着田园诗在朝"童话"的方向发展。

赫尔德1766年的评论出现之后,对格斯纳田园诗的静态品质的反对就开始变得普遍起来。《露易丝》和《赫尔曼与多萝西娅》(*Hermam und Dorothea*)①的史诗倾向并没有完全解决这一美学问题,后者在席勒《论素朴的诗与感伤的诗》中得到最为激烈的重申。施勒格尔的解决方案包含两个方面。他追溯了获得幸福之前的充满冲突的发展过程;他还在这首田园诗里提出了对更大程度满足的无限渴望。这两种技巧都削弱了田园诗的自

---

① [译注]《赫尔曼与多萝西娅》是歌德1797年创作的一首叙事诗,讲述了一位年轻的富商之子赫尔曼与逃难队伍中的姑娘多萝西娅之间的爱情故事。

主性,使它变成一个进程的一部分;第二种技巧打破了由传统田园诗培育的幻想,即幸福的愿景可能只是片面性的。施勒格尔的田园诗既不是选择性的、理想化的现实画面,也不是对一种理想的再现,而是通往理想的道路的各个阶段,或是理想的指针。在这一点上,它们与其他田园诗没有什么本质的不同,但施勒格尔并没有按照惯例遮蔽他精神上的保留意见,而是强调了这些意见。他对田园诗的态度是矛盾的:作为理想的指针它是有用的,但是,它并不能代表完全的理想。类似的态度也反映在蒂克于《斯特恩巴尔德》中对田园诗般的情节的使用上。浪漫主义渴望的极乐世界,虽然既令人兴奋又令人愉快,但既不是阿卡迪亚式的,也不是中产阶级式的,而是超出了传统田园诗的范围。为了描绘这个天堂(如果能做到这一点的话),对这一体裁的转变将会摧毁作为自足性体裁的田园诗,这一点可以从我们已经考察过的《卢琴德》的段落中明显看出来。尽管如此,"渴望与安宁"部分虽然最终只描绘了为来世保留的类似于终极幸福与安宁的状态,仍旧值得被称作田园诗。

显然,施勒格尔正走向一种崇高而美丽的田园诗,而这也许是受到席勒的鼓舞,后者曾暗示过"感伤的"田园诗与崇高之间的关联。① 但是,他除了对接近于纯粹的美不屑一顾之外,几乎没有取得任何进展,而蒂克已经通过斯特恩巴尔德对自然的反应指出了崇高与美的一种可能的混合,如果不是融合的话。② 根据计划(页 LX),《卢琴德》第二部就尝试描述这样一种融合。"一个笑话的故事"这则断片告诉我们用爱和理解接受冲突的

---

① 参 Marleyn,页 237。
② 参我的文章"The Idylls in Tieck's *Sternbald*"。

能力,把可怕的崇高体验为和谐之美的能力。这部分的语词本身虽然反映了超越、解决崇高与美、运动与安宁之间的区分的目标,但仍然处于一种抽象的层面:

> 是爱而且只有爱才给了我这种勇气,即以清晰的眼光认识和理解这种内在的分裂,这种存在于一切存在之中的永恒仇恨,只要那光荣力量的伟大嬉戏让这个美丽的绿色地球充满活力……这种神圣的仇恨,这种对处于巅峰的能量和强烈的活力的仇恨。爱也教会了我从内心对自然心悦诚服,让我有勇气去感受,即便是在看戏时也如此,然而这种景象总是……突然攫住观众,并将他拖入无止境嬉戏的狂野漩涡中,而就在刚才,他还在远处平静地观看着……这时,对某种更加神圣的东西的感受更甚于对暗黑全能之神的神圣恐惧,因为,伴随着充满斗争的地球,天堂光辉的荣耀也对我变得清晰起来……(页 113)

《斯特恩巴尔德》中田园诗般的情节并没有完全放弃田园诗传统的素朴立场。但是,前面讨论过的《卢琴德》的各部分却与格斯纳以来——并在"毕德麦耶尔时期"继续存在——的田园诗写作中明显的基本倾向背道而驰:施勒格尔的反讽揭示了人的情感和价值的相对性,而田园诗人总是努力掩盖这一事实,他还强调了这一体裁的"感伤"基础,而不是通过朴素的方式和专注于具体的描述来隐藏它。① 他似乎已经忘记自己在《论希

---

① 参 Sengle, *Biedermeierzeit*, II, 页 751: "因此,感伤流派的基调似乎通过有意识的感性和素朴而被剥夺了感伤。根据格斯纳的说法,该类型诗歌普遍公认的进展基本上完全基于这一原则。"

腊人和罗马人》的前言中对"感伤的"田园诗的评论：

> 你必须相信黄金时代，至少暂时认真地相信人间天堂，如果感伤的田园诗让你心醉神迷的话。(Minor, I, 页 81)

他的"田园诗"或许可以被称作一种"感伤的"田园诗，因为它是反思性的。作为一篇关于田园诗体裁或一般意义上的诗歌理论的诗学论文，它是一种"浪漫主义的"田园诗。这两种倾向根本上都与传统田园诗人的素朴立场不相容。施勒格尔正确地强调，这种素朴既包含意图，又包含直觉；但是，他没能看到或拒绝接受田园诗的感染力在于一种幻觉，即它的单纯性是自然的，而非故意或非人为的。这种田园诗是太过脆弱的创造物，经受不住浪漫主义反讽的猛攻。然而，只要一个作家试图唤醒他所珍视的和谐理想，他就会去写田园诗，即使不是田园诗，也会是田园诗式的诗或散文。弗里德里希·施勒格尔在他小说的部分内容里就是这样做的。但是，他试图转移人们对他的行为的注意，将田园诗的标题应用到小说的一个部分，而他的小说（《卢琴德》）与这一体裁的关联并不明显。

他对待田园诗——或更确切地说是田园诗模式——的态度并不涉及对这一体裁的拒绝。有时候他把田园诗视为诗歌发展的基础，它将超越作为一种体裁或一种诗歌模式的局限性：

> 作为浪漫主义诗学的初步练习，除了讽刺诗，田园诗和戏谑同样优秀。(*LN*, 页 65)

他在《〈雅典娜神殿〉断片集》第 238 条中将田园诗视为"先验诗"（"它作为讽刺诗，以理想和现实的绝对不同为开端，然后作为哀歌漂游在中间阶段,最终作为田园诗以理想和现实的绝对同一而结束")的最后一个发展阶段,此时的田园诗已被设想为转变完成的东西。[1] 施勒格尔在《卢琴德》中尝试的就是这种转变。因为机智之所以被引入,不仅是为了带来运动,还为了统一浪漫主义诗学在其理论中设想的两极:把机智或幻想与爱结合,或者在他那里是把田园诗与感伤联系起来。[2] "忠诚与玩笑"这一标题暗指着这一过程。作为对田园诗理论和实践的一种反思,"关于闲散的田园诗"部分或许可以根据施勒格尔关于"先验诗"或"关于诗的诗"的观念得到最好的理解:

> 于是……那种诗(先验诗)常常把现代作家的先验材料和一种关于诗歌创作能力的诗学理论的初步练习,与艺术反思和美的自我陶醉……结合起来,在它的每一个表现中同时也表现自己,到处都同时是诗和关于诗的诗。
> (*Athenaum Fragment*,页 238)

荷马时代诗人费弥奥斯的话对施勒格尔来说代表着萌芽形式的"关于诗歌创作能力的诗学理论"。而且,施勒格尔相信,古典田园诗中的情色内容和多变形式并非与浪漫主义完全不相容,而是包含了浪漫主义诗歌的种子,而这正是他那个时代广受好评的田园诗作品所完全缺乏的。于是,田园诗和浪漫主义灵感之间的关系,开始在《卢琴德》的主题结构中发挥作用。

---

[1] Körner,*Romantiker und Klassiker*,页 79–80;Walzel,页 86;Polheim,页 298。他们每个人都提醒不要将这种"田园诗"等同于这一体裁的传统概念或席勒的定义。

[2] 参 Polheim,页 164 及以下,页 300–301。

《卢琴德》中的时间

洛伊萨·奈加德(Loisa C. Nygaard)

我们往往不会对一个评论家变成作家抱有太大期望,弗里德里希·施勒格尔的《卢琴德》似乎应验了我们最糟糕的期望。自从首次出版以来,这篇小说就受到读者和评论家的广泛攻击和谴责,不仅是因为它内容上的不道德(对婚外性爱的大胆描绘)应该受到批判,还因为它不寻常的形式显示出美学上的不足。它的批评者名单可谓令人钦佩,包括席勒、黑格尔、克尔凯郭尔、鲁道夫·海姆、威廉·狄尔泰、弗里德里希·贡多尔夫(Friedrich Gundolf)和乔治·卢卡奇(1885—1971)等。

不过,尽管文学界对《卢琴德》的文学价值有如此普遍共识,它并没有如很多人预期的那样被彻底遗忘:作为早期浪漫主义的一份文献,其重要性——还有其作者作为德国最伟大的文学批评家和理论家之一的地位——保证了它的受众总是络绎不绝。完全可以理解的是,那些关注这部小说的人倾向于把它作为早期浪漫派观念和态度的反映,或者作为其作者的理论的体现来研究。如此受到关注的不幸结果是,这篇小说独特的形式很大程度上被忽视了,它尽管本身就很有趣,但作为现代小说发展的预兆更具有理论方面的重要性。直到近年来,施勒格尔的创新性技巧和最近的小说实验之间出现明显相似性,一些评论家才在这一事实的刺激下开始更为仔细地研究起它的结构来。①

波尔海姆在一篇关于《卢琴德》的文章中注意到,这部作品不是一个孤立的现象,而属于小说中的一个传统,这一传统包含了塞万提斯、狄德罗和斯特恩的作品,并在 20 世纪随着托马斯·曼(1875—1955)、乔伊斯(1882—1941)和其他人的小说再次出现。② 然而,即使是在这一传统语境中,《卢琴德》也代表着一种最为激进的背离倾向。它有一个核心叙述部分(名为"成年学徒期"),前后又各有六个简短的部分,它们由书信、散文、梦幻、反思和短寓言组成。其中的散文和反思元素并没有融入情节——实际上,除了"学徒期"部分,小说就没有情节可言——也没有呈现为男主人公对自己经验的反思。它们倾向于占取独立的地位,甚至开始主宰小说的话语。这本书另外一个惊人的特征在于,除了"成年学徒期"这一部分,小说的叙事并没有明显按照时间顺序来进行。由于这一怪异特征是《卢琴德》背离那个时代所接纳的大部分小说传统的根源,所以它为研究这部作品的形式提供了一个极好的开端。

即使是对《卢琴德》作最为粗略的考察,我们也会明显发现传统时间结构的缺席。除了"学徒期"之外,小说中的事件之间

---

① 最近思考过《卢琴德》形式问题的著述,包括 Wolfgang Paulsen, "Friedrich Schlegels *Lucinde* als Roman",载于 *Germanic Review*,21,1946,页 173-190;Karl Konrad Polheim, "Friedrich Schlegels *Lucinde*",载于 *ZfdPh*,88,Sonderheft,1969,页 66-90;Flans Eichner, "'Einleitung' to the Kritische Friedrich Schlegel Ausgabe",卷 V:*Dichtungen*,H. E. 编,Munich,Paderborn,Vienna,1967,页 xxxv-xlvi;Esther Hudgins,*Nicht Epische Strukturen des Romantischen Romans*, Paris, 1975, 页 44 - 89;以及 Marianne Schuller, *Romanschlüsse in der Romantik*,Munich,1974,页 50-68。

② Polheim,页 64-65。

缺乏清晰的顺序。事实上,事件的序列是如此模糊与混乱,以至于没有充分的理由说明第三章("小威廉敏娜性格素描")中的小"威廉敏娜"为什么就不能是第九章中应许给朱利叶斯和卢琴德的那个孩子。叙述过程本身,存在过去时和现在时频繁而明显的随意转换,即使在时态保持不变的地方,叙述者对事件的时间视角也总是在发生变化。在论述《卢琴德》的著作里谈到这本浪漫主义小说的结构时,艾思特·哈金斯(Esther Hudgins)很好地描述了这些转换在小说开头部分制造的混乱:

> 这本书似乎以很好的史诗传统开始,即以一封写给情人的信为开端。但是,对时间的规定马上变得摇摆不定,因为那作为回忆出现的与爱人的结合突然被展示为有待在未来实现的"美梦";因为在介绍性的"最多样的记忆和渴望的奇妙混合"之解释性的序言中,报告形式转入现在时,小说似乎在这里达到了叙述的现在时。然而,在开篇第二部分的开始,这种规定又变得不确定了,因为叙述者将前面的信件部分确定为一段中断的独白,其延续部分已经包括了故事的确切计划。因此与序言相反,它必须是一种回顾。①

面对如此多的变化和模棱两可,我们必须假定施勒格尔有意迷惑他的读者,而这正是哈金斯得出的结论:

> 作者的意图很明显:由于这种复杂的混乱,读者的时间取向不可能形成。

---

① Hudgins,页 74。

这种故意搞乱时间顺序的做法会有什么可能的理由？小说叙述者对自己的叙述技巧作了一定程度的解释：

> 然而，对我自己、对这部作品、对我对它和它本身的结构的爱来说，没有什么目的，比我从一开始就摧毁并清除我们所谓"秩序"的各个部分，进而明确主张和实际肯定一种迷人的混乱的权利，更具目的性了。这是非常有必要的，因为如果按照我们经历过的同样系统和渐进的方式来写我们的生活和爱情，那将会使我这封独特的信变得令人难以忍受地划一和单调，以至于不再能够实现它希望实现也应该实现的目标：再造、融合崇高的和谐与迷人的乐趣那最美丽的混乱。①

但是，这一"解释"本身需要再解释。叙述者似乎在做一个矛盾的陈述：因为他生活的实质是"渐进的"、在时间上是有序的，所以他作品的形式就必须是混乱的。他明确宣称自己有摆脱外在现实法则、前后相继法则和因果关系法则的自由，但他这样做的目的何在？科尔夫得出结论，认为施勒格尔的主要目的是"震惊整个中产阶级"②。考虑到施勒格尔作为一个年轻人会有的偶像破坏倾向，这个答案无疑很有道理，但人们还是会认为，作者的创新方法背后一定还有更多的东西，而不仅仅是想要

---

① *Kritische Friedrich Schlegel Ausgabe*，卷五，页 9。所有对这一版本的引用将被包含在文本中。文本中还要提到卷二：*Charakteristiken und Kritiken I*(1796—1801)，Munich, Paderborn, Vienna, 1967, H. Eichner 编。

② *Geist der Goethezeit: Versuch einer ideellen Entwicklung der klassisch-romantischen Literaturgeschichte*，卷三：*Frühromantik*, Leipzig, 1940, 页 97。

使人震惊的欲望。

如果考虑到叙述本身所反映的对时间的态度,也许我们可以对《卢琴德》的时间形式有一个更令人满意的理解。从最广泛的意义上来说,时间确实是叙述者的一个重要关注点,这是一个很容易被忽视的事实,因为他很少明确地提及"时间"本身。他不关心抽象的时间,即连续流动的离散瞬间,也不关心由钟表来衡量的时间。相反,他关注的是时间和变化在人类生活中创造的问题,以及这些问题的解决方式,关注事件的无定形之流如何被排列和塑造成一个连贯的整体。虽然问题的这种复杂性人尽皆知,但没有一个术语可以精确地定义它。它超越了我们通常的"时间"概念,在许多方面反映了人类历史研究在更大范围内面临的各种问题——比如,如何组织事件,以及如何建立它们之间的联系。然而,由于这部小说的叙述者是在一个私密且个人的层面上处理了这些问题,远离了"历史"这个词所召唤出的巨大舞台,因此作为更为灵活的术语的"时间"似乎是小说中主题情节更好的名称。

叙述者对待时间(就这个词的广义而言)的态度,在施勒格尔自己所谓"历史部分"即"成年学徒期"那里得到了最为清晰的描述。[①]"学徒期"部分描述了男主人公朱利叶斯从浪漫主义的"分裂状态"到对生活及其责任的成熟接受的进程。开头部分男主人公的分裂状态及其带来的混乱和不幸,很大程度上是他无力处理生命中的时间流问题的结果。他无法概述自己的经

---

① 参 1799 年 3 月 2 日致施莱尔马赫的信;参 *Aus Schleiermachers Leben: In Briefen*, Berlin, 1861, 卷三, Ludwig Jonas 和 Wilhelm Dilthey 编, 页 103。

历,对过去、现在和未来之间必然存在的相互关联没有感觉。作为一个赌徒,他愿意拿自己未来的幸福生活来冒险(卷五,页35)。他对事件的自然发展没有概念,但期望"每时每刻都有一些不寻常的事情会发生在他身上"(卷五,页36)。对朱利叶斯来说,过去的记忆似乎和当下一样真实(卷五,页37)。当叙述者给出如下评论时,他强调了男主人公对自己生活中的事件和元素之间的连续性完全没有感觉:

> 他所爱和带着爱所想的一切都是孤立和脱节的。在其想象中,他的整个存在就是一堆毫无关联的碎片。每一个碎片都是单一而完整的,现实中与其相邻并与之相连的任何东西对他来说都是无关紧要的,还不如根本不存在。(卷五,页37)

对朱利叶斯来说,时间是一个破坏性的、分裂的因素,它把他的生活分割成独立的块,彼此之间没有任何有意义的关系。由于他的生活没有目标或方向,由于他无法感知自己存在的目的或根本的方式,他无法应对自己经验的碎片化本质。尽管如此,他还是一而再再而三地尝试在时间中发现某种让他满意的存在方式,就生活呈现的问题找到妥协性的解决方案。其后相继到来的每一个状态都反映了这一过程的各个阶段,"学徒期"将要揭示的整体模式就是对这一过程的简短回顾。

朱利叶斯第一次尝试解决时间和变化在他生活中造成的紧张,这一尝试遵循着一种可预测的和熟悉的模式:他试图逃回过去,回到童年的快乐时光,那时他是完整的,不受当前的紧张和焦虑的折磨。他试图通过爱一个非常年轻的女孩——一个"年少时的朋友"——来引起这种返回:

> 他想起一个可爱的女孩,自己曾经在宁静幸福的少年时光里和她快乐而天真地调情……她还没有长大,还只是个孩子,这一事实只会激发他更无法抗拒地占有她的欲望。(卷五,页37)

这种再次体验过去的尝试,就像所有类似的尝试一样,自然也会失败。朱利叶斯决定永远离开家乡,这一决定象征性地背离了他的过去及其代表的所有事情。

他再一次应对时间的尝试,本质上也反映在与一个女人的关系中,只不过这一次是与一个自称"莉塞特"的妓女。她和他一样也抛弃了过去,只为当下和未来而生活。叙述者告诉我们:

> 她看似只是漫不经心地活在当下,实际上却始终着眼于未来。(卷五,页41)

在这种状态中,任何对过去的提及都明显缺失了。莉塞特与自己的过去是如此疏远,以至于每当提及过去时她总是用第三人称来指代自己:

> 说起自己的生活,她也简单地称自己为莉塞特,并且经常说,她如果能写作,就很想写有关自己生活的故事,但写出来后最好又像是别人的。(卷五,页42)

她对时间性的艺术、文学和音乐都不太欣赏,但对非时间性的雕塑和绘画艺术有着浓厚兴趣。因为她有能力与过去隔绝,不断地重新开始,所以即使是在堕落之中,她也仍然保持着某种天真。但对朱利叶斯的爱是她崩溃的原因:这是一次完整的经历,关乎她的整个存在,并让她想起自己的青春和失去的纯真。

当朱利叶斯抛弃她时,她被罪恶感和无价值感压倒,最终选择了自杀。因此,过去被证明是无法逃避的。

完全可以理解的是,朱利叶斯在这次经历之后放弃了女性,开始自限于男性的友谊。这段时期的生活焦躁不安,又一事无成。朱利叶斯已经不再试图在自己的经历中找到任何一种连贯性,正如叙述者告诉我们的那样,他只活在当下这一时刻:

> ……挫败感的怒火撕裂了他的记忆:他对自己的整个自我的概念从未如此匮乏过。他只活在当下,如饥似渴地持续沉浸在漫长岁月中每一个无比渺小却又深不可测的部分,仿佛终于可以在这一特殊时刻找到他寻觅已久的东西。(强调为笔者所加;卷五,页46)

就在要崩溃的时候,朱利叶斯遇到了一个"第一次完全走进了他的内心深处"(卷五,页47)的女人。他的存在中的各种支离破碎的元素似乎开始聚集起来:

> 对朱利叶斯的精神来说,对这位品质超群的女朋友的崇拜成为一个新世界的基础和稳固中心。(卷五,页49)

然而,朱利叶斯仍然无法获得在时间中的完整存在,因为他与她的关系是不全面的。作为一个亲密朋友的妻子,①这个女人必须永远保持和他的距离,因而就像一个永远无法实现的理想一样。于是,在朱利叶斯生命的这一时期里,男主人公只是生

---

① 人们有充分的理由相信,这个女人代表的就是卡洛琳·施勒格尔,他哥哥奥古斯特·威廉聪慧的妻子,弗里德里希曾经爱过她一段时间,并且一直都崇拜着她。

活在过去和未来之中,而对当下毫无感觉,因为当下的核心事实仍然是无法占有这个女人:

> 朱利叶斯将自己的力量和青春奉献给了崇高的艺术灵感和成就。他忘记了自己的时代,完全以那些昔日英雄为榜样,非常崇拜地爱着他们埋葬于其中的那些废墟。对他自己来说,当下也不存在,因为他只活在未来,希望有一天能完成一件不朽的作品,以之作为自己美德和荣誉的纪念碑。(强调为笔者所加;卷五,页50)

多年来,朱利叶斯一直远离这个女人,尽管从未忘记过她。他生命的下一个重要阶段是和一位被自己当作姐姐爱着的和善女人的关系。她给他提供了一个在时间上能统一而连贯地存在的范例,一个在过去、现在和未来之间存在紧密而有机的关联的范例:

> 她所做的一切都散发着一种友好秩序的精神,她当前的活动就像由之前的活动自发地发展而来,正如它们与未来的活动和平相融。朱利叶斯观察着她并清楚地意识到,前后一致是唯一真正的美德。(卷五,页51)

她的存在的和谐源于其温暖的内心和充满爱的天性。她代表的不是"小心翼翼的秩序",而是一个浪漫的综合性整体:叙述者将她的谈话描述为"个人想法与普遍参与、持续关注与突然分心的奇妙混合"(卷五,页51)。

面对这样一个有序存在的范例,朱利叶斯终于遇到了卢琴德并爱上了她,而他的存在的所有元素最终也结合在一起。对朱利叶斯来说，卢琴德意味着他之前的爱所拥有的一切，还为他提供了一种丰富的性爱关系的当下享受。就像朱利叶斯为莉塞特所做的那样，卢琴德也为朱利叶斯恢复了过去：

> 朱利叶斯也回忆起自己的过去，并通过向她倾诉，第一次看清自己的生活是一段有结构的历史。（卷五，页53）

在稍后几页，叙述者对朱利叶斯在生活中发现的新的整体性进行了更详尽的描述：

> 正如朱利叶斯的艺术能力得到了发展，他自己也取得了成功，而后者是之前无论如何努力都无法完成的事情，所以他的生活也在不知不觉中变成了一件艺术品，而他根本不知道这种情况是怎么发生的。一道光照进了朱利叶斯的灵魂：他清楚而真实地看到并审视了他生命的所有部分和生命整体的结构，因为他就站在它的中心。他觉得自己再也不会失去这种统一性；他存在的奥秘已经解开，他发现了道。在朱利叶斯看来，生命中的一切从一开始就注定要被创造出来，好让他在爱情中找到答案，而少不更事时的他对这种爱情的理解实在是太笨拙了。（卷五，页57）

朱利叶斯对卢琴德的爱为他提供了一个可以组织自己经历的中心。从他现在的角度来看，他的过去有一个目标和目的，即为这段爱情做好准备。这些经历已经从明显无目的的漫游转变成了"学徒期"。现在，当下的时刻开始有了内容和价值，朱利叶斯也可以满怀信心地展望未来。他现在所感知的生活就像一件艺术品，有着统一性和结构。

在其"学徒期"里,朱利叶斯尝试过用很多种片面且不充分的方法来解决时间在生命中显现的问题,比如,他首先试图逃进过去,接着试图只生活在当下时刻,后来又试图忘掉当下,生活在对过去的记忆和对未来的期待中。但是,通过对卢琴德的爱,朱利叶斯最终实现了在时间中的完整存在,从此以后,他终于把过去、现在和未来视作一个有机整体密切关联的各个部分。这一点在他于"成年学徒期"前后章节中指涉时间的形象里可以看出,所有这些章节都被他拿来描述自己爱上卢琴德之后的时期。朱利叶斯在"对世界上最可爱情境的狂热幻想"中解释说,一旦宇宙精神的发展得以完成,历史的模式得以完成,我们将看到过去和未来的根本性统一:

> 我们所谓生命,对于一个完整、永恒、内向的人来说只是一个独特的想法,一种不可分割的感觉。对他来说,还存在这样最为深刻和完整的意识时刻,那时所有的生命都在他身上出现,先以各种方式结合,然后再次分离开来。总有一天,我们两个人会以单单一种精神感知到,我们是单单一株植物的花朵,或单单一朵花上的花瓣,然后我们会笑着知道我们现在唯一希望的就是回忆。(卷五,页12)

朱利叶斯在"两封信"中用代代相传这样的自然形象描述了这同一种统一性:

> 在无穷无尽变换着的新形式中,创造性的时间编织着永恒的花环,那些被幸福感动的人们,满载而归,心情愉悦,他们是神圣的。我们不只是自然秩序中不育的花朵,众神不想将我们排除在生产性事物的伟大链条之外……(卷五,页61—62)

通过对卢琴德的爱,对他们的恋爱关系带来的孩子们的承诺,朱利叶斯直接与出生、死亡和更新的自然模式相关联,他在这里称这种自然模式为永恒的实体。

这些想象所隐含的有机时间观并非《卢琴德》所特有,而是施勒格尔所有思想的共同特征。正如克劳斯·布里格勒布(Klaus Briegleb)在论施勒格尔思想的书中所说:

> 哲学经验作为弗里德里希·施勒格尔科学准则的基础,看见了某种真理形成历史的开端、现在和未来……从开端的统一性中,生活的整体得以展现,这被誉为神圣的整体,因为它从本源之根流溢出来,同时又指向本源。①

这种对待时间的同样态度,也出现在其他早期浪漫主义作家尤其是诺瓦利斯的作品中。②

令人惊讶的是,正是在这样的章节中,即与朱利叶斯已经认识到时间是一个有机连续体之后的那个时期有关的章节中,他的叙述开始变得混乱和脱节。这些部分的时间形式似乎并不符

---

① *Ästhetische Sittlichkeit: Versuch über Friedrich Schlegels Systementwurf zur Begründung der Dichtungskritik*,Tübingen,1962,页 83。

② 比如,参 Novalis, *Schriften: Die Werke Friedrich von Hardenbergs*, Stuttgart,1960,Paul Kluckhohn 与 Richard Samuel 编,第二版,卷二:*Das philosophische Werk*,第一册,R. Samuel, Hans-Joachim Mahl 与 Gerhard Schulz 编,页 435。施勒格尔自己对时间有机统一性的字面理解可以从这一事实中看出,即他谈论过去、现在和未来时,好像它们有相同的存在模式。他称历史学家为"面向过去的先知"(《〈雅典娜神殿〉断片集》第 80 条,卷二,页 176),还如此评论道:"如果人们依稀知道某事或某事将会怎样,便总是将信将疑感到惊讶。然而,如果我们得知某事或某事的确如此,这同样是令人惊奇的。"(《〈雅典娜神殿〉断片集》第 218 条,卷二,页 199)

合对其产生影响的新的时间观。但是这后几部分中混乱的时间结构并不是在暗示崩溃和混乱——事实恰恰相反。这是另一个迹象,表明男主人公认为时间是一个统一整体,因此普通的时间区分不再有任何意义。对朱利叶斯来说,一切都汇集在一起,变成一个有凝聚力的群体,一个同时包含过去和未来的扩展了的现在。这个扩展了的现在,也许最好通过参考诺瓦利斯的一个断片来定义:

> 寻常的现在通过限制来连接过去和未来。于是形成同时发生(Kontiguität)的效应,由凝结产生结晶。但是也有一种灵性的现在,它可以通过融合将过去与未来化为同一,这种融合就是诗人的元素和大气层。①

整部小说,甚至包括"学徒期"这一部分,都是从这个"扩展了的现在"的角度来叙述的——因为它虽然描述了过去的事件,但也只描述了那些导致现在的事件和事件的某些方面,以及从这个角度来看很重要的事件。这就解释了"学徒期"部分作为叙述为何如此不能令人满意:故事情节不饱满,不是为了故事人物自身而描述,而是图解式地呈现它们与男主人公的最终发展的关系。正如亨丽埃特·赫兹所说,这一部分确实更像是"小说摘要",而不是"小说"。② 因此,整个《卢琴德》代表了一

---

① "Blüthenstaub",第109条;Novalis,卷二,页461。[译注]译文参诺瓦利斯,《诺瓦利斯作品选集》,林克译,重庆:重庆大学出版社,2012,页215,有改动。

② 相关评论参弗里德里希1799年3月写给卡洛琳·施勒格尔的信;参 Caroline: Briefeaus der Frühromantik, Bern, 1970,卷一,页513。

种独特的尝试，也就是以小说形式描绘当下的一个时刻：在这部作品中，过去和未来并没有凭借自身而存在的权利，而只能作为当下这一时刻的延伸。

小说叙述技巧的诸多特点都可以被视为描绘一个扩展了的现在时所做的努力。《卢琴德》的叙述者尽其最大努力确保我们把一切（除了"学徒期"部分）都感知为当下的和即时的。那些存在于朱利叶斯和卢琴德之间的小插曲、小寓言和小冲突，被描述得好像就发生在我们眼前。他有意使用一些形式——书信、寓言、散文式的反思、虚构的对话——它们在时间中徘徊，但又没有具体的时间指涉。我们的这种感觉——小说在描绘一个扩展了的时刻——会因为主题模式和主旨的频繁再现，以及在散文式反思中对之前情境和观念的不断回归而得到进一步加强。叙述者本人在给安东尼奥的信中清楚地表示，他正试图讲述一个关注当下的故事。在责备安东尼奥误解了他之后，他说道：

> 当然，我自己的疏忽是整个事情的罪魁祸首。也许我也是故意地想和你分享所有的当下，而不是就过去和未来是什么来教导你。我不知道：我的感觉在反对这样做，我认为这样做没有必要，因为事实上我对你的理智有极大的信心。（强调为笔者所加；卷五，页76）

对于叙述者来说，关于过去和未来的故事是"没有必要的"，因为两者都包含在关于当下的故事中，并被这个故事所暗示。

这段简短的话对叙述者时间立场的描述，包含了理解《卢琴德》中许多更不寻常的特征的关键。正如我们已经看到的那样,叙述者用一个扩展的现在代替了一个线性的时间连续体,这解释了小说中明显混乱的时间序列。它也有助于解释这部作品为何极其强调散文性和反思性元素的重要性。在《语言艺术作品》(*Das Sprachliche Kunstwerk*)中讨论小说体裁时,沃尔夫冈·凯撒(Wolfgang Kayser)区分了小说的"前景事件"(Vordergrundsgeschehen)、"核心故事"(the cetral story)和"叙事过程"(epischer Vorgang),又把后者定义为"扩展,也就是将前景中的人物和事件放置在一个广阔的空间,一个更大的世界中"。[1] 传统小说通过编织次要情节的背景、次要人物等,为主要事件提供一个框架,从而获得这种史诗性的广度。

《卢琴德》中缺乏这样的史诗性元素,这一点经常被人们提及。但是,一种典型的向空间和时间的史诗性扩展,需要小说叙述者遵循一个更加常规的时间顺序,并废除他在这篇小说里尝试进行的独特实验。相反,叙述者通过将他的作品扩展到无时间性的思想和抽象观念领域,为主要行动创造了一个更广泛的背景。在《卢琴德》中,与行动相伴随的反思和理智推测,就相当于凯撒所描述的"叙事过程"。

然而,在反思性和散文性元素中寻求这部小说的史诗品质时,我们肯定正在接近——如果不是超越的话——可以安全地称为"史诗"的界限。"史诗"这个概念不可避免地涉及时间的扩展问题。在公开尝试讲述当下的同时却没有告诉过去和未来的故事,这部小说的叙述者违反了小说形式本质上的时间性,并试图超越莱辛在雕塑艺术和文学、音乐艺术之间

---

[1] *Das Sprachliche Kunstwerk*, Bern, 1964, 页 179。

设定的界限。① 施勒格尔是莱辛的超级崇拜者,也对体裁理论着迷,毫无疑问也知道自己正在这里尝试的东西的反常性。② 我们必须进一步探索,才能发现他究竟是在进行实验,还是乐于他自己的反传统主义。

虽然《卢琴德》的评论家们忽略了上述朱利叶斯给安东尼奥的信中引用的关于小说时间视角的重要段落,因此没有谈论过小说对当下的强调,但还是有许多人感觉到叙事中有某种无时间性品质。艾希纳曾极富洞察力地评论道:

> 如果施勒格尔想要在一部小说中表达他的爱情哲学,

---

① 施勒格尔对莱辛所作区分的态度有些特别,参 *Athenäums fragment*,第 325 条(卷二,页 221)。施勒格尔也反对歌德的声明,后者大意是说,戏剧把事件描述为即时的和当下的,而史诗把它们描述为完全发生在过去的:"感性存在并不像歌德所认为的那样只是戏剧性的本质;它也可以出现在小说里。"(*Literary Notebook* 1797—1801,第 1056 条)笔记里还有一则断片,把我们在《卢琴德》里发现的扩展了的现在与史诗形式关联了起来:"没有比对现在的无中介直观更积极的东西,但这具有无穷的潜力……现在的每一时刻都通过过去得以连结、一个个得以规定,又通过未来而被撕裂。这种无中介的生命直观是认识的唯一积极之物(史诗是直观的诗歌形式)"。(第 1939 条)

② 施勒格尔后来评价《卢琴德》时说过,他如果再写这本书,不会把它写成小说,而会写成抒情诗,后者传统上是一种用于把握当下时刻的形式。他在给福伊希特施勒本(Feuchtersleben)的信中写道:"这本书的主要缺陷在于它是用散文写成的。它应该是诗歌,因为它是一首旨在神化人类的美丽和欢乐的诗。"(引自 Paul Kluckhohn, *Die Auffassung der Liebe in der Literatur des* 18. *Jahrhunderts und in der deutschen Romantik*,页 398)不过,我们必须谨慎接受施勒格尔后来关于《卢琴德》的声明,因为随着年纪渐长,他变得越来越保守,并且通常不赞同自己年轻时更大胆的试验。我们将会看到,这篇小说在很多方面对他正在这里尝试的东西来说都是至关重要的。

那么这部小说就不是通常形式的小说了。施勒格尔的主题当然不是爱情故事,而是一种状态,永恒性归属于这种状态的本质——没有外在的事件来叙述,即按照编年史顺序展开,而是某些纯粹内在性之物,它在不断的开端和推进中仿佛总是不得不在绕圈子。因此,《卢琴德》的形式……(卷五,页 xxxvi)

艾思特·哈金斯有过类似评论:

《卢琴德》主要不是为了描述一个事件,而是常常通过它的反思、幻想和寓言性表达来描绘一种意识状态。①

正如这些陈述所证明的那样,大多数注意到叙述的无时间性的评论家都认为,这是小说关注精神状态和内心体验的一个方面,是它试图描绘一些"纯粹内在"的事物的附带后果。跟随这些评论家的脚步,用小说明显的主观性来解释其处理时间秩序的不寻常方法,这是非常诱人的。因为《卢琴德》对时间的处理虽然与我们通常组织事件的方式相去甚远,但还是让人想起了人类意识实际上经历时间的那种方式。小说中出现的从过去到现在或未来的频繁而突然的转换,对在时间中相隔甚远的事件的紧密并列,可以拿来解释心灵从关心现在随意转向关心记

---

① Hudgins,页 79。她最终把这篇小说的无时间性解释为对它"将生命的材料……实现在无时间性的艺术象征中的努力"(页 77;也参页 86-87)的反思。然而,这种解释与小说本身对所有时间元素的有机统一性的强调相悖。小说的"无时间性"并不代表对时间的否定,而是对时间的实现;作者并不是在努力让他的作品脱离时间,而是在其中创造一种所有时间元素的和谐融合。

忆或期望的自由,及其任意关联完全不相关的事件的能力。在如此解释小说的形式时,我们将根据对"客观性"和"主观性"时间的常见区分来工作,其中前者表现为我们可以量化和测量的事件在外部世界僵硬的线性进展,后者表现为由个体意识经验的事件多变而可塑的流动。

《卢琴德》的叙述者有时候似乎也在根据类似的区分思考问题。他不断强调,他把时间当作一种有机统一体,这是一种内在的体验:比如,凭借"我的精神之眼",他看到卢琴德的发展的各个阶段都被折叠进一系列无时间性的形象中(卷五,页7)。在"两封信"的第二部分,他讨论了对持续性时间(duration)的主观经验和实际的时间流逝之间可能存在的分离:

> 永恒时间的每一单个原子都可以包含一个快乐的世界,也都可以揭示一个充满悲伤和恐怖的无底洞。(卷五,页68)

然而,当他试图在小说最后一部分("想象力的嬉戏")中就这种区别给出更精确的定义时,他并没有简单地对比由心灵感知的时间和在外界存在的时间。相反,他区分了不同的内部时间感知模式,以及以不同的人类能力定义时间关系的方式。唯一的原因是区分过去、现在和未来:它带来了一个永恒的精神,即"对过去目的的回忆或对未来的展望",而且它能够"为这些(对过去和未来的)冰冷、空洞的幻觉增添一丝色彩和片刻的温暖"(卷五,页81)。然而,想象或幻想把时间的所有元素都囊括进一个丰富而和谐的当下:

过去和未来的深处回荡着熟悉的旧感觉。它们轻柔地触碰着聆听的精神,又在变得微弱的音乐和逐渐黯淡的爱情背景中迅速迷失。在一种美丽的混乱中,一切都在爱并生活着,一切都在哀叹又喜悦着。(卷五,页81)

这部小说的时间顺序显然不是由理性感知到的时间顺序,不是离散的瞬间的渐进流动,而是由想象力感知的时间顺序,是在直接的当下中捕捉到的和谐整体。而且,这种富有想象力的时间观不仅仅认为时间是"由个人意识感知到的时间"或"主观性的时间",而且代表了一种全新的体验和关联时间的方式。

叙述者在这里所作区分背后隐含的复杂时间观,很大程度上必须归因于伊曼努尔·康德的影响。正如施勒格尔的断片、笔记和书信所证明的那样,他对康德的作品非常熟悉,尽管他经常批评它们,甚至更是经常误解它们。在《纯粹理性批判》(*Kritik der reinen Vernunft*)中,康德彻底地重新定义了时间的本质。他否认时间是终极实在的一个方面,是"物自体"之间的一组关系,而是将其定义为人类心灵感知外部世界的一种形式(先天直观形式)。根据康德所言,时间不能与人类意识分离,因此没有"客观性的"存在:

时间不是某种独立存在的东西,也不是依附于事物的客观规定,从而不是即使抽掉事物的直观的一切主观条件还依然会留存的东西……时间不过就是内感官的形式,即我们自己的直观活动和我们内部状态的形式。因为时间不可能是外部现象的任何规定,它既不属于形状,也不属于位置等等,相反,它规定着我们内部状态中的各种表象之间的关系……因此,时间仅仅是我们(人类)的直观的一个主观条件……如果超出了主观之外,它就其自身而言便什么也不是。①

同样,空间也被定义为一种"直观形式"(Anschauungsform),它们和因果关系及其他存在于现象中的类似关系一样,都是我们的意识用来组织经验的范畴。

尽管施勒格尔后来从很多方面反驳康德的时间概念,②但康德的观念已经对施勒格尔思想的发展产生了决定性影响。施勒格尔和他的早期浪漫派同道经常滥用和扭曲康德的哲学,就像他们也经常滥用和扭曲费希特、斯宾诺莎和其他哲学家的哲学一样,他们确实关注这些哲学,但他们最感兴趣的观念大多来自他们的误解。康德的启示,即之前被视为外部实在的方方面面的许多现象事实上是人类意识的方方面面,导致他们得出可疑的结论,即既有的"直观形式"并非固定不变的;可能存在不同的感知世界的方式;人们如果能成功地改变一个人的感知,也就可能改变他的实在。这些假想成为诺瓦利斯著名的格言——"我们在童话世界中看不到自己的原因,在于我们感官和自我

---

① *Immanuel Kants Werke*, Ernst Cassirer 等编,卷三:*Kritik der reinen Vernunft*, Berlin, 1922, Albert Görland 编,页 65-66。

② 在其 1804—1805 年的科隆讲座中,施勒格尔谈论了他当前的时间观(它有点不同于《卢琴德》中提出的那种时间观)及其与康德时间观的差异(*Die Entwicklung der Philosophie in zwölf Büchern*, 选自 *Kritische Friedrich Schlegel Ausgabe*, 卷 12: *Philosophische Vorlesungen*, *Erster Teil*, Munich, Paderborn, Vienna, 1964, Jean-Jacques Anstett 编,页 410-415)。关于对这一讨论的分析,参 Manfred Frank, *Das Problem 'Zeit' in der deutschen Romantik*, Munich, 1972, 页 73-74。

感触能力的虚弱"①——的基础。当施勒格尔谈到感知器官时,他提出了一个更激进的主张:"眼睛是人类在人体中唯一为自己制造的部分。"②这句话表明,正是我们自己创造了我们感知世界的模式。

我之所以沉溺于这个关于康德及其影响的题外话,是因为只有在这一背景下,《卢琴德》对时间的处理才会变得最为有趣。关于叙述者对时间的处理问题,我们之前注意到他似乎故意要迷惑读者。通过背离读者对小说体裁的传统期望,并使其通常的事件排序方法变得完全无用,他做到了这一点。但这种对熟悉的组织模式的破坏也有积极的一面:它使叙述者能够进一步提出建立事件之间关系的新方法。他用自己大肆吹嘘的"搞乱一切的权利"来彻底迷惑观众,然后可以用作品的形式来重构观众的时间体验。通过小说的时间形式,叙述者可以为他们提供感知时间的新模式,以及观察自己的世界的新"眼睛"。

我们如果重新考虑这篇小说的时间形式的基本特征,就可以辨别出作者尝试塑造读者的时间感知的倾向。叙述者选择无时间性的当下作为他的时间媒介,他对传统的事件排序方式的抛弃,他对相继性法则的傲慢处理和对持续性时间的扭曲——所有这些特征都让人想起神话对时间的处理。《卢琴德》的叙述者并不满足于讲述他在自己的时间经历中找到一种新的连贯性的过程,他的作品的时间形式鼓励读者自己

---

① Novalis,卷二,"Poeticismen",第182条,页562,以及"Fragmente oder Denkaufgaben",第196条,页564。

② Literary Notebooks,第1323条。

发现一种新的综合模式,后者能够将时间感知为一个统一的整体。因此,通过作品的形式,叙述者使读者更接近于一种与神话相似的时间体验。在这种情况下让人震惊的是,当施勒格尔在其《关于神话的谈话》(*Rede über die Mythologie*)中把神话与浪漫主义文学明确关联起来时,他这样做依据的是两种体裁的结构,①它们让人想起上述引自《卢琴德》的那段话,后者定义了富有想象力的时间概念,它位于叙述的时间形式之下:

> 在这里,我发现了与浪漫诗那种伟大的机智极为相似的东西,这种机智并不表现在单个的灵感中,而是表现在整体的构造中,我们的朋友已经多次通过塞万提斯和莎士比亚的作品为我们阐述过这种机智。是的,这种人为的有秩序的混乱,这种矛盾之间优美的对称,这种热情与反讽永恒而奇妙的交替,甚至存在于整体最微小的部分中。我觉得,这些本身就已经是一种间接的神话了……因为,这就是所有诗的开端,暂停理性思维的进程和规律,把我们重新置于想象力的美丽混乱中,置于人性原始的混沌中。迄今为止,除了五彩缤纷的古代神祇,我不知道还有什么能够更美地象征这种混乱。(卷二,页 318-319)

通过小说的时间结构,《卢琴德》的作者试图重新获得神话的结构,并鼓励一种新型意识的出现,它能够将世界感知为一个

---

① 波尔海姆还评论了这一谈话中提及的神话和浪漫主义文学结构之间的联系。参 K. Polheim, *Die Arabeske: Ansichten und Ideen aus Friedrich Schlegels Poetik*, Munich, Paderborn, Vienna, 1966, 页 128-129。

完整的、复杂地相互关联的整体。①

在《关于神话的谈话》中,施勒格尔断言现代文学最需要的是一种新的神话学——这一呼声后来得到了许多诗人和作家的响应:

> 我认为,我们的诗缺乏一个中心,就像神话之于古人的诗一样,而现代诗不如古代诗的所有原因都可以概括为一句话:我们没有神话。但是,我想补充的是,我们已经接近获得一个神话,或者说,现在是我们应该认真促进产生一个神话的时候了。(卷二,页312)

然而,批评人士一致认为,施勒格尔自己创造这样一种神话学的努力——就像他的浪漫主义同辈们类似的努力一样——是失败的。而且,任何人只要密切关注神话模式和人物在《卢琴德》中的使用,关注"关于闲散的田园诗"中对赫拉克勒斯和"小恶魔"的提及,或"变形"中对那喀索斯和加尼米德的提及,都必然认同这一看法,即这部小说代表着一个创造新型神话的非常不充分的开端。然而,只考虑对神话人物的此类提及,可能会过于狭隘地限制一个人的视野。施勒格尔在《谈话》中注意到,有

---

① 施勒格尔这里致力于创造他在《〈美艺术学苑〉断片集》中提到的"理想读者":"分析性作家按照读者的本来面目看待读者;他据此考虑问题,设置机制,以期在读者身上取得相应的效果。综合性作家则根据读者应当具有的状态来给自己设计和创造读者;他设想的读者不是静止僵死的,而是活生生的、有反应的。他让他虚构出来的东西在读者眼前一步步变成现实,或者引诱读者自己去把它虚构出来。他不想对读者施加任何具体的影响,而是与读者一道,最热忱地同协作哲学和协作诗建立神圣的联系。"(第112条;卷二,页161)

很多方法可以达到创造一种新型神话学的目标,并在这篇论文后来的修订版本中明确指出:

> 然而,神话的本质并不在于单独的形象、图画或者象征,而在于活生生的自然观,这是这一切的基础。(卷二,页 321)

正如我们已经看到的那样,《卢琴德》试图通过重组读者的现实体验来唤起这种"活生生的自然观"。因此,小说代表的可能是创造一种新型神话的最为激进的浪漫主义尝试,这种尝试不是通过小说的内容,也不是通过交织神话人物指涉或创造新的神话人物,而是通过小说的形式,通过重新捕捉对实在的综合感知——对浪漫主义来说这种感知是神话的本质——来实现。

图书在版编目（CIP）数据

卢琴德：一部小说 /（德）弗里德里希·施勒格尔（Friedrich Schlegel）著；张红军，罗晓军译. -- 北京：华夏出版社有限公司，2024.7
（西方传统：经典与解释）
ISBN 978-7-5222-0694-3

Ⅰ.①卢… Ⅱ.①弗… ②张… ③罗… Ⅲ.①长篇小说-德国-现代 Ⅳ.①I516.45

中国国家版本馆 CIP 数据核字（2024）第 074055 号

卢琴德：一部小说

作　　者	[德]弗里德里希·施勒格尔
译　　者	张红军　罗晓军
责任编辑	李安琴　程瑜
美术编辑	赵萌萌
责任印制	刘洋
出版发行	华夏出版社有限公司
经　　销	新华书店
印　　装	三河市少明印务有限公司
版　　次	2024 年 7 月北京第 1 版
	2024 年 7 月北京第 1 次印刷
开　　本	880×1230　1/32
印　　张	7.75
字　　数	174 千字
定　　价	59.00 元

华夏出版社有限公司　地址：北京市东直门外香河园北里 4 号　邮编：100028
网址：www.hxph.com.cn　　电话：（010）64663331（转）
若发现本版图书有印装质量问题，请与我社营销中心联系调换。

西方传统：经典与解释
Classici et Commentarii
HERMES
刘小枫◎主编

古今丛编

欧洲中世纪诗学选译　宋旭红 编译
克尔凯郭尔　[美]江思图 著
货币哲学　[德]西美尔 著
孟德斯鸠的自由主义哲学　[美]潘戈 著
莫尔及其乌托邦　[德]考茨基 著
试论古今革命　[法]夏多布里昂 著
但丁：皈依的诗学　[美]弗里切罗 著
在西方的目光下　[英]康拉德 著
大学与博雅教育　董成龙 编
探究哲学与信仰　[美]郝岚 著
民主的本性　[法]马南 著
梅尔维尔的政治哲学　李小均 编/译
席勒美学的哲学背景　[美]维塞尔 著
果戈里与鬼　[俄]梅列日科夫斯基 著
自传性反思　[美]沃格林 著
黑格尔与普世秩序　[美]希克斯 等著
新的方式与制度　[美]曼斯菲尔德 著
科耶夫的新拉丁帝国　[法]科耶夫 等著
《利维坦》附录　[英]霍布斯 著
或此或彼（上、下）　[丹麦]基尔克果 著
海德格尔式的现代神学　刘小枫 选编
双重束缚　[法]基拉尔 著
古今之争中的核心问题　[德]迈尔 著
论永恒的智慧　[德]苏索 著
宗教经验种种　[美]詹姆斯 著
尼采反卢梭　[美]凯斯·安塞尔-皮尔逊 著
舍勒思想评述　[美]弗林斯 著
诗与哲学之争　[美]罗森 著

神圣与世俗　[罗]伊利亚德 著
但丁的圣约书　[美]霍金斯 著

古典学丛编

荷马笔下的诸神与人类德行　[美]阿伦斯多夫 著
赫西俄德的宇宙　[美]珍妮·施特劳斯·克莱 著
论王政　[古罗马]金嘴狄翁 著
论希罗多德　[古罗马]卢里叶 著
探究希腊人的灵魂　[美]戴维斯 著
尤利安文选　马勇 编/译
论月面　[古罗马]普鲁塔克 著
雅典谐剧与逻各斯　[美]奥里根 著
菜园哲人伊壁鸠鲁　罗晓颖 选编
劳作与时日（笺注本）　[古希腊]赫西俄德 著
神谱（笺注本）　[古希腊]赫西俄德 著
赫西俄德：神话之艺　[法]居代·德拉孔波 编
希腊古风时期的真理大师　[法]德蒂安 著
古罗马的教育　[英]葛怀恩 著
古典学与现代性　刘小枫 编
表演文化与雅典民主政制
[英]戈尔德希尔、奥斯本 编
西方古典文献学发凡　刘小枫 编
古典语文学常谈　[德]克拉夫特 著
古希腊文学常谈　[英]多佛 等著
撒路斯特与政治史学　刘小枫 编
希罗多德的王霸之辨　吴小锋 编/译
第二代智术师　[英]安德森 著
英雄诗系笺释　[古希腊]荷马 著
统治的热望　[美]福特 著
论埃及神学与哲学　[古希腊]普鲁塔克 著
凯撒的剑与笔　李世祥 编/译
伊壁鸠鲁主义的政治哲学　[意]詹姆斯·尼古拉斯 著
修昔底德笔下的人性　[美]欧文 著
修昔底德笔下的演说　[美]斯塔特 著
古希腊政治理论　[美]格雷纳 著

赫拉克勒斯之盾笺释　罗逍然 译笺
《埃涅阿斯纪》章义　王承教 选编
维吉尔的帝国　[美]阿德勒 著
塔西佗的政治史学　曾维术 编

古希腊诗歌丛编
古希腊早期诉歌诗人　[英]鲍勒 著
诗歌与城邦　[美]费拉格、纳吉 主编
阿尔戈英雄纪（上、下）
[古希腊]阿波罗尼俄斯 著
俄耳甫斯教祷歌　吴雅凌 编译
俄耳甫斯教辑语　吴雅凌 编译

古希腊肃剧注疏
欧里庇得斯与智术师　[加]科纳彻 著
欧里庇得斯的现代性　[法]德·罗米伊 著
自由与僭越　罗峰 编译
希腊肃剧与政治哲学　[美]阿伦斯多夫 著

古希腊礼法研究
宙斯的正义　[英]劳埃德-琼斯 著
希腊人的正义观　[英]哈夫洛克 著

廊下派集
剑桥廊下派指南　[加]英伍德 编
廊下派的苏格拉底　程志敏 徐健 选编
廊下派的神和宇宙　[墨]里卡多·萨勒斯 编
廊下派的城邦观　[英]斯科菲尔德 著

希伯莱圣经历代注疏
希腊化世界中的犹太人　[英]威廉逊 著
第一亚当和第二亚当　[德]朋霍费尔 著

新约历代经解
属灵的寓意　[古罗马]俄里根 著

基督教与古典传统
保罗与马克安　[德]文森 著
加尔文与现代政治的基础　[美]汉考克 著
无执之道　[德]文森 著

恐惧与战栗　[丹麦]基尔克果 著
托尔斯泰与陀思妥耶夫斯基
[俄]梅列日科夫斯基 著
论宗教大法官的传说　[俄]罗赞诺夫 著
海德格尔与有限性思想（重订版）
刘小枫 选编
上帝国的信息　[德]拉加茨 著
基督教理论与现代　[德]特洛尔奇 著
亚历山大的克雷芒　[意]塞尔瓦托·利拉 著
中世纪的心灵之旅　[意]圣·波纳文图拉 著

德意志古典传统丛编
黑格尔论自我意识　[美]皮平 著
克劳塞维茨论现代战争　[澳]休·史密斯 著
《浮士德》发微　谷裕 选编
尼伯龙人　[德]黑贝尔 著
论荷尔德林　[德]沃尔夫冈·宾德尔 著
彭忒西勒亚　[德]克莱斯特 著
穆佐书简　[奥]里尔克 著
纪念苏格拉底——哈曼文选　刘新利 选编
夜颂中的革命和宗教　[德]诺瓦利斯 著
大革命与诗化小说　[德]诺瓦利斯 著
黑格尔的观念论　[美]皮平 著
浪漫派风格——施勒格尔批评文集　[德]施勒格尔 著

巴洛克戏剧丛编
克里奥帕特拉　[德]罗恩施坦 著
君士坦丁大帝　[德]阿旺西尼 著
被弑的国王　[德]格吕菲乌斯 著

美国宪政与古典传统
美国1787年宪法讲疏　[美]阿纳斯塔普罗 著

启蒙研究丛编
论古今学问　[英]坦普尔 著
历史主义与民族精神　冯庆 编
浪漫的律令　[美]拜泽尔 著
现实与理性　[法]科维纲 著

论古人的智慧　[英]培根 著
托兰德与激进启蒙　刘小枫 编
图书馆里的古今之战　[英]斯威夫特 著

政治史学丛编
驳马基雅维利　[普鲁士]弗里德里希二世 著
现代欧洲的基础　[英]赖希 著
克服历史主义　[德]特洛尔奇 等著
胡克与英国保守主义　姚啸宇 编
古希腊传记的嬗变　[意]莫米利亚诺 著
伊丽莎白时代的世界图景　[英]蒂利亚德 著
西方古代的天下观　刘小枫 编
从普遍历史到历史主义　刘小枫 编
自然科学史与玫瑰　[法]雷比瑟 著

地缘政治学丛编
地缘政治学的起源与拉采尔　[希腊]斯托杨诺斯 著
施米特的国际政治思想　[英]欧迪瑟乌斯/佩蒂托 编
克劳塞维茨之谜　[英]赫伯格-罗特 著
太平洋地缘政治学　[德]卡尔·豪斯霍弗 著

荷马注疏集
不为人知的奥德修斯　[美]诺特维克 著
模仿荷马　[美]丹尼斯·麦克唐纳 著

品达注疏集
幽暗的诱惑　[美]汉密尔顿 著

阿里斯托芬集
《阿卡奈人》笺释　[古希腊]阿里斯托芬 著

色诺芬注疏集
居鲁士的教育　[古希腊]色诺芬 著
色诺芬的《会饮》　[古希腊]色诺芬 著

柏拉图注疏集
挑战戈尔戈　李致远 选编
论柏拉图《高尔吉亚》的统一性　[美]斯托弗 著
立法与德性——柏拉图《法义》发微　林志猛 编
柏拉图的灵魂学　[加]罗宾逊 著
柏拉图书简　彭磊 译注
克力同章句　程志敏 郑兴凤 撰
哲学的奥德赛——《王制》引论　[美]郝兰 著
爱欲与启蒙的迷醉　[美]贝尔格 著
为哲学的写作技艺一辩　[美]伯格 著
柏拉图式的迷宫——《斐多》义疏　[美]伯格 著
苏格拉底与希琵阿斯　王江涛 编译
理想国　[古希腊]柏拉图 著
谁来教育老师　刘小枫 编
立法者的神学　林志猛 编
柏拉图对话中的神　[法]薇依 著
厄庇诺米斯　[古希腊]柏拉图 著
智慧与幸福　程志敏 选编
论柏拉图对话　[德]施莱尔马赫 著
柏拉图《美诺》疏证　[美]克莱因 著
政治哲学的悖论　[美]郝岚 著
神话诗人柏拉图　张文涛 选编
阿尔喀比亚德　[古希腊]柏拉图 著
叙拉古的雅典异乡人　彭磊 选编
阿威罗伊论《王制》　[阿拉伯]阿威罗伊 著
《王制》要义　刘小枫 选编
柏拉图的《会饮》　[古希腊]柏拉图 等著
苏格拉底的申辩（修订版）　[古希腊]柏拉图 著
苏格拉底与政治共同体　[美]尼柯尔斯 著
政制与美德——柏拉图《法义》疏解　[美]潘戈 著
《法义》导读　[法]卡斯代尔·布舒奇 著
论真理的本质　[德]海德格尔 著
哲人的无知　[德]费勃 著
米诺斯　[古希腊]柏拉图 著
情敌　[古希腊]柏拉图 著

亚里士多德注疏集
《诗术》译笺与通绎　陈明珠 撰
亚里士多德《政治学》中的教诲　[美]潘戈 著
品格的技艺　[美]加佛 著

亚里士多德哲学的基本概念　[德]海德格尔 著
《政治学》疏证　[意]托马斯·阿奎那 著
尼各马可伦理学义疏　[美]伯格 著
哲学之诗　[美]戴维斯 著
对亚里士多德的现象学解释　[德]海德格尔 著
城邦与自然——亚里士多德与现代性　刘小枫 编
论诗术中篇义疏　[阿拉伯]阿威罗伊 著
哲学的政治　[美]戴维斯 著

普鲁塔克集
普鲁塔克的《对比列传》　[英]达夫 著
普鲁塔克的实践伦理学　[比利时]胡芙 著

阿尔法拉比集
政治制度与政治箴言　阿尔法拉比 著

马基雅维利集
解读马基雅维利　[美]麦考米克 著
君主及其战争技艺　娄林 选编

莎士比亚绎读
莎士比亚的罗马　[美]坎托 著
莎士比亚的政治智慧　[美]伯恩斯 著
脱节的时代　[匈]阿格尼斯·赫勒 著
莎士比亚的历史剧　[英]蒂利亚德 著
莎士比亚戏剧与政治哲学　彭磊 选编
莎士比亚的政治盛典　[美]阿鲁里斯/苏利文 编
丹麦王子与马基雅维利　罗峰 选编

洛克集
上帝、洛克与平等　[美]沃尔德伦 著

卢梭集
致博蒙书　[法]卢梭 著
政治制度论　[法]卢梭 著
哲学的自传　[美]戴维斯 著
文学与道德杂篇　[法]卢梭 著
设计论证　[美]吉尔丁 著
卢梭的自然状态　[美]普拉特纳 等著

卢梭的榜样人生　[美]凯利 著

莱辛注疏集
汉堡剧评　[德]莱辛 著
关于悲剧的通信　[德]莱辛 著
智者纳坦（研究版）　[德]莱辛 等著
启蒙运动的内在问题　[美]维塞尔 著
莱辛剧作七种　[德]莱辛 著
历史与启示——莱辛神学文选　[德]莱辛 著
论人类的教育　[德]莱辛 著

尼采注疏集
尼采引论　[德]施特格迈尔 著
尼采与基督教　刘小枫 编
尼采眼中的苏格拉底　[美]丹豪瑟 著
动物与超人之间的绳索　[德]A.彼珀 著

施特劳斯集
苏格拉底与阿里斯托芬
论僭政（重订本）　[美]施特劳斯 [法]科耶夫 著
苏格拉底问题与现代性（第三版）
犹太哲人与启蒙（增订本）
霍布斯的宗教批判
斯宾诺莎的宗教批判
门德尔松与莱辛
哲学与律法——论迈蒙尼德及其先驱
迫害与写作艺术
柏拉图式政治哲学研究
论柏拉图的《会饮》
柏拉图《法义》的论辩与情节
什么是政治哲学
古典政治理性主义的重生（重订本）
回归古典政治哲学——施特劳斯通信集
　　　　　　＊＊＊
追忆施特劳斯　张培均 编
施特劳斯学述　[德]考夫曼 著

论源初遗忘　[美]维克利 著
阅读施特劳斯　[美]斯密什 著
施特劳斯与流亡政治学　[美]谢帕德 著
驯服欲望　[法]科耶夫 等著

政治哲学与启示宗教的挑战
隐匿的对话
论哲学生活的幸福

施特劳斯讲学录
追求高贵的修辞术
　——柏拉图《高尔吉亚》讲疏（1957）
斯宾诺莎的政治哲学

大学素质教育读本
古典诗文绎读 西学卷·古代编（上、下）
古典诗文绎读 西学卷·现代编（上、下）

施米特集
宪法专政　[美]罗斯托 著
施米特对自由主义的批判　[美]约翰·麦考米克 著

伯纳德特集
古典诗学之路（第二版）　[美]伯格 编
弓与琴（重订本）　[美]伯纳德特 著
神圣的罪业　[美]伯纳德特 著

布鲁姆集
巨人与侏儒（1960-1990）
人应该如何生活——柏拉图《王制》释义
爱的设计——卢梭与浪漫派
爱的戏剧——莎士比亚与自然
爱的阶梯——柏拉图的《会饮》
伊索克拉底的政治哲学

沃格林集
自传体反思录

朗佩特集
哲学与哲学之诗
尼采与现时代
尼采的使命
哲学如何成为苏格拉底式的
施特劳斯的持久重要性

迈尔集
施米特的教训
何为尼采的扎拉图斯特拉